rororo

W0409534

Natascha Manski wurde 1973 in Nordenham in der Wesermarsch geboren. Sie hat Politik, Geschichte und Anglistik in Köln und Cambridge studiert und war mehrere Jahre als Redakteurin tätig. Heute arbeitet sie als Pressesprecherin in Hannover und lebt in der Nähe der Landeshauptstadt. Seit 2006 verfasst sie Kurzgeschichten. Dies ist ihr erster Kriminalroman.

Mehr zur Autorin unter: www.natascha-manski.de

Natascha Manski

Fanggründe

Ein Küstenkrimi

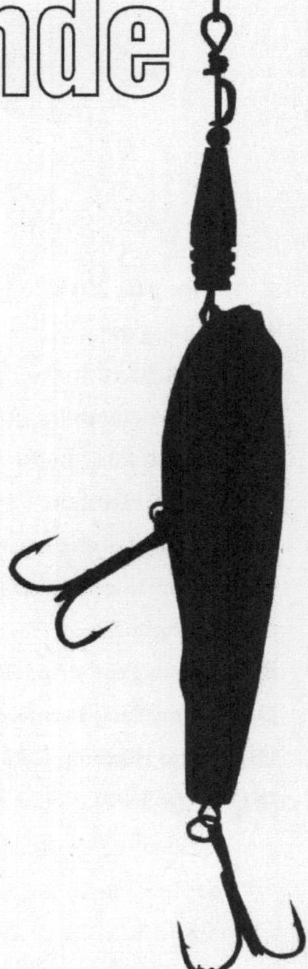

Rowohlt Taschenbuch Verlag

2. Auflage Mai 2016
Originalausgabe
Veröffentlicht im Rowohlt Taschenbuch Verlag,
Reinbek bei Hamburg, April 2012
Copyright © 2012 by Rowohlt Verlag GmbH,
Reinbek bei Hamburg
Umschlaggestaltung any.way, Barbara Hanke
Umschlagfoto neuebildanstalt / Mayall / Bilderbergwerk;
thinkstockphotos.de
Satz Plantin PostScript (PageOne) bei
Dörlemann Satz, Lemförde
Druck und Bindung CPI books GmbH, Leck, Germany
ISBN 978 3 499 25920 3

Für meine Eltern

Der Fische viel gefangen sind,
Die Nacht wird dunkel, nass der Wind;
Bald ab vom Strande strömt die Flut,
Drum rudert rasch und rudert gut,
Damit wir zeitig landen.

Bald sind wir nah, nun senkt das Blei,
Noch alle Not ist nicht vorbei,
Hier liegen flach der Klippen viel,
Und ist fürwahr kein Kinderspiel,
Bei dunkler Nacht zu stranden.

Auszug aus: «Helgoländer Fischerlied»
(Johann Peter Eckermann)

Donnerstag, 17. März
Hochwasser: 10:53 Uhr/23:14 Uhr

Sie liebte den salzigen Geruch des Wattenmeeres. Der Himmel war tiefblau, die Luft frisch, und es herrschte eine wunderbare Stille. Nur ein paar Möwen kreischten und drehten ihre Runden. Hannelore Schuster lächelte und umschloss mit beiden Händen das kalte Metall der Thermoskanne fester. Außer ihr schien noch niemand in Fedderwardersiel auf den Beinen zu sein. Der Platz vor der Fischhalle war noch nicht mit Kisten vollgestellt, heruntergelassene Jalousien verschlossen den Blick in das Innere der Geschäfte. Keine Postkartenständer säumten die Straße, keine Werbetafeln, keine Tische mit Souvenirs. Der beschauliche Küstenort in Butjadingen schlief noch.

Langsam ging sie weiter, ließ das Ausflugsschiff und den Schuppen der Seenotretter hinter sich und erreichte die Stege mit den Krabbenkuttern. Die Holz- und Metallbäuche der Fischerboote glänzten grün, rot und blau. Einige Masten waren mit Wimpeln geschmückt, die leise im Wind flatterten.

Herrlich, dachte sie, und setzte sich auf eine Bank, um in aller Ruhe das Panorama zu genießen. Vorsichtig öffnete sie den Schraubverschluss ihrer Thermoskanne und goss heißen Tee in einen Becher. Ein schwacher Duft nach Minze stieg empor. Sie war froh, dass sie sich für eine

Woche Nordseeküste entschieden hatte. Hier würde sie nach den stressigen Wochen seit Jahresbeginn ein wenig zur Ruhe kommen können. Sicher, sie mochte den Ruhrpott mit seiner hektischen Betriebsamkeit, war dort zu Hause. Aber ab und zu brauchte sie eine Auszeit. Und zwar genau jetzt.

Sie hob den Blick, um einer Möwe hinterherzusehen, die lärmend um den Mast eines Kutters kreiste. Plötzlich blieben ihre Augen an etwas hängen, sie stutzte.

Weit oben in den Seilen des Schiffes hing etwas Großes, Unförmiges, das sich langsam hin und her bewegte. Ein Sack? Ein Teil von einem Segel? Sie kniff die Augen zusammen, um ihren Blick zu schärfen. Das Bündel mochte etwa zwei Meter lang sein, schätzte sie. Oben machte es einen Knick. Es sah fast aus wie ein …

Hannelore Schuster stockte der Atem. Der Tee hatte den Rand des Bechers erreicht, lief über und verbrühte ihre Finger. Doch sie schrie nicht auf.

Der Schock hatte sie erstarren lassen.

:

Als Tomma Petersen in die Hafeneinfahrt in Fedderwardersiel einbog, musste sie feststellen, dass sie sich nicht als Einzige auf den Weg zu den Kuttern gemacht hatte.

Langsam lenkte sie den Wagen am Hafenbecken entlang, vorbei an zahlreichen Urlaubern, die neugierige Blicke in ihren silbernen Golf warfen. Für die Touristen war es mit der Idylle jetzt wohl vorbei.

«Sie haben Ihr Ziel erreicht», unterbrach die sonore Stimme des Navigationsgerätes ihre Überlegungen. Gedankenverloren stellte sie es aus. Hatte sie das wirklich? War es die richtige Entscheidung gewesen, sich um die Stelle in der Provinz zu bewerben?

Auf Höhe eines Lebensmittelgeschäftes stellte Tomma den Wagen ab, fuhr sich durch ihre langen Haare und atmete tief durch. Einen Moment noch blieb sie sitzen.

Sie hätte sich definitiv einen besseren Start in ihren neuen Job vorstellen können. Lieber wäre sie erst zur Dienststelle gefahren und hätte die Kollegen kennengelernt, statt sich gleich zu ihrem ersten Tatort zu begeben. Außerdem hasste sie es, vor einem starken Kaffee mit irgendjemandem reden zu müssen. Das ging wenn überhaupt nur mit einer Person, und die hatte sich Hals über Kopf aus ihrem Leben verabschiedet.

Tomma klappte die Sonnenblende runter und warf einen Blick in den kleinen Spiegel. Müde braune Augen, ein fast weißer Teint, ein blassroter Mund. Damit wenigstens ein bisschen Farbe in ihr Gesicht zurückkehrte, kniff sie sich kurz in die Wangen. Dann klappte sie die Sonnenblende wieder hoch, gab sich einen Ruck und sah auf ihre Notizen.

Der Tote hieß Eric Theurer, verriet ihr das Display des BlackBerrys. Er war Fischer, und sein Kutter lag hier in Fedderwardersiel. Eine Touristin hatte ihn heute Morgen gefunden. Tomma ließ ihren digitalen Assistenten wieder in die Jackentasche gleiten, stieg aus und schlug die Wagentür zu.

Zwei Polizeiwagen versperrten den Zugang zu dem Steg, an dem die Kutter lagen. Ein paar Schaulustige standen in kleinen Gruppen herum, sprachen leise miteinander und deuteten ab und zu mit dem Kopf in die Richtung der Beamten. Unerbittlich rotierte das Blaulicht eines Krankenwagens.

Als Tomma das letzte Mal in dem kleinen Hafen gewesen war, im Sommer vor drei Jahren, hatte es hier ganz anders ausgesehen – ruhig und friedlich. Zusammen mit Helma hatte sie erst einen Schiffsausflug zu den Sandbänken unternommen und dann im Hafen die Kutter beobachtet, wie sie nach und nach mit der Tide einliefen. Mit einer kleinen Tüte Krabben hatten sie sich schließlich auf eine Bank an der Hafeneinfahrt gesetzt und über Tommas Kurse an der Polizeiakademie und Helmas bevorstehende Pensionierung als Lehrerin gesprochen. Die frischen Nordseekrabben schmeckten saftig und leicht salzig, und das Leben fühlte sich leicht an. Die untergehende Sonne wurde langsam von der Nordsee verschluckt – alles wie auf einer kitschigen Postkarte.

Von der damaligen Idylle war heute nichts mehr zu spüren. Tomma drängelte sich durch die aufgeregten Grüppchen und hob das rot-weiße Flatterband an, das die Schaulustigen von den Kollegen der Kripo trennte, als sich ihr jemand in den Weg stellte.

«Hier kann nicht jeder einfach so durch. Der Bereich ist abgesperrt.» Ein massiger Mann Ende fünfzig hob abwehrend eine Hand. «Gehören Sie zur Presse?»

Tomma zückte ihren Dienstausweis und hielt ihm das Dokument umständlich hin. Der Mann kam ihr riesig vor.

Mehrere Sekunden lang starrte er auf den Ausweis, dann streckte er ihr widerwillig die rechte Hand hin.

«Moin.» Sein Händedruck war kräftig, seine dunkelbraunen Augen beobachteten Tomma genau. «Ulrich Spandorff», schob er mit tiefer Stimme erklärend hinterher.

«Ich bin die Neue – guten Morgen!» Tomma musste den Kopf in den Nacken legen, um seinen Blick zu erwidern. Spandorff mochte an die zwei Meter groß sein und brachte sicher deutlich über hundert Kilo auf die Waage. Seine hellbraune Cordhose war abgewetzt und ausgeleiert, über seinem imposanten Bauch spannte eine blaue Wetterjacke, die sicher schon bessere Zeiten gesehen hatte. Auch Spandorff schien nicht taufrisch. Vermutlich hatte auch er sich einen schöneren Start in den Tag vorstellen können. Seine Stirn war gerunzelt, und unter seinen Augen lagen dunkle Schatten. Gedankenversunken kratzte er über seine rechte Wange, auf der ein grauer Dreitagebart schimmerte.

«Was wissen wir von dem Toten?», fragte Tomma und bemühte sich um einen professionellen Ton. Sie trat ein paar Schritte zur Seite, damit die Schaulustigen ihr Gespräch nicht mit anhören konnten.

«Fischer, dreiundzwanzig Jahre alt.» Spandorff war kurz angebunden. «Hing in der Takelage seines Kutters.» Dann fügte er noch unsicher hinzu: «Also im Tauwerk ...»

«Schon klar.» Na, das ging ja gut los. Tomma ahnte, dass er ihr nicht viel zutraute. Das kannte sie schon, mit ihrem exotischen Äußeren sorgte sie oft für Irritationen.

Plötzlich zog Spandorff sie zur Seite, um zwei Männern Platz zu machen, die den Leichnam abtransportierten.

«Offenbar Selbstmord», brummte er. «Da drüben ist die, die ihn gefunden hat.» Mit einer vagen Handbewegung wies er zu einer Frau mittleren Alters, die mit einem uniformierten Beamten auf einer Bank saß und sich an dem Becher einer Thermoskanne festklammerte. Der Kollege hatte ihr eine Wolldecke besorgt und nickte ihr mehrfach aufmunternd zu, während sie auf ihre Hände starrte und stockend ihre Geschichte erzählte. Eine Geschichte, die sie in nächster Zeit sicher noch oft wiederholen würde.

«Weiß die Familie Bescheid?», fragte Tomma. «Hatte er eine Frau? Kinder?»

Spandorff schüttelte den Kopf. Mit seinen zotteligen Haaren, die wohl schon lange keinen Friseur mehr gesehen hatten, erinnerte er sie an einen zu groß geratenen Bernhardiner. «Der Kutter gehört seinem Vater, Eric wollte ihn bald übernehmen», sagte Spandorff.

«Kannten Sie ihn?»

Bei der Frage sah Spandorff Tomma nur ausdruckslos an. Daher versuchte sie es anders. «Wurden die Eltern informiert?»

Spandorff zündete sich langsam eine Zigarette an. «Das ganze Dorf weiß bereits Bescheid.» Er machte eine Pause. «Wir sind hier auf dem Land und nicht in Hannover. Oder in Oldenburg.»

Tomma schluckte. Okay, offenbar hatte er ein kleines Problem mit ihr als neuer Vorgesetzten. Aber war es vielleicht ihre Schuld, dass sie den Job als Chefin des ersten Fachkommissariats bekommen hatte und nicht er? Vielleicht hätte er in den letzten Jahren einfach mehr arbeiten sollen. Oder – wie sie bereits gehört hatte – weniger trinken.

«Na schön», erklärte sie und wedelte demonstrativ mit der Hand den Rauch in eine andere Richtung, «dann sprechen Sie doch jetzt am besten mit den Eltern. Ich kümmere mich um die anderen Fischer, vielleicht wissen die, warum Theurer sein Leben unerträglich fand. Ich schlage vor, in zwei Stunden treffen wir uns an meinem Wagen. Silberner Golf, Oldenburger Kennzeichen.»

Sie nickte Spandorff zu und bahnte sich dann den Weg zurück durch die Schaulustigen. An der Westseite des Hafens lagen die Boote der Fischer, dort wollte sie ihr Glück versuchen.

Der Wind hatte zugenommen, ließ die Kutter mit ihren Fangnetzen langsam hin und her schaukeln und zerrte an den bunten Flaggen, die an der Hafeneinfahrt gehisst waren. Vor dem nahegelegenen Supermarkt kippte ein Ständer mit qietschbunten Eimern und Förmchen um. Es würde ein unfreundlicher Tag werden.

Tomma zog den Reißverschluss ihrer Jacke höher und verschränkte die Arme vor dem Körper, als ob sie dadurch die Kälte abwehren könnte. In einiger Entfernung fiel ihr ein Mann mit einer blauen Baseballkappe auf, der wild gestikulierend bei einer Gruppe Fischer stand und offenbar ziemlich aufgebracht war. Sie trat hinzu und stellte sich kurz vor.

«Haben Sie Eric Theurer gut gekannt?» Tomma warf einen Blick in die Runde.

Schweigen. Einige der Männer nickten.

Tomma entschied sich, gleich in die Vollen zu gehen. «Können Sie sich vorstellen, warum er seinem Leben ein Ende gesetzt hat?»

Schließlich meldete sich ein Mann zu Wort. «Wir wissen doch alle, warum er sich aufgeknüpft hat», sagte er. Im Gegensatz zu den anderen Fischern trug er keine Wollmütze, sondern eine Baseballkappe. Seine blauen Augen fixierten die fremde Gesprächspartnerin genau.

Fragend hob Tomma die Augenbrauen.

«Thies Frerichs», stellte er sich vor. «Der Kutter hinter Ihnen gehört mir.» Stolz wies er auf ein rotes Holzschiff, das den Namen Likedeeler trug.

«Was hatte Theurer denn für Probleme?»

«Dieselben wie wir alle», sagte Frerichs und zeigte in die Runde. «Uns Fischern steht das Wasser bis zum Hals.»

«Warum?»

«Lesen Sie keine Zeitung?» Er verschränkte die Arme vor der Brust.

«Können Sie bitte einfach meine Fragen beantworten?»

«Ach, wir werden doch seit Jahren verarscht. Der Priel verschlickt, und wir kommen nicht mehr in den Hafen.» Seine Augen blitzten. «Denen in Brüssel fallen jedes Jahr neue Verordnungen ein, eine bescheuerter als die andere. Und jetzt pflastert man uns auch noch unsere Fanggründe

dicht!» Sein Gesicht hatte sich rot verfärbt, an seiner rechten Schläfe pochte eine Ader.

«Womit denn?» Tomma holte ihr BlackBerry hervor.

Thies Frerichs schüttelte den Kopf, nahm seine Baseballkappe ab und fuhr sich durch sein dichtes braunes Haar. «Sie haben wirklich keine Ahnung, was? Sind ja auch nicht von hier.» Er musterte sie von Kopf bis Fuß. «Schon mal was von Offshore-Windenergie gehört?»

«Das ist ein dickes Geschäft», meldete sich ein weiterer Fischer zu Wort. Er stotterte ein wenig. «Erst sollten nur die Nordergründe dran glauben, aber jetzt sind auch die anderen Fanggebiete dran.» Als er Tommas fragenden Blick sah, ergänzte er: «Wenn die NR GmbH mit dem Bau anfängt, können wir die Kutter verschrotten und die Netze verscherbeln. Vielleicht will sie ja 'ne Strandkneipe haben.» Ein paar Fischer lachten verhalten.

«Und die geplanten Windparks sollen der Grund für Theurers Selbstmord sein?», fragte Tomma skeptisch.

«Wenn Sie was über die Windparks wissen wollen», warf ein bärtiger Mann ein, «sollten Sie bei Bol Harmsen vorbeifahren.»

Thies Frerichs nickte. «Ja», sagte er langsam, «er weiß auch, weshalb Eric sich umgebracht hat.» Er straffte die

Schultern und zog seine Baseballkappe tiefer ins Gesicht. «Und er wird nicht der einzige Tote bleiben.»

Die Telefonanlage auf Jochen Knappecks Schreibtisch blinkte.

«Der Redakteur vom *Weser Tageblatt* auf Leitung drei», seufzte seine Sekretärin, nickte ihm kurz zu und schloss die schwere Milchglastür hinter sich zu.

Knappeck bekam es nur mit halbem Ohr mit. Er stand hinter seinem Schreibtisch und war schwer gestresst. Dabei hatte der Tag so gut angefangen.

Er war früh aufgestanden, hatte eine halbe Stunde gejoggt und sich seit langer Zeit mal wieder die Zeit genommen, um mit seiner Familie zu frühstücken. Anschließend hatte er die beiden Kinder zur Schule gebracht und ihnen versprochen, nachmittags noch mal vorbeizuschauen, wenn sie für ein Theaterstück probten. Er war sich vorgekommen wie ein richtiger Vater, nicht wie ein Versorger, der das Geld ranschaffte und nur Projekte und Zahlen im Kopf hatte. Aber das musste er ja auch jetzt nicht mehr, denn die Planungen waren so gut wie abgeschlossen. Die Finanzierung stand.

Mit dem Vorfall im Hafen hatte sich das Blatt jedoch ganz plötzlich gewendet. Das musste ein schlechter Scherz sein. Wie die Geier hatten sich die Journalisten heute Morgen auf ihn gestürzt und ihn mit Fragen bombardiert.

Ächzend ließ er sich in den schwarzen Ledersessel fallen und nahm den Hörer ab.

«Knappeck.» Er wartete geduldig, bis der Journalist die

Frage gestellt hatte. Eine Frage, die er an diesem Morgen schon dutzendfach beantwortet hatte. Widerwillig schüttelte er den Kopf, holte tief Luft und setzte zu seiner Standardantwort an.

«Der Tod des Fischers ist furchtbar und hat mich, meine Familie und das gesamte Unternehmen tief betroffen gemacht. Doch selbstverständlich steht der tragische Selbstmord dieses jungen Menschen in keinem Zusammenhang mit dem Offshore-Park. Ich spreche den Angehörigen mein aufrichtiges Beileid aus und wünsche ihnen viel Kraft in dieser schwierigen Zeit.»

Der Redakteur am anderen Ende der Leitung lachte trocken. «Das sind ja ganz neue Töne. Bisher war die NR GmbH nicht gerade zimperlich im Umgang mit den Fischern.»

Knappeck verdrehte die Augen. Offensichtlich hatte er es hier mit einem sehr ambitionierten Journalisten zu tun. Der Stimme nach zu urteilen, war der Mann auch noch recht jung.

«Es heißt», fuhr der Mann fort, «dass Eric Theurer wegen Ihres Windparks um seine Existenz fürchten musste. Offenbar fühlte er sich so bedroht, dass er –»

«Wie kann man bei einem derart umweltgerechten Projekt von einer Bedrohung sprechen?», unterbrach ihn Knappeck.

«Aber die Fischer gehen dort auf Krabbenfang, das wissen Sie genauso gut wie ich.»

«Wir haben doch Ausweichmöglichkeiten aufgezeigt. Hat meine Presseabteilung Ihnen die Unterlagen nicht zukommen lassen?»

Der Redakteur seufzte. «Doch, hat sie. Mich hätten allerdings viel mehr die Pläne für weitere Offshore-Parks in der Nordsee interessiert. Projekte, die der Küstenfischerei wahrscheinlich endgültig das Genick brechen.»

Knappeck lief es kalt den Rücken hinunter. Für einen Moment war er sprachlos. Wie hatte denn die Presse Wind von der Sache bekommen? Er ging zum Frontalangriff über. «Das sind doch absurde Behauptungen, die jeder Grundlage entbehren. Kompletter Blödsinn!» Knappeck zerrte an seinem Krawattenknoten, er bekam plötzlich schlecht Luft. «In zehn Jahren wird kein Hahn mehr danach krähen. Ein Fischer hat sich erhängt. Das ist zwar tragisch, steht aber in keinem Zusammenhang mit unserem Windpark-Projekt.»

Am anderen Ende der Leitung blieb es zunächst still. Dann fragte der Mann: «Darf ich Sie zitieren?»

«Nein, verdammt noch mal!» Wütend knallte Knappeck den Hörer auf das Telefon.

Knappeck starrte auf das Familienfoto, das neben dem Apparat stand. Langsam verrauchte seine Wut und machte einer tiefen Resignation Platz. Ein dumpfes Gefühl, das sich in jeder Faser seines Körpers ausbreitete. Er hatte die Fassung verloren, dabei hatte er genau das um jeden Preis vermeiden wollen.

Müde stand er auf und ging zu dem großen Panoramafenster, das den Blick freigab auf die Hunte, die ab Oldenburg auch für größere Kähne schiffbar war. Ein Binnenschiff zog mit einer Ladung Sand und Kies langsam vorbei. Knappeck hatte diesen ruhigen Platz am Fluss bewusst für seine Firma gewählt. Das Gebäude lag etwas abseits der Oldenburger Innenstadt im Grünen. Die Initialen der NR GmbH standen schließlich für «Natural Resources», und dazu gehörte neben Sonne natürlich auch Wasser. Das richtig dicke Geld jedoch, so viel hatte

Knappeck gelernt, steckte im Wind. Genauer gesagt im Wind auf dem Wasser. In der Branche war in den letzten Jahren eine Goldgräberstimmung ausgebrochen, die die Politik mit ihren Energiegesetzen weiter angeheizt hatte. Und er war überzeugt davon, dass sich das Reaktorunglück im japanischen Fukushima als ein anhaltender Katalysator für den Boom erweisen würde.

Knappecks Hände zitterten, und er hatte noch immer das Gefühl, keine Luft zu bekommen. Mit einer ruckartigen Bewegung griff er sich an den Hals und löste den Knoten seiner Krawatte komplett. Mit beiden Händen knetete er den Stoff. Langsam atmete er aus. Viele Jahre hatte er hart für seine Chance gearbeitet. So leicht würde er sich nicht ausbremsen lassen. Nicht von einem Fischer und nicht von der Presse, die sowieso nur das schrieb, was sich am besten verkaufen ließ.

Kapierten diese Leute es denn nicht? Er war einer von den Guten! Er war derjenige, der dem gefährlichen Atomstrom saubere Windenergie entgegensetzte. Und nun sollte er der Buhmann sein? Jahrelang hatte er sich abgerackert, Gutachten gesammelt, Genehmigungen eingeholt, Kapital beschafft. Das würde er sich nicht von einem labilen Nachwuchsfischer und auch nicht von einem überambitionierten Redakteur kaputt machen lassen!

Trotzdem kam es ihm immer noch so vor, als hätte er eine Schlinge um den Hals. Wütend feuerte er die Krawatte in die Ecke und riss an seinem Hemdkragen, bis sich die oberen Knöpfe lösten und er endlich mehr Luft bekam.

Sein Blick wanderte zum massiven Schreibtisch, zu dem Foto seiner Familie und weiter zur Telefonanlage. Die Leitung blinkte schon wieder.

In dem Moment öffnete auch schon seine Sekretärin fast lautlos die Tür, wies stumm auf das Telefon und verschwand gleich darauf wieder. Leise fiel die Tür hinter ihr ins Schloss.

Knappeck warf einen Blick aufs Display – und erschrak. Regungslos blieb er stehen und starrte auf die Ziffern. Die Nummer kannte er auswendig. Fast wünschte er sich, es sei wieder irgendein Pressemensch, den er mit ein paar Phrasen und deutlich mehr Selbstbeherrschung als beim letzten Gespräch abservieren konnte.

Er biss sich auf die Unterlippe. Was auch immer dieser Anrufer gerade jetzt von ihm wollte, es war nebensächlich. Die Frage war vielmehr: Wie weit würde er gehen, um zu bekommen, was ihm seiner Meinung nach zustand?

Knappeck wusste es nicht. Aber es blieb ihm nichts anderes übrig, als den Hörer abzunehmen. Er würde es gleich ohnehin erfahren.

Ächzend ließ sich Spandorff auf den Beifahrersitz fallen, während die junge Frau neben ihm, die sich Hauptkommissarin schimpfte, den Zündschlüssel herumdrehte. Wortlos schaltete sie das Navi ein und gab die Adresse des Kommissariats ein. Dann lenkte sie den Golf aus dem Hafengebiet, bog am Ende der Sielstraße links ab und fuhr zügig in Richtung Burhave. Spandorff beachtete sie nicht, sie verließ sich einzig und allein auf die blecherne Stimme aus dem schmalen Gerät.

Das war also Tomma Petersen. Spandorff war enttäuscht. Er hatte sich seine neue Kollegin irgendwie anders vorgestellt.

Seine Chefin mochte knapp über einen Meter sechzig groß sein. Sie war fast so dünn wie diese abgemagerten Spargelmädchen, die er aus der Werbung kannte. Ihr Kleidungsstil erinnerte ihn an den seiner Töchter: schmale Jeans, schwarze Lederjacke und eine Tasche, die sie quer über eine Schulter gehängt trug.

Aber das war es nicht, was ihn am meisten irritierte und dafür gesorgt hatte, dass er so lange auf ihren Dienstausweis starren musste. Tomma Petersen war Asiatin! Sie hatte ein rund geformtes Gesicht, pechschwarze Haare und mandelförmige braune Augen. Wer so aussah wie sie, hieß nicht Tomma Petersen. Wer so aussah, passte eher in ein Sushi-Restaurant als in ein norddeutsches Polizeikommissariat.

«Alles in Ordnung?»

Ihre Stimme riss Spandorff aus seinen Gedanken.

«Sicher.» Verlegen sah er aus dem Fenster und ließ seinen Blick über die Weiden schweifen, auf denen Kühe grasten. Ihre monotonen Kaubewegungen und ihre stoische Art hatten etwas Beruhigendes. Ab und zu tauchten ein Haus und ein paar Bäume am Straßenrand auf, ansonsten hatte man freie Sicht.

Das war einer der Gründe, warum Spandorff noch immer hier lebte. Es gab Zeiten, da wäre er fast weggegangen, in eine größere Stadt, in eine andere Region. Doch jedes Mal, wenn die Überlegung konkreter wurde, hatte er einen Rückzieher gemacht. Er gehörte einfach in die Wesermarsch. Hier wusste er, wie die Menschen tickten. Was hatte er damals noch zu seiner Frau gesagt? Einen alten Baum verpflanzt man nicht. Evelyn war allerdings wie so häufig anderer Meinung gewesen: «Du bist noch nicht mal fünfzig!» Zu alt für einen Neuanfang, hatte er entgegnet, und sich einen Whiskey eingegossen. Sie hatte noch einige Minuten im Raum gestanden und ihn angestarrt. Dann war sie wortlos aus dem Zimmer verschwunden. Und einige Wochen später auch aus seinem Leben.

Das monotone Geräusch der Scheibenwischer holte Spandorff zurück in die Gegenwart. Leichter Nieselregen hatte eingesetzt, die Baumkronen bogen sich im Wind.

Unauffällig warf er seiner neuen Chefin einen Seitenblick zu.

Das war also die Allzweckwaffe, die der Polizeidirektor in den höchsten Tönen gelobt hatte. «Sie wird ein bisschen frischen Wind in die Dienststelle bringen», hatte Klaus Sturm gesagt und etwas von «Verjüngungskur der Polizeiinspektion» gefaselt. Er hatte dabei dämlich gegrinst, ganz so, als hätte er mit ihrer Einstellung den Jackpot geknackt. Petersen ginge der Ruf voraus, äußerst genau und pünktlich zu sein. Außerdem mache sie sich nichts aus Hochprozentigem, hatte Sturm erklärt, und trinke am liebsten grünen Tee. Beim letzten Satz hatte er Spandorff einen vielsagenden Blick zugeworfen.

Natürlich hatte Spandorff die Klappe gehalten, obwohl er selbstverständlich wusste, worauf der Boss anspielte. Doch er ließ sich nicht provozieren. Er machte seinen Job gut. Besser als mancher Kollege, der zu jeder Dienstbesprechung als Erster zur Stelle war, die Berichte fehlerfrei ablieferte und immer erreichbar war. Irgendwann würde er die Möglichkeit bekommen, sich zu beweisen, das wusste Spandorff.

Und diese Chance würde er nutzen.

Sturm hatte damals weiter über sein Wunderkind doziert. Sie habe einen hervorragenden Abschluss der

Polizeiakademie Niedersachsen und diverse Zusatzseminare in Hannover absolviert. Sie freue sich nun auf ihren ersten Fall in der Wesermarsch.

Na, das hatte sie ja eben schon erfolgreich bewiesen. Verbissen starrte Spandorff durch die Windschutzscheibe. Wie einen Idioten hatte sie ihn am Hafen stehen lassen und war mit ihrem komischen elektronischen Ding in der Hand weggestakst. Eine dünnhäutige Zicke war sie, die andere Leute gerne herumkommandierte.

Aber mit ihm würde das nicht so laufen, das konnte sie sich abschminken! Spandorff knetete seine Hände. Zugegeben, er war nicht gerade ein gerissener Wolf, eher ein gutmütiger, etwas altersschwacher Hund, nachdem ganz gerne mal getreten wurde. Aber beißen konnte er immer noch – wenn er musste.

«Was wussten denn die Eltern von Eric Theurer noch zu berichten?», kam es ungeduldig vom Fahrersitz.

Spandorff vergrub seine Hände in der Wetterjacke und ließ sich Zeit mit der Antwort. «Das Übliche. Sie hätten ja keine Ahnung gehabt von seinem Zustand. Er hätte doch mit ihnen über alles reden können und so weiter. Aber die Angst vor Veränderungen in den Fanggründen, die wird er auch bei seinem Vater mitbekommen haben.»

Fragend sah ihn Tomma Petersen an. «Die Angst vor einem Windpark?»

Spandorff nickte.

«Das haben die anderen Fischer auch gesagt», fügte sie noch hinzu und lauschte dann wieder den Anweisungen des Navis.

Kurz darauf bog sie rechts ab auf einen Parkplatz, der an das rote Klinkergebäude der Nordenhamer Polizeidienststelle grenzte. Mit einer zackigen Handbewegung stellte sie das Gerät aus, dann parkte sie den Wagen und zog wieder ihr BlackBerry aus der Tasche.

Spandorff seufzte. Diese Frau mochte fit im Umgang mit der neusten Technik sein und alle Prüfungen mit Bestnoten abgelegt haben. Aber ob sie auch wusste, wie man einen Fall löste?

Geesa Frerichs atmete schwer. Sie legte den Löffel aus der Hand und stützte sich auf die kühle Platte neben dem Herd. Der Dampf stieg ihr dennoch in die Augen.

War ihre erste Schwangerschaft auch so beschwerlich gewesen? Sie biss die Zähne zusammen und sah aus dem Fenster. Ihr Blick wanderte über den Deich und zu den Schafen, die über die Grasnarbe wateten. Möwen jagten durch den Wind. Vereinzelt kam die Sonne durch die Regenwolken und warf die ersten wärmenden Strahlen auf die nasse Grasfläche.

Was für eine Idylle, dachte sie. Wollte sie all das wirklich aufgeben?

Aus dem Flur drang ein Läuten an ihre Ohren. Wo war nur das verdammte Telefon? Langsam ging sie durchs Haus, das Klingeln wurde drängender.

Im Wohnzimmer stapelten sich alte Zeitschriften auf dem Esstisch. Spielsachen lagen achtlos auf dem Fußboden verstreut, und auf den Bilderrahmen hatte sich eine Staubschicht gebildet. Was für ein Chaos, dachte Geesa, nicht mal den Haushalt habe ich im Griff!

Endlich fand sie den schnurlosen Apparat.

«Ja, Frerichs?» Sie war außer Atem und musste sich setzen.

Am anderen Ende der Leitung war es still, lediglich ein leises Knacken war zu hören.

«Hallo? Mit wem spreche ich?» Keine Antwort, dafür wieder ein Knacken.

Schnell unterbrach sie die Verbindung und legte das Telefon auf den Zeitschriftenstapel. Eine Weile blieb sie regungslos sitzen und starrte ins Leere, unschlüssig, was sie nun tun sollte. Dann nahm sie das Telefon erneut zur Hand und klickte sich durch die Liste der angenommenen

Gespräche. Von dem Anruf wurde keine Nummer angezeigt, wie beim letzten Mal.

Geesa spürte ein Ziehen im Magen und kaute auf ihrer Unterlippe. Entschlossen stand sie auf, drückte ihr Kreuz durch und ging wieder in die Küche.

Als sie wenig später hörte, dass die Haustür geöffnet wurde, straffte sie ihre Schultern und rief: «Ich bin in der Küche!»

«Hey!» Die Stimme ihres Mannes kam näher und war schließlich dicht neben ihrem Ohr. Sie spürte, wie sich seine Arme um ihren Bauch spannten und er die Hände fest unter ihrer Brust verschränkte. Er roch nach Seeluft, Schweiß und herbem Aftershave. Früher hatte sie das gemocht.

«Nicht, lass das.» Geesa stieß ihn zurück. «Mir geht's nicht gut. Der Junior …» Sie ließ den Satz unvollendet, tippte kurz auf ihren Bauch und widmete sich wieder dem Topf. Mit einer Kelle schöpfte sie dampfende Suppe auf die Teller und trug sie zum Tisch.

Thies ließ sich auf die Eckbank fallen, feuerte seine Jacke auf einen Stuhl und grinste zufrieden.

«Kein Wunder!», sagte er, ohne den Blick vom Teller zu heben. «Das wird ein waschechter Fischer. Ein ganzer

Kerl. Der macht schon mal Radau.» Er sah sie an und fuhr sich mit den Fingern durch seine braunen Haare, die ihm in langen Strähnen ins Gesicht fielen.

Geesa schwieg. Ihr Magen zog sich zusammen.

«Wenn er will», fuhr Thies fort, «kann er später den Kutter haben, dafür sorge ich.»

Nicht schon wieder!, dachte Geesa. Wie oft hatten sie die Diskussion geführt? Wie oft hatte er sie nicht zu Wort kommen lassen, nicht einmal angehört, was sie zu sagen hatte? Sie nahm einen Lappen, tauchte ihn in das heiße Spülwasser und begann, die Arbeitsplatte abzuwischen. Thies redete noch immer von seinem Kutter und davon, dass sein Sohn eines Tages darauf seine Netze auswerfen würde. Doch irgendwann reichte es Geesa. Abrupt drehte sie sich um und sah ihren Mann direkt an.

«Du weißt doch, wie die Situation ist. Vielleicht solltest du einfach akzeptieren, dass –»

«Ich akzeptiere gar nichts!» Thies schlug mit der flachen Hand auf den Tisch. Ein Löffel fiel auf den Boden. «Die graben uns hier nicht das Wasser ab!» Hektische rote Flecken breiteten sich auf seinem Hals und in seinem Gesicht aus. Auf seiner Stirn glänzte der Schweiß. «Ich lass mich nicht mehr verarschen!»

Wenn er sich so in Rage redete, konnte man direkt Angst vor ihm kriegen, dachte Geesa. War er früher auch schon so gewesen? So aufbrausend und unberechenbar? Langsam, wie in Zeitlupe, ließ Geesa den Lappen ins Spülwasser gleiten und bückte sich nach dem heruntergefallenen Löffel.

Thies schimpfte weiter. «Aber jetzt ist Schluss!» Er atmete tief ein. «Ich treffe mich gleich noch mal mit Knappeck. Und er soll mir nicht wieder mit irgendwelchen dämlichen Umweltgutachten kommen! Ich werde ihn schon so weit kriegen, dass er den Windpark verhindert.»

«Was soll das denn werden – David gegen Goliath?» Geesa war die Diskussion leid. «Nächstes Jahr hast du deinen wichtigsten Fanggrund verloren, finde dich damit ab!»

«Das wird Knappeck nicht bringen.»

«Warum? Glaubst du, es kümmert ihn, dass Eric heute

Morgen in der Takellage hing? Herrgott noch mal!» Geesa warf den Löffel derart schwungvoll ins Spülwasser, dass sie selbst etwas nass wurde. «Da werden Millionen im Meer versenkt! Den interessiert es doch nicht, ob ein paar Fischerfamilien bankrottgehen. Oder hast du einen schlauen Plan, von dem ich nichts weiß? Was willst du ihm denn schon bieten?»

«Etwas sehr Wertvolles.» Ihr Mann machte eine bedeutungsvolle Pause. «Mein Schweigen.»

Mittwoch, 23. März
Hochwasser: 3:16 Uhr / 15:42 Uhr

Ein Freund vieler Worte war der bullige Kollege eindeutig nicht. Das hatte Tomma während der vergangenen Tage in der Polizeidienststelle feststellen müssen. Spandorff saß ihr zwar im Büro gegenüber, aber er hatte seinen alten Holzschreibtisch, der leicht nach Bohnerwachs roch, so weit wie möglich von ihrem abgerückt.

Die meiste Zeit war er in Unterlagen vertieft. Ab und zu kritzelte er etwas in sein abgegriffenes, in dunkelbraunes Leder eingeschlagenes Notizbuch und sah nur gelegentlich kurz auf, um sich dann wieder den Akten zuzuwenden. Spandorff telefonierte selten, der Computer war die meiste Zeit nicht mal hochgefahren, und mit Tomma sprach er nur, wenn es sich nicht vermeiden ließ.

«Dann betrachten wir den Todesfall Theurer also vorerst als abgeschlossen?» Es war weniger eine Frage als eine Feststellung, aber ein weiterer Versuch, mit ihrem wortkargen Kollegen Kontakt aufzunehmen.

Spandorff warf ihr einen kurzen Blick über den Rand seiner halbrunden Lesebrille zu und schwieg beharrlich.

Bemüht geschäftig blätterte sie in dem Obduktionsbericht, der heute Morgen auf ihrem Schreibtisch gelegen hatte. Fazit: Keine Blutergüsse, keine Schleifspuren, keine Hinweise auf Fremdverschulden. Theurer schien außerdem kerngesund gewesen zu sein. War die Verzweiflung über seine berufliche Zukunft also wirklich so groß gewesen, dass sie ihn in den Selbstmord getrieben hatte? War ihm die Lage derart ausweglos erschienen?

Langsam goss Tomma sich einen Becher dampfenden grünen Tee ein. Gut, dass sie heute Morgen an die Thermoskanne gedacht hatte. Das Gebräu in der Kantine war ungenießbar. Der Vorgang wurde von Spandorff skeptisch beäugt. Tomma war das egal. Sie wollte jetzt Klarheit im Fall Theurer.

Bislang gab es viel zu wenig Anhaltspunkte für Theurers Freitod. Sie hatten keinen Abschiedsbrief von Eric gefunden, keine Hinweise in seinem privaten Umfeld, und Tomma wurde das Gefühl nicht los, die falschen Fragen gestellt zu haben. Sie startete einen weiteren Versuch. «Mir geht der Satz von diesem Thies Frerichs nicht aus dem Kopf.»

Spandorff hob den Blick. «Welcher Satz?»

«Na, dass Theurer nicht der einzige Tote bleiben wird. Was meinte er damit?»

Spandorff zuckte mit den Schultern. «Frerichs ist ein Wichtigtuer und Lautsprecher. Immer schon gewesen. Er vermutet überall Verschwörungen und legt sich mit jedem an, der ihm in die Quere kommt. Fragen Sie mal die Butjadinger Kollegen, wie oft sie in der *Fischerstube* Handgreiflichkeiten schlichten mussten, weil der selbsternannte Cheffischer sich wieder mal angegriffen fühlte und ausgeteilt hat.» Spandorff gähnte und warf einen Blick auf die Uhr über dem Türrahmen. «Außerdem ist ein Freitod nicht strafbar.»

Tomma spürte, wie die Ungeduld in ihr hochkroch. Die Art ihres Kollegen nervte sie, seine Lethargie machte sie aggressiv. Wenn sie jedoch ehrlich war, hatte er vermutlich recht. Sie hatten alles gründlich untersucht, alles getan, was möglich war. Eric Theurer hatte seinem Leben ein Ende gesetzt, einfach so.

Ihre Überlegungen wurden vom Klopfen an der Tür unterbrochen.

Polizeidirektor Klaus Sturm stand gut gelaunt im Türrahmen, einen schüchtern lächelnden jungen Mann im Schlepptau.

«Darf ich Ihnen Jurek Pajak vorstellen?» Sturm schob den Gast ins Zimmer und bugsierte ihn zu einem kleinen Schreibtisch, der eingezwängt zwischen einem Rollcontainer und dem Regal mit alten Akten stand.

Tomma legte den Bericht zur Seite und sah dem Polizeidirektor interessiert zu. Sturm war der optische Gegenentwurf zu Spandorff. Die Bügelfalte seiner hellen Stoffhose wirkte genauso akkurat wie seine exakt geschnittene Frisur. Sein schwarzes, streichholzkurzes Haar war zusätzlich mit Gel fixiert. Er mochte knapp über einen Meter achtzig groß sein und bewegte sich mit schnellen, schneidigen Bewegungen. Hätte er sich nicht für die Polizei entschieden, wäre sicher auch eine Karriere bei der Bundeswehr drin gewesen, schätzte Tomma. Aber dann hätte er auch im Dreck wühlen müssen, und dafür war Klaus Sturm nicht geschaffen. Das sagten zumindest die Kollegen, natürlich nur hinter vorgehaltener Hand: «Was will man erwarten? Der Mann ist nicht mal ein ausgebildeter Kriminalbeamter», hatte Reimers von der Spurensicherung neulich in der Kantine geätzt und seinen Ärger mit einem großen Schluck Cola hinuntergespült. «Dafür kann der Sturm gut reden und jeden Ermittlungserfolg so verkaufen, als habe er den Tätern höchstpersönlich die Handschellen angelegt.» Tomma hatte in ihren viel zu dünnen Tee gestarrt und den neuen Boss halbherzig in Schutz genommen. Aber Reimers hatte nur gelacht. «Warte, bis er deinen ersten Tatort zertrampelt und wichtige Spuren zerstört. Sturm ist ein Marketingmann. Aber kein Bulle.»

Bisher hatte Tomma aber erst wenig von Sturm mitbekommen. Jetzt stand er breitbeinig im Zimmer und lächelte sie jovial an.

«Herr Pajak hat Kriminalistik studiert und arbeitet für die Kollegen der *Policja* in Swinemünde.» Er sprach das Wort extrem langsam und überdeutlich aus, als habe er Sorge, er könne sich daran verschlucken. «Unser Gast ist Computerspezialist und ein Meister der Recherche. Er möchte uns einige Zeit bei der Arbeit über die Schulter sehen, und Sie können ja mit Sicherheit Unterstützung benötigen, nicht wahr? Es wird unserer Dienststelle in Nordenham guttun, so ein bisschen Internationalität. Interessiert bestimmt auch die Presse.»

Sturm, der Marketingmann. Unter anderen Umständen hätte Tomma an dieser Stelle vermutlich gegrinst. Die Aussicht auf eine dritte Kraft in ihrem kleinen Büro war jedoch alles andere als komisch. Sie wollte gerade nachfragen, was das alles zu bedeuten hatte, da drehte sich Sturm auch schon zur Tür. Mit einem erhobenen Arm erstickte er jeglichen Protest im Keim.

«Also, bis die Tage», rief er und grinste schief. «Sie werden sich jetzt sicher erst mal gegenseitig beschnuppern wollen.»

Tomma war sprachlos. Man wollte ihr einfach ohne Rücksprache einen Praktikanten aufs Auge drücken?

Der junge Mann nestelte nervös am Ärmel seines

Sweatshirts. Das Oberteil war ihm mindestens eine Nummer zu groß. Auch in den Rest seiner Kleidung schien er noch hineinwachsen zu wollen, denn alles schlackerte an seinem dünnen Körper. Die Beine steckten in ausgeleierten Jeans, und Tomma registrierte, dass ihm der Schritt fast in den Kniekehlen hing. Unter den Hosenbeinen lugten Turnschuhe hervor, die wohl mal weiß gewesen waren, mittlerweile aber auch als schlammbraun durchgehen konnten. Vervollständigt wurde sein eigenwilliges Outfit durch einen Panamahut, unter dem hellbraune Locken hervorquollen, die ungefähr dieselbe Farbe hatten wie seine großen Augen.

Trug man das jetzt so? Tomma fuhr sich durch die Haare. Wie alt mochte der Praktikant sein, Anfang zwanzig?

«Swinemünde?», fragte sie, nachdem sie sich etwas gefasst hatte.

«Unsere Partnerstadt in Polen», warf Spandorff seufzend ein und schob seine Brille zurück auf die Nasenwurzel. Doch statt den Neuling eines Blickes zu würdigen, glotzte er durchs Fenster ihres Büros im ersten Stock auf den Innenhof, in dem es nichts zu sehen gab außer zwei Kollegen, die an ihren Zigaretten zogen.

«Dziękuję», sagte der seltsame Gast und verlagerte sein Gewicht nervös von einem Bein auf das andere. Eine leichte Röte kroch vom ausgeleierten Rand seines dunkelblauen Sweatshirts bis zum Haaransatz.

Tomma überlegte. Vielleicht war es gar nicht schlecht, jemanden wie Jurek im Team zu haben. Er war jünger als sie, wollte etwas lernen und musste sich noch beweisen. Und im Gegensatz zu ihrem Kollegen Spandorff hatte er mit Sicherheit keine Probleme damit, Anweisungen von einer frischgebackenen Hauptkommissarin anzunehmen. Zumal sie vermutlich diejenige sein würde, die ihm ein Zeugnis über seinen Aufenthalt an einer deutschen Polizeiinspektion ausstellen würde. Und wer weiß, dachte sie, vielleicht konnte er ihnen wirklich mal bei Ermittlungen helfen.

«Dann mal auf gute Zusammenarbeit.» Sie lächelte ihn an.

«Danke.» Jurek erwiderte ihren Handschlag mit einem überraschend festen Händedruck.

«Wie lange bleiben Sie in Deutschland?»

«Ein halbes Jahr. Ich nehme an einem internationalen Austauschprogramm teil.» Jurek nickte mehrmals, während er sprach, und Tomma überlegte, ob er seine Äußerungen damit unterstreichen wollte. Sein Deutsch war jedenfalls hervorragend und seine Aussprache fast akzentfrei.

Das Telefon klingelte, und Tomma registrierte am Rande, dass Spandorff den Hörer abnahm.

«Woher können Sie denn so gut Deutsch?», fragte sie Jurek. «Von der Uni?»

Der Panamahut wechselte die Richtung. «Nein, ich habe hier Familie.» Jurek senkte die Stimme, wohl um Spandorff nicht zu stören, der kurze, abgehackte Sätze in den Hörer sprach. «Meine Mutter kommt aus Deutschland, und wir sind oft hier zu Besuch. Mein Onkel ist auch Polizist, in Bremen. Dort wird meine nächste Station sein.» Wieder nickte er eifrig, und sein Blick wanderte unschlüssig durch den Raum. Offenbar wusste er nicht mehr, was er sagen sollte.

Tomma beschloss, ihm erst mal seinen Schreibtisch zu zeigen. Sie fuhr den Computer hoch, der sich mit einem blinkenden «Willkommen» bei seinem neuen Nutzer meldete, und deutete Jurek, Platz zu nehmen.

Als er vor dem Bildschirm saß, schien Jurek aufzutauen. Er bewegte sich hier auf gewohntem Terrain. Sturm hatte bereits veranlasst, dass er einen Zugang bekam, der ihm den Zugriff auf bestimmte Bereiche des Rechners erlaubte. Tomma erklärte ihm den Aufbau in groben Zügen und schlug vor, dass er sich mit der neuen Technik erst mal vertraut machte. Wenn er Fragen habe, könne er sich jederzeit an sie wenden.

Freudiges Nicken.

Tomma wollte gerade zurück an ihren Platz gehen, als Spandorff den Hörer auflegte und die Stirn runzelte.

«Und?», fragte Tomma erwartungsvoll nach. «Was Wichtiges?»

Spandorff sagte jedoch nichts, sondern sah abwesend aus dem Fenster.

«Herrgott, machen Sie's nicht so spannend, Spandorff!»

Der Blick ihres Kollegen war seltsam leer. «Es gibt einen weiteren Toten», sagte er leise. Pause.

«Wo?» Tomma stützte sich auf seinen Schreibtisch und beugte sich vor, als müsse sie ihm jedes Wort einzeln aus der Nase ziehen.

«Wieder an der Küste.» Pause.

«Wer?»

«Wieder ein Fischer.»

Tomma biss sich auf die Unterlippe. Dann hatte sie bei Eric Theurer vielleicht doch recht gehabt. Das Gefühl sagte ihr, dass mehr dahintersteckte. Sie spürte, wie ihre Fingerspitzen kribbelten und sich ihr Puls beschleunigte. «Verdammt, jetzt rücken Sie schon raus mit der Sprache! Ein weiterer Suizid?»

Spandorff stand auf, nahm seine Jacke vom Haken und schüttelte den Kopf. «Wohl kaum.»

Der strahlende Frühlingstag bildete einen scharfen Kontrast zu dem Szenario, das sich ihnen in Fedderwardersiel bot.

Sie mussten erst eine Pforte öffnen, bevor sie über die

Schafweide zu dem Bereich gelangten, der nun als Tatort abgesperrt war. Schon von weitem erkannte Tomma die Kollegen der Spurensicherung. Fast lautlos gingen die Männer in den weißen Schutzanzügen ihrer Arbeit nach, suchten den feuchten Boden nach Fasern ab, ließen Zigarettenkippen und herumliegendes Papier in kleinen durchsichtigen Plastikbeuteln verschwinden.

Tommas Blick fiel auf den leblosen Körper, der in etwa 30 Meter Entfernung zusammengekrümmt im Gras lag. Die Hose und die dunkelblaue Jacke waren mit einer dunklen Kruste Blut und Dreck beschmutzt. Neben dem Leichnam hockten drei Kollegen.

Einer der Männer trug Mundschutz und versuchte gerade mit einer Pipette Blut in ein durchsichtiges Röhrchen zu füllen. Als Tomma näher trat, sah er auf und warf ihr einen langen Blick zu. Seine Augen waren eisblau, wie bei einem Husky, dachte Tomma.

Ihre Finger waren kalt. Sie rieb sich die Hände und hielt plötzlich in der Bewegung inne, als sie den Mann erkannte, der vor ihr im feuchten Gras lag. Es war Thies Frerichs.

Tomma warf Spandorff einen fragenden Blick zu. Doch der Kollege zuckte nur mit den Schultern.

Das Gesicht des Toten war zum Himmel gerichtet, an dem an diesem Morgen keine Wolke vorbeizog. Es war geschwollen, eine Augenbraue aufgeplatzt. An einer Stelle seines Körpers war die Jacke hochgerutscht und gab den Blick auf den Oberkörper frei. Die Haut wies blaue Flecken auf.

Klack, klack, klack. Das stakkatoartige Geräusch holte Tomma aus ihrer Schockstarre. Ein Kollege durchbrach mit seiner Spiegelreflexkamera die Stille und hielt jedes Detail auf einem Chip fest. Als er fertig war, setzte er die Schutzkappe auf die Linse und gab einem weiteren Kollegen ein Zeichen. Offenbar hatte er seine Arbeit getan.

Tomma entdeckte nun auch Dr. Karl Berschat. «Und?», fragte sie den Rechtsmediziner, der seinen Koffer gerade zuklappte und sich ächzend aufrichtete.

Berschat war ein hagerer Mann Ende vierzig. Vorsichtig streifte er die durchsichtigen Plastikhandschuhe ab und wog unsicher den Kopf hin und her. «Den Todeszeitpunkt kann ich noch nicht genau bestimmen. Gestern Abend vermute ich, wahrscheinlich spät, nach zehn.»

Der Mediziner kaute Kaugummi und sah Tomma abwartend an.

«Woran ist er gestorben?»

Berschat ging wieder in die Hocke und beugte sich vorsichtig über den Toten. «Er hat Stichverletzungen am ganzen Körper. Insbesondere die im Brustbereich dürften tödlich gewesen sein.» Er wies auf Brust, Bauch und den rechten Oberschenkel.

«Also hat der Täter einfach auf ihn eingestochen?», meldete sich Spandorff zu Wort, der die Szene bisher stumm beobachtet hatte.

Der Mediziner zuckte mit den Schultern. «Ich muss ihn erst genauer untersuchen.»

Tomma betrachtete die mit Blut verkrusteten Einstichstellen und vermied es dabei, in Thies Frerichs' bleiches Gesicht und seine ausdruckslosen Augen zu sehen. «Einige der Einstiche sehen sehr tief aus. Vielleicht waren die Verletzungen doch nicht so wahllos», überlegte sie laut. «Ist er an inneren Verletzungen gestorben oder verblutet?», fragte sie Berschat.

«Wie gesagt, dazu muss er erst auf meinem Tisch liegen.» Damit erhob sich der Rechtsmediziner und gab einem Kollegen ein Zeichen, um den Leichnam für den Transport zur Obduktion im rechtsmedizinischen Institut vorzubereiten.

Tomma sah sich um. Sattes Grün, überschwemmte Flächen, Schilf, das sich raschelnd im Wind bewegte. Die Wiese wurde zu einer Seite vom Wasser begrenzt, auf dem ein roter Kutter seine Netze ausgeworfen hatte. In der Ferne konnte sie die Umrisse der Containerterminals in Bremerhaven erkennen, weiter links führte der Blick aufs offene Meer. Einige Meter vom Leichnam entfernt markierte ein grünes Seezeichen die Einfahrt des Kutterhafens.

Im Gegensatz zu dem lauten Getümmel am Hafen, das Tomma bei den Befragungen zu Theurers Selbstmord begleitet hatte, war es hier ruhig, fast unnatürlich still. Ein Rundweg führte durch die Natur, weit und breit war jedoch keine Menschenseele zu sehen. Was hatte der Fischer in dieser Einöde gemacht?

«Wer hat Frerichs eigentlich gefunden?», fragte sie Spandorff, der noch immer schweigend neben ihr stand und es offenbar vorzog, die Szene nur zu beobachten.

«Ein Spaziergänger.» Und nach einer kleinen Pause fügte er noch hinzu: «Als Tourist hat man es dieses Jahr wirklich nicht leicht hier.»

Tomma ging auf seinen lahmen Scherz nicht ein. «Gab es eine Vermisstenmeldung? Von seiner Familie? Immerhin liegt er bereits seit gestern Abend hier, wenn Berschat recht hat.»

Spandorff schüttelte den Kopf und vergrub seine Hände noch tiefer in den Hosentaschen.

«Das ist doch eigenartig», gab Tomma zu bedenken. «Ich meine, selbst wenn er abends noch schnell auf ein Bier in die Kneipe ist und anschließend nicht nach Hause kam … Das müsste seine Frau doch bemerkt haben. Er war doch verheiratet, oder?»

Spandorff seufzte. «Mit Geesa. Die beiden haben ein Kind, Tim. Die Familie wohnt hier im Dorf.» Er drehte sich um und wies in Richtung einer Wiese, von der ein süßlicher Geruch in ihre Richtung strömte. «Aber wir sollten vielleicht erst mit der Frau reden, bevor wir hier Spekulationen anstellen.»

Tomma kniff die Augen zusammen. Sie spürte erneut Ärger in sich aufsteigen, entschied sich aber für eine andere Strategie. «Gute Idee, dann machen Sie das mal. Da muss ich ja nicht unbedingt dabei sein. Ich fahre zur Dienststelle und starte die Ermittlungen in die andere Richtung. Kontobewegungen, Handyabrechnungen, Lebensversicherungen – das Übliche.»

Spandorff sah sie ungläubig an.

Eine Todesnachricht zu übermitteln war der unangenehmste Teil ihrer Arbeit, das wusste Tomma genauso gut wie Spandorff. Doch sie schob das schlechte Gewissen, das sich leise bei ihr meldete, beiseite und drehte sich um.

Schon zum zweiten Mal, seit sie die Ermittlungen übernommen hatten, ließ sie ihn wortlos stehen. Dabei ärgerte sie sich fast ein bisschen, dass sie jetzt bei dem Gespräch nicht dabei sein konnte. Schließlich riskierte sie, dass dem lethargischen Kollegen etwas entging. Irgendein wichtiges Detail, auf das sie vielleicht eher geachtet hätte als er. Aber das Risiko musste sie eingehen.

«Tot?», wiederholte Geesa Frerichs leise. Tot – das war eine leere Worthülse. Es besagte gar nichts. Als würde sich nichts verändern, die Zeit einfach stillstehen. Doch das tat sie nicht. Geesa hörte die Wanduhr ticken, im Garten klimperte das Windspiel. Die Welt drehte sich weiter. Doch ihr Mann lebte nicht mehr.

Es war ein ganz normaler Vormittag gewesen, sie hatte Tim in den Kindergarten gebracht, aufgeräumt, geputzt und das Mittagessen vorbereitet. Alltag. Bis dieser Mann an ihrer Tür klingelte. Sie hatte zuerst gar nicht öffnen wollen, weil er so groß und ungepflegt aussah, bedrohlich irgendwie. Und nun saß sie mit dem Fremden am Küchentisch und versuchte zu verstehen, was er ihr sagen wollte.

«Tot», sagte sie wieder und merkte, wie erstaunt es aus ihrem Mund klang.

«Frau Frerichs, ich …» Der Polizist schien nervös zu sein, sein Blick irrte in der Küche umher. Er hatte sich als Ulrich Spandorff vorgestellt, und Geesa war sich sicher, ihn noch nie gesehen zu haben.

«Wo, sagen Sie, haben Sie ihn gefunden?»

«Bei den Salzwiesen, in der Nähe der Pütten.»

Er roch nach Alkohol, und Geesa merkte, wie die Übelkeit in ihr hochstieg. «Was hat er denn da gemacht, bei den kleinen Seen?»

«Ich dachte, das könnten Sie mir vielleicht sagen.»

Geesa schüttelte den Kopf. Wie von ferne drang erneut das Ticken der Uhr an ihr Ohr, das Windspiel klimperte. Sie hatte es zusammen mit Thies in Italien gekauft. Damals waren sie noch glücklich gewesen, hatten an eine gemeinsame Zukunft geglaubt.

«Stichverletzungen, sagen Sie?»

Der Mann nickte. In ihrem Körper machte sich eine seltsame Gleichgültigkeit breit, die ihre Sinne lähmte und ihre Bewegungen verlangsamte. Geesa merkte, dass er sie anstarrte, offenbar wartete er auf eine Reaktion. Doch wie sollte sie sich verhalten? Sosehr sie sich auch konzentrierte, es wollten keine Tränen kommen. Und sosehr sie es sich jetzt auch wünschte, war das, was sie fühlte, keine Trauer, sondern vielmehr … Ja, was eigentlich?

Wie durch eine Watteschicht nahm sie die Stimme des Hünen wahr. Offenbar hatte er sie etwas gefragt. «Wie bitte?»

«Hatte Ihr Mann Feinde?»

«Wie meinen Sie das?»

Der Polizist rutschte ungelenk auf seinem Stuhl herum. «Hat er jemanden verärgert? Hatte er sich mit jemandem angelegt?»

Jetzt bloß nicht das Falsche sagen, dachte Geesa. Ihre Handflächen wurden feucht. «Nein», sagte sie schnell, und ihre Stimme klang unnatürlich laut. Sie sprach leiser weiter. «Sicher gibt es Leute, die Thies nicht aufs Fell gucken können. Aber das ist doch nichts Besonderes, oder? Dann geht man sich halt aus dem Weg.»

«Das ist aber nicht so einfach. In so einem kleinen Dorf», sagte der Hüne.

Geesa nahm wieder den Geruch von Hochprozentigem wahr. Instinktiv legte sie die Hand auf ihren Bauch. Als sie seinen Blick auffing, bemühte sie sich um ein Lächeln. «Sechster Monat. Ein Junge.»

Der Mann nickte und lächelte gequält, bevor er gleich wieder ernst wurde. «Und Sie haben keine Ahnung, wer das getan haben könnte?»

Geesa schüttelte den Kopf.

«Wie lief es denn für Ihren Mann? Hatte er Sorgen wegen diesem Windpark?»

«Na, darauf ist keiner der Fischer gut zu sprechen. Dieser Knappeck hat sich bei der Bevölkerung eingeschleimt und mit Umweltgutachten gewedelt. Aber jeder hier weiß, dass die Krabben sich zurückziehen, wenn erst mal gebaut wird.» Geesas Rücken schmerzte, sie bog ihr Kreuz durch. «Aber die Genehmigung liegt vor, der Bau beginnt. Daran wird keiner mehr etwas ändern können.»

«Wann haben Sie Ihren Mann denn das letzte Mal gesehen?»

Geesa hatte plötzlich einen Kloß im Hals, sie schluckte. «So gegen acht.»

«Und wo wollte er hin?»

«In die *Fischerstube.*» Sie sah aus dem Fenster in den Garten. Tims Schaukel bewegte sich im Wind.

«Mit wem? War er verabredet?»

Sie zuckte mit den Schultern. Mit wem Thies sich traf, sagte er ihr schon lange nicht mehr.

«Und Sie haben sich keine Sorgen gemacht, als er nicht nach Hause gekommen ist?», hakte der Hüne nach.

«Nein. Warum denn?» Sie sah ihn traurig an. «Wir

haben getrennte Schlafzimmer. Ich habe also gar nicht mitbekommen, dass er nicht nach Hause kam. Und heute Morgen wollte er früh raus, Krabben fangen. Ich dachte, er sei schon mit dem Kutter unterwegs.»

«Wie früh?»

«So um vier. Um diese Zeit schlafen wir noch, Timmi und ich.» Ihre Hände zitterten, und sie biss sich auf die Unterlippe. Gleich würde sie ihren Sohn abholen müssen ...

Der Kommissar sagte etwas, aber seine Worte drangen nicht zu ihr vor. Ihr Blick wanderte vom Garten zum Deich, auf dem die Schafe grasten, als sei nichts gewesen. Als hätte sich ihr Leben nicht schlagartig verändert, mit einem einzigen Wort.

«Wir werden ausziehen, das Haus verlassen müssen.» Zum ersten Mal während des Gesprächs füllten sich Geesas Augen mit Tränen. «Alleine kann ich es nicht mehr halten.»

Das Haus von Bol Harmsen war leicht zu finden. Weit und breit war es das einzige, das sich hier an den Deich schmiegte, als suche es Schutz vor dem rauen Klima an der Küste.

Tomma bog mit ihrem Golf auf die lange Auffahrt und stellte den Wagen neben dem gepflegten, mit Reetdach gedeckten Gebäude ab. Bol Harmsen kannte sich offenbar nicht nur mit Offshore-Windanlagen aus, sondern hatte auch an Land eine Schwäche für die Kraft der Elemente: Seinen Vorgarten zierten zwei Windmühlen, deren Räder sich quietschend drehten. Der eigentliche

Blickfang des Gartens aber war ein schwarzer Anker. Mehrere Meter lang, brachte er bestimmt eine Tonne auf die Waage.

Sicher eine Erinnerung an sein bewegtes Leben auf See, dachte Tomma, die von Jurek übers Handy ausführliche Informationen zu Bol Harmsen bekommen hatte. Harmsen hatte als Kapitän große Frachter für internationale Reedereien über die Meere gesteuert und einiges von der Welt gesehen. Unter anderem hatte er in den USA, in Argentinien und in Brasilien gelebt. Mit fünfundsechzig war dann Schluss gewesen mit der Schifffahrt, und Harmsen hatte seine Energie und Lebenserfahrung genutzt, um sich als Umweltschützer einen Namen zu machen.

Kurz nachdem Tomma geklingelt hatte, öffnete ein Mann mit zerfurchtem Gesicht und weißem Bart die Tür. Tomma stutzte. Hätte sie einen typischen Kapitän beschreiben müssen, hätte er genau so ausgesehen. Mehr Klischee ging nicht.

«Moin!»

«Guten Tag, Tomma Petersen. Wir hatten heute Morgen telefoniert.» Sie griff in die Innentasche ihrer Lederjacke und zeigte dem Kapitän ihre Dienstmarke.

Harmsen zögerte und kniff die Augen zusammen. «Sie sind Frau Petersen? Die Deern von der Kripo?»

Tomma nickte und wartete geduldig. Noch vor einigen Jahren wäre sie ärgerlich oder zumindest verletzt gewesen, aber mittlerweile hatte sie sich an die verdutzten Reaktionen gewöhnt, wenn sie ihren Namen nannte.

Mit einem Ruck riss Bol Harmsen die Tür auf. «Kommen Sie rein!»

Der Kapitän mochte zu alt sein, um Containerschiffe über die Meere zu manövrieren, aber er konnte jederzeit in Gedanken auf Reisen gehen: An den Wänden hingen diverse Seekarten und unzählige Fotos, die ihn an allen möglichen Plätzen zeigten. Tomma erkannte Harmsen auf dem Zuckerhut in Rio, andere Bilder zeigten ihn am Nordkap und vor der chinesischen Mauer. Die Einrichtung war ein Sammelsurium verschiedener Stile, Epochen und Materialien. Offenbar hatte Harmsen sich Tische, Stühle, Schränke und Teppiche von seinen Reisen mitgebracht. Besonders ins Auge fielen ihr ein Zebrafell, ein unförmiger Hocker aus hellbraunem Leder und ein dunkler Mahagoni-Sekretär.

Der Kapitän schien ihren Blick zu bemerken. «Vierzig Jahre auf See, da kommt einiges zusammen.» Er wies ihr einen Platz zu an einem dunklen Tisch aus massivem Eichenholz, auf dem eine Porzellankanne mit Stövchen stand. Direkt vor ihr stand bereits eine Tasse. Er hatte sie also erwartet. Nachdem Tomma ein großes Stück Kandis hineingegeben hatte, goss Harmsen heißen Tee ein und lehnte sich auf dem Holzstuhl zurück.

«Windkraftanlagen», sagte er und sah sie abwartend an. «Warum interessiert sich die Polizei denn plötzlich für regenerative Energien?»

Tomma berichtete, was die Fischer nach dem Selbstmord von Eric Theurer gesagt hatten und wie wütend sie über die Pläne der Windparkbetreiber waren. «Und nun ist mit Frerichs der größte Kritiker der Offshore-Pläne ermordet worden. Sie haben vermutlich schon davon gehört.»

«Und die Polizei vermutet da einen Zusammenhang?»

Harmsen runzelte die Stirn, unzählige feine Linien gruben sich in sein gebräuntes Gesicht. Er war Tomma sympathisch, aber sie antwortete lieber mit einer Gegenfrage.

«Warum fühlen die Kutterbesitzer sich denn so bedroht? Können sie nicht einfach eine andere Route fahren und dort fischen?» Sie nahm einen Schluck Tee. Er schmeckte süß und kräftig. Als sie die Tasse absetzte, klirrte das Porzellan.

«Das ist leider nicht so einfach.» Harmsen machte eine längere Pause. Dann fuhr er fort: «Die Fischer fühlen sich seit vielen Jahren zurückgedrängt. Sie bekommen laufend neue Probleme. Zum Beispiel verschlickt der Hafen immer weiter. Das Zeitfenster, in dem die Fischer rausfahren und ihre Netze auswerfen können, wird also kleiner. Viele von ihnen haben in die Kutter investiert, sich hoch verschuldet. Und jetzt kommt der Boom mit den Windkraftanlagen in der Nordsee, in ihren Fanggründen. Die Fischer haben Angst, dass ihnen endgültig das Wasser abgegraben wird. Sie fühlen sich in ihrer Existenz bedroht. Und einen anderen Job zu finden ist für sie nicht so einfach.» Harmsens grüne Augen fixierten Tomma nachdenklich. «Sie haben die Fischer doch erlebt. Können Sie sich die Kerle im Büro vorstellen?»

Tomma schüttelte den Kopf. «Um welche Flächen geht es denn eigentlich?», fragte sie.

Der alte Kapitän stand ächzend auf und ging zu einem Wandschrank. Seine schweren Schritte wurden von dicken Teppichen verschluckt. Eine Weile kramte er in dem imposanten Schrank herum, dann hatte er offenbar gefunden, was er suchte, und kam mit einer aufgerollten Karte zurück. Vorsichtig breitete er sie auf dem Tisch aus und setzte seine Lesebrille auf.

«Also, hier ist der Hafen in Fedderwardersiel.» Mit dem

gekrümmten Zeigefinger fuhr er Richtung Norden. «Etwa an dieser Stelle ist der Windpark geplant. Und er wird wohl nicht der einzige bleiben, der Park ist nur ein Testfeld. Wenn das Projekt ein Erfolg wird, sollen weitere nachfolgen. Es liegen haufenweise Anträge vor.»

«Ist das denn so ein lukratives Geschäft?»

«Ja, das ist es.» Er rollte die Karte wieder zusammen. Das Thema schien für ihn mit dieser Aussage erledigt zu sein.

«Inwiefern?», half Tomma nach.

«Da fragen Sie mal besser bei den Betreibern nach.»

«Wo ich jetzt schon mal hier bin, frage ich aber Sie!»

Der alte Kapitän schüttelte den Kopf. «Nee, nee. Das soll der Knappeck Ihnen verklickern. Der ist der Experte.»

Offenbar hatte Harmsen keine Lust mehr, mit ihr zu reden, aber so leicht wollte Tomma ihn nicht vom Haken lassen. «Wie stehen Sie denn als Umweltschützer zu den Parks? Die Anlagen erzeugen sauberen Strom, das ist doch bestimmt ganz in Ihrem Sinne.» Tomma beobachtete den Kapitän genau.

«Tja, schwer zu sagen.» Harmsen setzte die Brille ab, lehnte sich zurück und verschränkte die Arme hinter dem Kopf. Er schwieg.

«Sie können's ja mal versuchen.» Tomma lächelte ihn aufmunternd an und hoffte, dass in dem Satz nicht zu viel Ironie mitschwang.

Harmsen nahm die Arme runter und knetete seine Finger. «Nun, auf der einen Seite brauchen wir Ökostrom. Auf der anderen Seite sehe ich aber auch die Schäden, die die Windanlagen in der Nordsee anrichten.»

«Inwiefern?», warf Tomma ein.

«Allein der Bau bedeutet für die Meeresbewohner Risiken. Haben Sie schon mal ein Windrad gesehen, ich meine, aus unmittelbarer Nähe?»

Sie schüttelte den Kopf.

Harmsen beugte sich vor. «Zum Vergleich: Die Räder sind etwa so hoch wie der Kölner Dom und haben das Gewicht von, sagen wir mal, fünfundzwanzig Sattelschleppern.» Er machte eine bedeutungsvolle Pause. «Die Anlagen müssen daher mit massiven Fundamenten im Meer

verankert werden. Riesige Rammen treiben die mehrere Meter dicken Pfähle in den Boden. Das – aber auch die Wartung – verursacht unter Wasser enormen Lärm und vertreibt die Tiere, zum Beispiel die Krabben. Womit wir wieder bei den Fischern wären.»

Tomma nickte. Sie trank den letzten Schluck Tee und stellte die Tasse ab. «Können Sie sich vorstellen, dass Frerichs sich mit den falschen Leuten angelegt hat? Mit der NR GmbH etwa?»

«Weet ick nich'.» Harmsen verschränkte die Arme vor seinem Brustkorb. Mit einem Mal versteckte er seine abwehrende Haltung nicht mehr hinter der Fassade eines kauzigen Kapitäns.

«Nein, wissen können Sie es nicht», sagte Tomma ruhig. «Aber was glauben Sie? Wäre das möglich?»

«Möglich ist vieles.» Harmsen warf ihr einen abschätzigen Blick zu, ganz so, als wollte er am liebsten hinzufügen: Auch dass Leute wie Sie in den Polizeidienst aufgenommen werden.

Tomma beschloss, nicht darauf einzugehen, sondern Harmsen stattdessen etwas aus der Reserve zu locken.

«Wie war er denn so, Thies Frerichs? War er auch Umweltschützer wie Sie?»

«Pah!» Harmsen lachte verächtlich. «Ein Heißsporn war er. Leicht reizbar.»

«Nicht so einfach, wenn man mit so einem Typen Meinungsverschiedenheiten hat, oder?»

«Na ja, der Knappeck wusste wohl, wie er mit ihm umgehen musste.»

«Wieso?»

Als Harmsen schwieg, hakte Tomma nach. «Hatten die beiden denn offene Auseinandersetzungen?»

Harmsen zuckte mit den Schultern. «Er kannte Thies ja nicht erst seit gestern.»

Tomma stutzte. «Jochen Knappeck? Der Chef der NR GmbH?»

«Die beiden kannten sich aus der Schule. Wussten Sie das nicht?»

Tomma verneinte und spürte, dass ihre Fingerspitzen kribbelten, wie immer, wenn sich ein neuer Hinweis ergab.

«Die zwei waren Schulfreunde, bis zum Abitur», fuhr Harmsen fort.

«Und dann?»

«Was, und dann?»

«Wie ist es dann weitergegangen? Haben sie sich verkracht? Sich aus den Augen verloren?»

«Weet ick nich'. Das müssen Sie schon …»

«… Knappeck fragen, schon klar.» Tomma merkte, dass sie hier nicht weiterkam, und schob demonstrativ ihre Tasse weg. Ob Harmsen auch so wortkarg reagieren würde, wenn sie männlich und zwanzig Jahre älter wäre? Oder wenn sie nicht auf den ersten Blick wie eine Touristin aussehen würde? Das Gespräch war eindeutig ein Vorgeschmack auf die zukünftigen Ermittlungen hier. Aber sie war Widerstände gewohnt. Und wenn sie später der Meinung war, dass Harmsen ihr wichtige Informationen vorenthalten hatte, konnte sie immer noch wiederkommen.

Sie erhob sich und bedankte sich für den Tee. Harmsen war erstaunlich schnell auf den Beinen und konnte es offensichtlich gar nicht abwarten, bis sie sein Haus wieder verlassen hatte. «Tja, dann viel Erfolg bei den Ermittlungen, Frau … äh …»

«Petersen», half Tomma nach.

«Sind Sie eigentlich neu bei der Kripo?», fragte er beim Öffnen der Haustür. «Ihr erster Fall an der Küste?»

Tomma nickte.

«Und wo kommen Sie ursprünglich her?»

Sieh mal an. Der weitgereiste Kapitän war plötzlich ziemlich neugierig. Aber Tomma dachte gar nicht daran, es ihm zu erzählen. «Was glauben Sie denn? Sie waren doch rund um den Globus unterwegs. Haben Sie eine Idee?»

Harmsen sagte nichts, offenbar wartete er darauf, dass sie weitersprechen würde. Doch Tomma ging zu ihrem Golf, drehte sich kurz um und hob zum Abschied die Hand. «Danke für die Infos. Schönen Tag noch!»

Im Wagen holte sie ihr BlackBerry hervor und googelte die NR GmbH. Tomma las die Firmenbeschreibung aufmerksam durch und wählte schließlich die Nummer des Oldenburger Unternehmens. Während es klingelte, wanderten ihre Gedanken zu Spandorff.

Gestern hatte sie ihn nach seiner Mobilnummer gefragt, um sie abzuspeichern, aber wie sich herausstellte, besaß Spandorff gar kein Handy. Tomma hatte das zunächst für einen seiner lakonischen Scherze gehalten, aber er war dabei geblieben.

«Und wie zum Teufel soll ich Sie unterwegs erreichen?», hatte sie ihn schließlich entnervt angefahren.

«Gar nicht», erwiderte er seelenruhig. «Ich melde mich bei Ihnen.»

Er habe das mit Hilfe der öffentlichen Telefonzellen bisher immer so gehalten und sehe überhaupt nicht ein, daran etwas zu ändern.

Öffentliche Telefonzellen! Bei dem Gedanken daran schnaubte Tomma. Gab es die überhaupt noch?

Gerade als sie überlegte, ob man das Problem nicht per Dienstanweisung lösen könnte, meldete sich eine Frauenstimme am anderen Ende der Leitung.

«NR GmbH, am Apparat ist Christiane Hasselroth, wie kann ich Ihnen helfen?» Die Stimme klang kurz angebunden und hochnäsig.

Tomma nannte ihren Namen und ihr Anliegen, stieß aber auf Unverständnis.

«Bedaure», näselte Frau Hasselroth, «der Chef ist leider nicht im Haus, sondern auf einem Außentermin.»

«Wo denn?», fragte Tomma.

«Das kann ich Ihnen leider nicht sagen», kam es knapp zurück.

Tomma seufzte, sie hatte keine Lust auf diese Spielchen. Also betonte sie, dass es wichtig sei, und verlieh dieser Tatsache mit den Worten «Ermittlungen» und «Mordfall» Nachdruck.

Plötzlich wirkte Frau Hasselroth verunsichert und gab schließlich nach.

«In Bremerhaven, im Hafen. Dort werden die Komponenten der Windräder auf die Schiffe verladen.» Missmutig beschrieb sie Tomma, wie sie den Bereich mit dem Wagen am besten erreichte.

Na bitte, es ging doch. Tomma verabschiedete sich und warf einen schnellen Blick auf die Zeitansage ihres BlackBerrys. Wenn sie Glück hatte und sich beeilte, würde sie Jochen Knappeck vielleicht noch erwischen.

Sie tuscheln und reden über mich und zerreißen sich das Maul, dachte Geesa Frerichs und wandte den Blick ab.

Als sie das Geschäft betreten hatte, war das Gespräch schlagartig verstummt. «Mord» konnte sie gerade noch aufschnappen sowie ein zischelndes «Geschieht ihm recht» und «arme Deern», bevor sich drei Augenpaare auf sie richteten und sie mitleidig ansahen. Geesa war unter ihren starren Blicken wie angewurzelt stehen geblieben.

Es war ein Fehler, aus dem Haus zu gehen, dachte sie. Aber sie hatte kein Brot mehr gehabt und keine Milch, und das Leben musste ja weitergehen, irgendwie. Außerdem hatte sie Tim zu Dorothea bringen wollen. Die alte Freundin ihrer Mutter war sofort einverstanden gewesen. Selbstverständlich konnte er heute bei ihr schlafen. Dorothea hatte auch Geesa bei sich behalten wollen. Damit sie nicht so alleine war und womöglich auf dumme Gedanken kam, wie sie sich ausdrückte. Aber was wusste Dorothea schon?

Geesa versuchte, gefasst zu lächeln. Sie nahm die Beileidsbekundungen mit einem Nicken zur Kenntnis und ging dann einfach an der Gruppe vorbei.

Die mitleidigen Blicke der Frauen bohrten sich in ihren Rücken. Mord … Geschieht ihm recht … arme Deern …

Ihre Schritte hallten auf den blankgewienerten Fliesen wider. Ihr war kalt, und sie zog den Gürtel ihres Mantels enger. Schnell erledigte sie ihre Einkäufe, bezahlte bei der Kassiererin, die sie mit einem Schwall mitfühlender Worte zuschüttete, und verließ das Geschäft.

Draußen atmete sie tief ein. Die Luft schmeckte heute besonders salzig. Es dämmerte bereits. Geesa straffte ihre Schultern und marschierte los. Zügig schlug sie den Weg nach Hause ein und wollte bloß niemandem mehr begegnen. Sie hatte es nicht übers Herz gebracht, Tim vom Tod seines Vaters zu erzählen. Wie erklärte man einem vierjährigen Kind, dass sein Vater nie mehr zurückkommen würde? Dass es von ihm keine Gutenachtgeschichte mehr hören würde? Dass er nie wieder mit ihm Netze flicken oder mit seiner tiefen Stimme ein Fischerlied vorsingen würde?

Thies mochte ein erbärmlicher Ehemann gewesen sein, aber seine Rolle als Vater hatte er gut ausgefüllt. Das war wohl auch der Grund dafür gewesen, dass Geesa der Wahrheit so lange nicht ins Gesicht sehen wollte. Wie konnte jemand, der sich so liebevoll um sein Kind kümmerte, in einer anderen Rolle so versagen? Thies hatte sie belogen und betrogen, was das Zeug hielt. Verstanden hatte sie es nie. Anfangs war es sehr schmerzhaft gewesen, aber irgendwann hatte sie es hingenommen. Sie wollte nicht, dass die Leute noch mehr über sie redeten. Thies eckte auch so schon genug an.

Geesas Augen brannten plötzlich, und sie blinzelte ein paarmal, um die Tränen zurückzudrängen. Es war richtig, dass Tim heute Nacht bei Dorothea übernachtete, beruhigte sie sich. Sie musste allein sein, einen klaren Kopf bekommen. Morgen würde sie ihn wieder abholen und den Mut haben, es ihm zu sagen. Ganz bestimmt.

Geesa war so in Gedanken versunken, dass sie zunächst

glaubte, sie hätte sich die Schritte eingebildet. Sie wagte nicht, sich umzudrehen. Stattdessen musste sie plötzlich an den seltsamen Anrufer denken, der sich gestern wieder gemeldet hatte. In der Leitung war nichts zu hören gewesen – außer einem leisen Klacken.

Jetzt waren die Schritte hinter ihr deutlich zu hören. Geesa ging schneller und merkte, dass auch der andere seinen Gang beschleunigte. Rief da jemand ihren Namen? Hastig warf sie einen Blick zurück, konnte im Halbdunkeln jedoch nur die schemenhaften Umrisse einer Person erkennen. Vielleicht eine der Frauen aus dem Lebensmittelladen?

Sie beschleunigte ihre Schritte, rannte nun fast. Wieso hatte sie sich nur für die Schuhe mit dem Absatz entschieden statt für die flachen Sneakers?

Mit jedem Meter wurde die Tasche schwerer, ihr Puls raste, die Schritte folgten ihr erbarmungslos.

Es war nur noch eine Straßenecke bis zum Haus. Hektisch nestelte Geesa an ihrer Manteltasche und zog umständlich den Schlüsselbund heraus. Die Schritte kamen näher, gleich hatte er sie eingeholt. Aus den Augenwinkeln bemerkte sie ein dunkelrotes Fahrzeug, das etwas abseits der Auffahrt geparkt hatte und sich deutlich von den Wiesen und dem Deich abhob. Stand der Wagen vorhin auch schon da? Hatte sie ihn einfach nicht bemerkt, weil sie so in Gedanken versunken war?

Ein paar Schritte noch, dann war sie da. Ihr Herz schlug mittlerweile bis zum Hals, das Blut rauschte in ihren Ohren. Schließlich stand sie im Eingang. Mit zitternden Händen versuchte sie, die Tür aufzuschließen, doch der Schlüsselbund fiel mit einem metallischen Geräusch zu Boden. Hektisch hob sie den Schlüssel auf und versuchte es erneut. Sie wollte nur noch rein ins Haus, die Tür zumachen und nichts mehr hören und nichts mehr sehen.

Plötzlich spürte sie einen festen Griff an ihrer rechten Schulter. Mit einem Ruck wurde sie herumgerissen.

«Geesa! Verdammt, warum bist du nicht stehen geblieben?»

Sie drehte sich um und sah einem jungen Mann ins Gesicht, sein Atem ging schnell, auf seiner Stirn glänzte Schweiß. «Du?»

«Wieso bist du weggerannt? Was ist denn in dich gefahren?»

Ihr Körper entspannte sich ein wenig, und sie setzte die Taschen ab. Aber konnte sie wirklich erleichtert sein? Kannte sie ihn noch? Hatte sich nicht mit einem Schlag alles verändert? Sie wusste es nicht. Als sich der Druck auf ihrer Schulter verstärkte, spürte sie, wie das Unbehagen in ihr hochkroch.

«Lass mich los.» Mit einer schnellen Bewegung schüttelte sie seine Hand ab und ging einen Schritt zurück. Der Knauf der Haustür bohrte sich in ihren Rücken. «Und hör auf, mich zu verfolgen. Wenn uns hier jemand sieht!»

«Wer soll uns denn hier …» Er stockte und blickte sich kurz um. «Wer soll uns denn hier sehen?» Dieses Mal war seine Stimme leiser. «Ich wollte mit dir reden. Ich muss doch wissen, wie es dir geht.» Er trat näher und legte eine Hand auf ihren Bauch. «Wie es euch geht.»

Die Wellen klatschten an den Schiffsbug, während der Motor ein konstantes Dröhnen von sich gab. Es schaukelte leicht. Tomma sah sich auf der Autofähre um, die sie von Blexen über die Weser nach Bremerhaven brachte. Radfahrer, Ausflügler mit Rucksack und Ferngläsern, ein Lastwagen und vermutlich ein paar Pendler waren mit an Bord. Die meisten Autofahrer nutzten mittlerweile den Wesertunnel südlich von Nordenham, die Fahrt mit der Fähre war fast so etwas wie ein Nostalgietrip.

Tomma beobachtete die Möwen, die die Fähre unter lautem Gekreische begleiteten, und ließ ihren Gedanken freien Lauf. Früher hatte sie öfter einen Ausflug in die «Fishtown» unternommen, wie Bremerhaven von vielen abschätzig genannt wurde. Als Kind war Tomma mit ihrer Mutter dort im Zoo gewesen, in den Klamottenläden im Columbus-Center, oder sie hatte den Arbeitern im Hafen zugesehen.

Tomma ließ ihren Blick über die Skyline schweifen. Futuristisch hoben sich die Umrisse des neuen Luxushotels in Form eines aufgeblähten Segels vor dem wolkenverhangenen Himmel ab. Ein Hauch von Dubai an der Waterkant, so hatte sie es jedenfalls irgendwo gelesen. Das Wissenschaftsmuseum Klimahaus Ost mit seinen unzähligen kleinen Lichtern sah daneben aus wie ein illuminiertes Ufo, das seine Landebahn verpasst und einen Nothalt zwischen Weserdeich und Innenstadt eingelegt hatte.

Der Tourismus war eine bedeutende Einnahmequelle für Bremerhaven. In einem Artikel der *Nordsee-Zeitung* hatte sie gelesen, dass beträchtliche Summen in den Fremdenverkehr flossen. Aber auch in den boomenden Bereich der Windenergie. Viele Investoren witterten das dicke Geschäft. Ob immer alles sauber zuging? Auch bei Jochen Knappeck, dem alten Kumpel von Thies Frerichs?

Der Weg zum Containerhafen führte am Wasser entlang. Tomma saß in ihrem Golf und verließ sich auf ihren Orientierungssinn. Das Navigationsgerät hatte ihr mehrfach nörgelnd «Bitte wenden» empfohlen, und sie hatte das Ding schließlich entnervt ausgeschaltet. Die Daten waren offenbar zu alt, der Bereich, den sie jetzt erreichte, schien noch nicht erfasst.

Als sie an der Zollstation ankam, stellte Tomma ihren Wagen ab und machte sich nach hartnäckigen Verhandlungen mit dem Zollbeamten zu Fuß auf den Weg ins Hafenareal. Hier lag das Gebäude, das ihr die näselnde Frau Hasselroth beschrieben hatte.

Tomma staunte nicht schlecht. Überall roch es nach Teer, Motoröl und Seetang, und sie kam sich mit einem Mal ganz klein vor.

Die Windräder sind etwa so hoch wie der Kölner Dom, hatte Harmsen gesagt, und Tomma begriff, dass das keine Übertreibung gewesen war. Riesige Teile der Windgiganten lagerten hier. Daneben wirkten die Container an der Kaje, wie die Bremerhavener den Kai nannten, fast klein. Wie bunte Bauklötze. Und wie geschäftig es hier zuging! Ein Kran, der unaufhörlich piepte, hob gerade einen dicken Sockel an und beförderte das weiße Ungetüm schwankend in Richtung eines massigen Schiffes.

Tomma fragte einen Arbeiter mit gelbem Schutzhelm nach Jochen Knappeck. Der Mann deutete auf eine recht füllige Gestalt, die etwas abseits stand und soeben das Display eines Handys zuklappte.

«Worum geht's denn?», fragte er, als sie ihn angesprochen und sich vorgestellt hatte. Er trug einen dunklen Anzug und Krawatte, hatte sich jedoch vorsorglich eine Sicherheitsweste übergezogen und einen Schutzhelm aufgesetzt. In der linken Hand das Handy und rechts eine Ledermappe, war er der Typ Geschäftsmann, der nicht selbst anpackte, sondern delegierte. Er wirkte gestresst, seine Stirn lag in Falten, und er wippte ungeduldig mit dem Fuß, als Tomma ihm erklärte, aus welchem Grund sie ihn aufsuchte. Eigenartigerweise schien sich seine Anspannung etwas zu lösen, als er hörte, dass sie nicht von der Presse kam.

«Ich habe bereits von der Sache erfahren», sagte

Knappeck und steckte das Handy in seine Hosentasche.

«Von welcher Sache?»

«Von seinem Tod. Von dem Mord an Thies Frerichs.»

«Wie gut kannten Sie ihn?» Tomma trat zur Seite, als ein Gabelstapler in einem Affentempo an ihnen vorbeifuhr.

Jochen Knappeck schien zu überlegen. «Früher, da kannte ich ihn gut. Wir sind zusammen zur Schule gegangen, wissen Sie.» Tomma nickte. Das war nicht neu, also weiter. «Bis zum Abitur waren wir Kumpels, haben viel ... zusammen abgehangen, wie man heute wohl sagen würde.» Er lächelte schief. «Nach dem Abi ist dann jeder seine eigenen Wege gegangen. Thies wollte wie sein Vater Fischer werden, unbedingt. Völlig gleich, wie die Berufsaussichten waren. Mir war das damals nicht egal, ich hab mich für BWL eingeschrieben.»

Tomma war überrascht, wie auskunftsfreudig Jochen Knappeck war. Ganz offensichtlich hörte er sich gerne reden. «Wann haben Sie ihn denn das letzte Mal gesehen?»

«Tja, da müsste ich mal nachdenken. Nach meinem Studium sind wir uns erst vor etwa zwei Jahren wieder über den Weg gelaufen, haben ab und zu ein Bier zusammen getrunken. Ich schätze, das letzte Mal habe ich ihn vor etwa zwei bis drei Wochen gesehen, in der *Fischerstube*.»

Mit Daumen und Zeigefinger knetete er seine Schläfe, wobei auf seinem Handrücken eine lange, blutverkrustete Schramme zum Vorschein kam. Die Wunde sah noch recht frisch aus.

«Wie ist denn das passiert?» Tomma wies auf seine Verletzung.

«Oh, das ist nichts weiter. Hier ratscht man sich ständig irgendwo. Ich bin eben mehr fürs Büro gemacht als die da.» Knappeck zeigte auf eine Gruppe Arbeiter in blauen Schutzanzügen, die auf dem Schiff gerade ein weiteres weißes Ungetüm in Empfang nahmen. Der Sockel schwankte bedrohlich hin und her.

Tomma räusperte sich. «Ich kann mir kaum vorstellen, dass Ihre Stammtischtreffen besonders harmonisch abgelaufen sind.»

«Wie meinen Sie das?» Knappeck schien ehrlich verwundert und sah sie fragend an.

«Er will fischen – Sie bauen einen Windpark. Mitten in seine Fanggründe. Darüber war Thies Frerichs mit Sicherheit alles andere als begeistert.»

«Ach so, das ...» Knappeck verzog das Gesicht, als bekäme er plötzlich Zahnschmerzen. «Sicher, da gab es schon mal Reibereien. Aber Thies wusste, dass ich gar nicht die Möglichkeiten hätte, den Bau zu verhindern. Da stecken doch noch ganz andere Leute mit drin. Und selbst wenn ich die Realisierung nicht übernehme, dann macht es ein anderer. Der Fanggrund ist verloren, so oder so.»

«Und das hat Frerichs Ihnen abgekauft? Er hat nicht versucht, Sie umzustimmen?»

Als Knappeck schwieg, beschloss Tomma, noch einen Schritt weiterzugehen. «Sein Tod ist für Sie doch eigentlich ganz praktisch. Ein weiterer Windpark-Gegner weniger.» Sie machte eine Pause und ließ ihre Worte wirken. Offenbar mit Erfolg.

Knappecks Augen verengten sich. «Sie glauben doch nicht ernsthaft, dass ich mit seinem Tod etwas zu tun habe? Wie soll das denn gelaufen sein? Er nervt mich so lange, bis ich die Beherrschung verliere und ihn umbringe, oder was? Herrgott, wir sind doch hier nicht im wilden Westen!» Aufgebracht griff er sich an seinen Schlipsknoten und lockerte ihn. Im gleichen Moment klingelte sein Handy, die Melodie stammte von irgendeiner Fernsehserie, die Tomma zwar kannte, aber nicht zuordnen konnte. Knappeck ignorierte sein Telefon.

«Vielleicht hatte er ja etwas gegen Sie in der Hand», hakte Tomma nach. Einen Versuch war es wert, offenbar konnte man Knappeck leicht verunsichern, und er schien kein besonders guter Lügner zu sein.

«Was sollte das denn sein? Ein blauer Brief, den meine Eltern nie bekommen haben? Ein heimlicher Joint während der großen Pause?» Er lachte trocken auf, und Tomma ließ ihm Zeit, sich über seine eigenen Scherze zu freuen.

Dann wurde er wieder ernst. «Sehen Sie, bei so einem Windpark-Projekt, da sitzen viele Firmen mit im Boot. Das Konstruktionsschiff zum Beispiel», er zeigte Richtung Wasser, «das kommt aus Fernost. Wissen Sie, wie teuer so etwas ist?» Widerwillig schüttelte Tomma den Kopf. Sie war schon jetzt genervt von dem Frage-und-Antwort-Spiel, das er offenbar veranstalten wollte. «Achtzig Millionen Euro! Der Hafenbereich, in dem wir uns gerade befinden, ist dafür komplett erneuert worden, für mehr als drei Millionen Euro! Seit Jahren werden Gutachten erstellt, Aufträge erteilt, Berechnungen aktualisiert. Für einen Stopp ist es zu spät! Ich bin nur ein kleines Glied in der Kette.»

«Aber Sie sind wohl nicht der Einzige, der sich ein Riesengeschäft davon verspricht.» Es war mehr eine Feststellung als eine Frage.

«Hören Sie, Experten gehen davon aus, dass bis 2020 etwa 110 000 Arbeitsplätze allein in der Windbranche entstehen. Auch für die Zuliefererbetriebe ist das eine gute Aussicht. Jedes Jahr werden in dem Sektor rund 750 000 Tonnen Stahl verbaut.» Er machte eine kurze Pause, um Luft zu holen. «Das sind fast dreimal so viel wie beim Schiffbau! Gerade in den strukturschwachen Regionen in Norddeutschland ist es daher wichtig, Kapazitäten für die Windenergie zu mobilisieren. Sie schafft Arbeitsplätze. Und liefert sauberen Strom.»

Jochen Knappeck, der Samariter. Tomma mochte den Mann irgendwie nicht. Er war viel zu sehr von sich selbst überzeugt.

«Auch für Investoren sind die Anlagen mittlerweile interessant», fuhr er unbeirrt fort. «Wissen Sie, warum?»

Sie schüttelte den Kopf.

«Es können Renditen von bis zu zehn Prozent erzielt werden! Ein US-Investor wollte sich bereits mit einer Milliarde Euro an Offshore-Anlagen vor der deutschen Nordseeküste beteiligen.»

«Eine Milliarde?» Tomma verschluckte sich fast.

Knappeck nickte bedächtig. «Sie sehen, ich bin hier nur ein kleiner Spieler.»

Ein kleiner Spieler mit einer großen Klappe, dachte

Tomma und beobachtete ihn genau. «Wer bezahlt denn Ihren Windpark eigentlich?»

«Sie meinen, wer ihn betreibt?»

Tomma nickte.

«Ein Konsortium», sagte er knapp.

Wieso wurde er jetzt so einsilbig? Tomma seufzte und beschloss, Jurek auf die Frage anzusetzen, wie sich die Gruppe der Windpark-Geldgeber genau zusammensetzte. «Was genau passiert denn hier eigentlich?», fragte sie und sah sich im Hafenbereich um. Sie wechselte lieber das Thema. Und Knappeck, offenbar froh darüber, endlich aus der Schusslinie zu sein, verfiel sogleich in eine Business-Sprache. Ausführlich dozierte er von verschiedenen Windkraftanlagenkomponenten, die hier gelagert, vormontiert und umgeschlagen wurden. Er schlug einen kleinen Rundgang vor und führte sie bis zu einem speziell für die Offshore-Parks gefertigten Installationsschiff. Der schwankende Koloss war hundert Meter lang und vierzig Meter breit und konnte bis zu vier Turbinen gleichzeitig transportieren und diese anschließend auf hoher See errichten. Knappeck referierte ohne Unterlass weiter.

Tomma war so in den Anblick des Stahlriesen vertieft, dass sie den Warnruf zunächst gar nicht hörte. Plötzlich ging alles ganz schnell. Einige der Männer brüllten etwas in ihre Richtung und gestikulierten wild herum. Dann war ein hohes, jaulendes Geräusch zu hören, dass den gesamten Hafen durchdrang.

Tomma merkte, wie sie jemand an der Schulter packte und zur Seite stieß, weg vom Schiff. Sie stürzte. Ein dumpfer Schmerz zog durch ihren Körper, als ihre Knie hart auf den Pflastersteinen aufschlugen. Sie hörte Knappecks Stimme, unnatürlich schrill.

Wo war er? Hatte er sie gestoßen? Ihre Gedanken wurden jäh unterbrochen, als neben ihrem rechten Ohr etwas explodierte. Von einem markerschütternden Lärm begleitet, schlug neben ihr einer der gigantischen weißen Sockel auf. Das Monstrum landete genau dort, wo sie vor wenigen Augenblicken noch gestanden hatte.

Tomma blickte in den dämmerigen Himmel und sah den Stahlhaken, der an einer dicken Kette wie ein Damoklesschwert über ihnen schwebte.

Die Männer auf dem Schiff brüllten noch immer wild durcheinander. Einige Arbeiter rannten jetzt auf sie zu. Sie merkte, dass sie an den Armen hochgezogen wurde. Wie aus weiter Ferne schnappte sie einige Wortfetzen auf: … Unfall … haarscharf … Katastrophe …

«Alles okay?»

Tomma erkannte Knappecks Stimme. Sie nickte benommen und sah an ihrer Hose hinab. Auf dem Jeansstoff hatten sich dunkelrote Flecken gebildet. Blut. Jetzt spürte sie auch, wie ihre Knie schmerzten.

Aus den Augenwinkeln sah sie, dass Knappeck neben ihr auf dem Boden lag und dem Fahrer im Kran wild gestikulierend Anweisungen zurief.

Dann wurde alles schwarz.

:

Regungslos saß er in seinem alten Passat und fror. Es wurde langsam dunkel, das Haus von Geesa Frerichs hatte er dennoch fest im Blick.

Bei ihrem Gespräch hatte Spandorff das Gefühl gehabt, dass die junge Frau mehr wusste, als sie gesagt hatte. Vielleicht weil eine trauernde Witwe anders aussah? Weil sie abwesend wirkte, fast apathisch? Aus Erfahrung wusste er, dass Menschen unter Schock ganz unterschiedlich reagierten. Trauer hatte verschiedene Gewänder. Einige ließen ihren Gefühlen freien Lauf, während sich andere tage-, manchmal sogar wochenlang einkapselten und erst viel später in der Lage waren, den Verlust anzunehmen.

Also hatte er beschlossen, nach Dienstschluss noch einmal zurückzukommen. Er hatte den Wagen an einer schmalen Straße etwas abseits der Auffahrt abgestellt und

sich eine Zigarette angezündet. Und dann noch eine. Und noch eine. Manchmal half blinder Aktionismus nicht weiter. Hier war Geduld gefragt.

Und er schien Glück zu haben.

Nachdem Geesa Frerichs vor einiger Zeit das Haus verlassen hatte, war sie nun mit ein paar Einkaufstaschen zurückgekommen, im Laufschritt, als sei der Teufel hinter ihr her. Es war aber kein Dämon, sondern ein schlanker Mann in Jeans und Cargo-Jacke, der ihr dicht gefolgt war und sie schließlich eingeholt hatte. Spandorff hatte den Griff der Fahrertür schon in der Hand, als er innehielt und die Szene als ungefährlich einstufte. Ungefährlich, aber aufschlussreich. Er blieb im Wagen sitzen und beobachtete das Geschehen vor Geesa Frerichs Haus. Ihr Verfolger war weder bewaffnet, noch sah er bedrohlich aus. Die beiden kannten sich. Denn soeben rief der Unbekannte ihren Namen.

Was wollte der Kerl von einer trauernden Witwe?

Spandorff griff zur Fensterkurbel und drehte die Scheibe quietschend nach unten. Wahrscheinlich war er der einzige Kommissar Norddeutschlands, der noch einen Wagen ohne automatische Fensterheber besaß, dachte er und drückte seine Kippe gedankenverloren im überquellenden Aschenbecher aus. Mit zusammengekniffenen Augen beobachtete er, dass Geesa Frerichs und der Unbekannte offenbar stritten. Der Mann packte sie grob an der Schulter, doch sie riss sich los. Dann hörte Spandorff ihre aufgebrachten Stimmen, er konnte jedoch nicht verstehen, worum es ging.

Ich muss näher ran, dachte er, und hievte sich aus dem Wagen.

Es musste schnell gehen, er hatte ohnehin schon zu viel verpasst. Wenn er sich beeilte, konnte er auf die andere Straßenseite und dann zum weitläufigen Nachbargrundstück der Frerichs laufen und das Gespräch aus unmittelbarer Nähe belauschen. Der Garten war durch einen großen Rhododendronbusch von Frerichs Auffahrt getrennt, von dort aus müsste man jedes Wort verstehen können.

Leise schloss er die Autotür und lief über die Straße. Nach einem weiteren Sprint über die sorgfältig gestutzte Rasenfläche hockte er sich hinter dem Busch ins nasse Gras. Schmatzend sackten seine Schuhe in den feuchten Untergrund ein.

Spandorff war außer Puste, er hatte Seitenstechen und einen rasselnden Atem. Krampfhaft unterdrückte er ein Husten.

Verdammt, er musste endlich mit dem Rauchen aufhören. Doch seit Evelyn ihn nicht mehr ermahnte, tat es keiner mehr. Und Disziplin gehörte nun mal nicht zu seinen stärksten Charaktereigenschaften.

«... Pläne ... alles vorbei ... zu spät ...»

Nur undeutlich verstand er die Gesprächsfetzen, die durch das dichte Grün hindurchdrangen. Er merkte, dass sich in seinem rechten Fuß ein Krampf ankündigte, und stützte sich mit dem Knie im Gras ab. Sofort sog seine

Hose die Feuchtigkeit auf und klebte wie ein nasser Schwamm auf seiner Haut.

Mist, hoffentlich lohnt sich die Aktion wenigstens, dachte Spandorff genervt und spitzte wieder die Ohren.

«Du hast es ihm nicht gesagt?», fragte eine leise, gepresste Männerstimme. «Heißt das, er wusste es nicht, dachte bis zum Schluss, es geht einfach so weiter?»

«Ich wollte ja», kam es spitz zurück. Geesa Frerichs klang ungeduldig. «Hundert Mal habe ich angesetzt, aber er hat in den letzten Wochen nur vom Windpark gefaselt, von seinen Fanggründen und den Scheißkapitalisten, die ihn vernichten wollen. Er war wie besessen. Er machte mir Angst. Außerdem ...» Der Ton ihrer Stimme veränderte sich und klang jetzt drohend. «Wie kann ich denn sicher sein, dass du es ihm nicht gesagt hast und Thies daraufhin ausgerastet ist? Dass nicht bei dir eine Sicherung durchgebrannt ist und du die Sache auf deine Weise geregelt hast?»

Der Vorwurf schien den Mann völlig aus dem Gleichgewicht zu bringen. «Du glaubst doch nicht, dass ich ...» Er beendete den Satz nicht, sondern ließ ihn in der Luft hängen. Eine bleierne, schwere Stille breitete sich aus.

«Das ist doch ...» Wieder machte der Mann eine Pause, dann sprach er leise weiter. «Was ist nur los mit dir, Geesa? Hör dir doch mal selbst zu! Warum vertraust du mir nicht mehr?»

Spandorff hielt den Atem an. Sein rechter Fuß schmerzte. Trotzdem rutschte er noch ein Stück nach vorne, er durfte nichts verpassen.

«Weil jetzt alles anders ist», zischte Geesa. «Thies ist tot, und ich muss meinem Sohn erklären, dass sein Vater nicht wiederkommt. Das ganze Dorf redet schon darüber. Die

Leute werfen mir mitleidige Blicke zu, aber eigentlich sind doch fast alle froh, dass er weg ist. Seit Jahren haben sie ihm die Pest an den Hals gewünscht. Am liebsten hätte ich sie alle beschuldigt, als dieser schmierige Kommissar hier war und Fragen gestellt hat. Ob Thies Feinde hatte, wollte er wissen!» Ihre Stimme kippte, offenbar kamen ihr die Tränen. «Und dann diese Anrufe ... seit zwei Wochen geht das schon so. Ich werde noch wahnsinnig!»

Regungslos hockte Spandorff in seinem Versteck und versuchte, die Informationen zu verarbeiten. In Gedanken spielte er verschiedene Möglichkeiten durch, als er plötzlich ein leises Hecheln hörte. Er stutzte und brauchte einen Moment, um zu realisieren, dass das Geräusch aus seinem Rücken kam. Schwerfällig drehte er sich um und meinte in der Dunkelheit einen bräunlichen Boxer ausmachen zu können. Der Hund stand in ein paar Meter Entfernung auf dem Rasen und knurrte leise. Speichel tropfte aus seiner Schnauze.

Spandorff brach der kalte Schweiß aus. Blöde Töle, dachte er, du hast mir gerade noch gefehlt. Mit dem rechten Arm ruderte er in der Luft, um das Vieh zu verscheuchen. Doch er machte sich dadurch offenbar nur noch interessanter. Das Knurren schwoll an, und die vier sehnigen Beine taten ein paar Schritte auf ihn zu.

Vor Frerichs' Haus wurde es jetzt ebenfalls lebendig. «Nein!», zischte Geesa ihren seltsamen Besucher an. «Ich will alleine sein. Lass mich in Ruhe!» Sie kramte nach irgendetwas. Es klimperte, dann fiel eine Tür ins Schloss. Kurz darauf waren Schritte auf dem Asphalt zu hören. Anschließend war es wieder still.

Spandorff war angespannt bis in die Haarspitzen. Vorsichtig sah er sich nach dem Boxer um. Der Hund war bis auf drei Meter an ihn herangekommen, legte den Kopf schief, als schätzte er seinen Gegner ab, und kläffte halbherzig.

Spandorff erhob sich schwerfällig. Er atmete einmal tief durch. Dann lief er los.

Das heiße Wasser traf ihre Haut wie feine Nadelstiche.

Dampf breitete sich in der Duschkabine aus und ließ die Scheiben beschlagen.

Tomma steckte die Müdigkeit noch in den Knochen. Sie ließ das Wasser laufen, wusch sich die Haare und seifte sich ein. Ein Hauch von Pfirsich vermischte sich mit dem Minzegeruch des Shampoos. Langsam ging es ihr besser. Nach dem Zwischenfall im Hafen war ihr Kreislauf zwar noch immer im Keller, aber eine heiße Dusche erschien ihr genau das Richtige.

Als sie wieder zu sich gekommen war, hatte sich Knappeck mehrmals für den bedauerlichen Zwischenfall entschuldigt. Er brüllte die Arbeiter an und drohte ihnen mit Rausschmiss, wenn sie die Sicherheitsvorkehrungen nicht einhielten.

Passen Sie auf sich auf, hatte er ihr mit auf den Weg gegeben, als sie mit wackeligen Beinen zu ihrem Wagen gegangen und zurück nach Oldenburg gefahren war. Er hatte sogar angeboten, sie mitzunehmen. Schließlich saß die NR GmbH am Stadtrand von Oldenburg, aber Tomma hatte dankend abgelehnt.

Der Schaum brannte auf ihren zerschürften Knien. Ein letztes Mal hielt Tomma das Gesicht in den heißen Strahl, dann stellte sie das Wasser ab. Am liebsten hätte sie sich jetzt eine Wolldecke geschnappt, eine Pizza in den Ofen geschoben und sich einen belanglosen Spielfilm im Fernsehen angesehen. Doch sie war noch verabredet. Und zwar ausgerechnet auf einem Junggesellinnenabschied.

Kneifen gilt nicht, hatte Bea vorhin am Telefon gesagt. Der Abend war seit Monaten geplant, es war nicht einfach gewesen, einen gemeinsamen Termin zu finden.

«Nur noch zwei Wochen bis zur Hochzeit», äffte Tomma ihre Freundin nach. Aber Bea hatte recht, sie musste sich zusammenreißen. Nana und Frerk waren wirklich ein Traumpaar. Zwei ganz unterschiedliche Charaktere, die sich gesucht und gefunden hatten und die ihre Eigenständigkeit für ihre Partnerschaft trotzdem nicht aufgaben. Vielleicht hätte Tomma sich schon mal eher ein Beispiel an den beiden nehmen sollen? Doch dafür war es jetzt zu spät.

Vor etwa einem Jahr hätte Tomma fast ihre eigene Hochzeit geplant. Ihr kam es viel länger her vor. Denn seitdem war viel passiert, und ihr letzter «Mitbewohner», wie sie ihren Exfreund seitdem möglichst neutral nannte, war längst ausgezogen.

Tomma nahm das Handtuch vom Boden und wischte den Dampf vom Spiegel. Warum hatte sie damals eigentlich plötzlich heiraten wollen? Weil das alle so machten? Weil man auf Familienfeiern als Frau über dreißig komisch angesehen wurde, wenn man alleine aufkreuzte, während die anderen weiblichen Gäste schon entzückt ihre kleinen Wonneproppen herumreichten? An ihrer Mutter lag es auf jeden Fall nicht. Helma war die Letzte, die ihr Druck gemacht hätte. Sie hielt rein gar nichts von der Ehe. Vielleicht war das für Tomma ja sogar der Grund gewesen, unbedingt heiraten zu wollen?

Tomma nahm den Fön aus dem Schrank, steckte den Stecker in die Dose und schaltete das Gerät ein. Gedankenverloren betrachtete sie im Spiegel, wie die langen Haare um ihren Kopf wirbelten. Ihr fiel auf, dass ihr Gesicht schmaler aussah als sonst. Sie schnitt eine Grimasse, bis sich auf ihren Wangen Grübchen bildeten. Obwohl es im Badezimmer warm war, lief ihr bei dem Gedanken an das Gespräch mit ihrem damaligen Freund ein kalter Schauer über den Rücken. Etwas mehr als ein Jahr war das jetzt her.

Aus einer Laune heraus hatte sie ihm gesagt, dass sie mit ihm reden wollte. Er war erst überrascht gewesen. Doch dann hatte er sie angesehen und gesagt, dass er auch mit ihr reden musste. Wieso hatte sie da noch nichts geahnt? Sein Tonfall war doch so ernst gewesen. Aber sie hatte einfach drauflosgeplappert. Hatte von einem gemeinsamen Leben geredet und davon, dass sie zwar lange gezögert hatte, sich aber nun endlich, endlich sicher war und ihn heiraten wollte. Möglichst bald. Mit allem Drum und Dran. Familie, Freunde, die ganz große Party.

Nie würde Tomma seinen Gesichtsausdruck und die Stille nach ihrem Monolog vergessen. Sie wurde nervös. Schließlich dämmerte es ihr, und sie stellte zögernd die Frage: «Und was wolltest du mir sagen?» Mit brüchiger Stimme hatte er geantwortet: «Ich habe jemanden kennengelernt.»

«Wann denn?» – dieser Satz war das Einzige, was ihr darauf eingefallen war. Als ob es irgendeine Rolle gespielt hätte.

Seine Reaktion kam prompt: «Als du mal wieder keine Zeit hattest, Tomma!» Und dann hatte er ihr vorgeworfen, seit Jahren schon zu ackern wie eine Besessene, zwischen

Tag- und Nachtschichten und Fortbildungen hin- und herzuwechseln und ihn nur als Statisten zu sehen. Sie sei unfähig, eine Partnerschaft zu führen, nicht in der Lage, jemanden wirklich in ihr Leben zu lassen, und allen Fragen nach einer gemeinsamen Zukunft bisher eher ausgewichen.

Sie hatte in einer Art Schockstarre dagesessen, während der Satz «Ich habe jemanden kennengelernt» in einer Endlosschleife in ihrem Kopf hämmerte. Sie fühlte sich betrogen. Verraten. Später erfuhr sie, dass sie auch allen Grund dazu hatte. Und als er schließlich ausgezogen war, kam ein tiefes Gefühl des Versagens hinzu. Vielleicht weil sie wusste, dass er recht hatte – zumindest mit einem Teil seiner Vorwürfe.

Tomma legte den Fön zurück in den Schrank und griff zu dem Kleidungshaufen, den sie achtlos aus dem Schrank gezogen hatte: ihre ausgeblichene Lieblings-Levis, ein schlichtes Abercrombie-&-Fitch-Shirt, dazu ein Paar dunkelbraune Boots. Heute Abend stand ihr der Sinn nach bequemer Kleidung.

In der Küche machte sie sich schnell noch ein Salamibrot, brühte einen starken Kaffee auf und warf eine Vitamintablette in ein Glas, die sich zischend im Wasser auflöste. Vielleicht war etwas Ablenkung ja jetzt genau das Richtige.

Die ersten Tage im neuen Job waren anstrengend gewesen, ihr Kollege nervte, und in dem Mordfall standen sie noch ganz am Anfang. Es würde gut tun, alte Freunde zu treffen und einen Abend nicht an die Krabbenfischer und die hohen Erwartungen des Polizeidirektors zu denken.

Von ihrer Wohnung im Ziegelhofviertel bis zur Bar *Loft* in der Innenstadt war es mit dem Fahrrad etwa eine Viertelstunde. Tomma fuhr zügig und genoss es, sich nach der einstündigen Autofahrt zu bewegen. Die Luft war mild und angenehm, es roch nach Frühling.

Im Clubraum der Bar schlug ihr warme Luft entgegen, ein Gemisch aus Parfüm, Aftershave und Schweiß. Es war schon sehr voll. Am Tresen standen die Leute in mehreren Reihen, und auf der Tanzfläche bewegte sich eine zuckende Menge im Takt der wummernden Bässe. Tomma dachte an die Neunziger, als noch Schwarzlicht angesagt war und die DJs Nebel auf die Tanzfläche pusteten.

Ein wild rudernder Arm riss sie aus ihren Gedanken. Nana trug einen silbernen Haarreif mit einer kleinen Krone in ihren dunkelblonden Haaren. Ihr schwarzes T-Shirt mit dem pinken Slogan *Germany's Next Topwife* saß wie angegossen. Der auffällige Aufzug passte überhaupt nicht zu ihr, aber besondere Anlässe erforderten offenbar ungewöhnliche Kleidungsstücke.

Nana kämpfte sich zu ihr durch und strahlte übers ganze Gesicht. «Da bist du ja endlich!»

«Ja, beinahe hätte ich es nicht geschafft.» Tomma musste wieder an die Ereignisse in Bremerhaven denken. Der Schreck saß ihr noch in den Gliedern, aber damit wollte sie ihrer Freundin nicht den Abend verderben.

Nana legte ihr den Arm um den Hals und drückte ihr einen Kuss auf die Wange. «Sei froh, dass du nicht pünktlich bei mir warst, sonst hätte Bea dich sicher auch noch in so ein albernes T-Shirt gesteckt. Sie hat alle versorgt.»

Tomma konnte sich ein Grinsen nicht verkneifen.

«Komm, die anderen sind da drüben.» Bea lallte schon etwas. «Und wenn wir nicht aufpassen, trinken sie die nächste Runde ohne uns.» Damit zog sie Tomma hinter sich her.

Ein Tequila, ein Bier und eine weitere Runde mexikanischen Schnapses später merkte Tomma, wie sie sich langsam entspannte. Sie stießen auf Frerk an und auf Nana, auf die Gesundheit und darauf, dass sie sich auch in den nächsten Jahren nicht aus den Augen verlieren wollten.

«Ganz bestimmt nicht», rief Tomma und hatte Mühe, gegen die laute Musik anzukommen, «auf die Freundschaft!»

Das Salz ätzte in ihren Mundwinkeln, schnell spülte sie den Tequila nach, biss in die Zitrone und spürte, wie sich die Säure mit dem Alkohol in ihrem Magen ausbreitete.

Auf der Tanzfläche feierten sie weiter. Tomma drehte sich im Licht der Diskokugel und verlor sich in den monotonen Rhythmen der Musik. Allmählich fiel der Stress von ihr ab, das Kommissariat rückte in weite Ferne. Mit jedem Bier löste sich ihr Zeitgefühl ein Stückchen weiter auf. Tanzte sie seit zwei Stunden im *Loft* oder schon seit vier? Sie war erhitzt und durch den Alkohol aufgeputscht und brauchte dringend eine Abkühlung.

An der Bar wurde es leerer. Tomma fand einen Hocker und stützte sich mit den Ellenbogen auf dem Tresen ab. Der Raum schwankte etwas.

Mist, dachte sie, ich hätte definitiv mehr essen sollen.

«Kann ich dir was mitbestellen?»

Tomma drehte sich um und blickte in eisblaue Augen. Der Spurensicherer mit dem Husky-Blick!

«Hm?» Sie rückte etwas näher zu ihm, es war einfach zu laut hier.

«Was möchtest du trinken?» Er lächelte und zeigte auf ihre leere Flasche. «Noch ein Beck's?»

Tomma nickte.

«Hast du was zu feiern?» Sein Gesicht war dicht an ihrem rechten Ohr. Er roch gut, nach Seife und Cool Water.

«Junggeselllllinnnnenabschied.» Verärgert stellte sie fest, dass sie mit dem Wort kämpfte.

«Deiner?»

Tomma schüttelte den Kopf. «Meine Freundin heiratet.» Sie zeigte auf die Tanzfläche, wo Nana sich wie in Trance im Kreis drehte. Ihre kleine Krone saß schief, das T-Shirt war aus der Hose gerutscht.

«Ich bin Jan.» Sein Händedruck war kräftig.

«Heute Abend etwas legerer unterwegs, was? So in zivil hätte ich dich fast nicht erkannt.»

Er lachte. Seine Muskeln zeichneten sich unter dem hellblauen Shirt ab. Bestimmt machte er Sport, Fußball vielleicht. Oder Basketball. In ihrer Magengegend kribbelte es.

Herrgott, Tomma, reiß dich zusammen, dachte sie, und konzentrier dich auf das Gespräch.

Sie prostete ihm mit der Bierflasche zu. Sein Jever klimperte gegen ihr Beck's, dann nahm er einen Schluck und setzte die Flasche wieder auf dem versifften Tresen ab.

Tomma sah auf die Tanzfläche, wo *Germany's Next Topwife* nun mit dem Kopf in Jans Richtung nickte und ihr zuzwinkerte. Tomma lächelte und lehnte sich etwas zurück. Ihr Rücken berührte seinen rechten Arm. Es fühlte sich gut an.

Außerdem schwankte der Boden so ein bisschen weniger.

Donnerstag, 24. März
Hochwasser: 4:00 Uhr/16:22 Uhr

Müde starrte er in den dampfenden Kaffeebecher, den seine Frau vor ihm auf den Tisch gestellt hatte.

«Du siehst grauenhaft aus.» Prüfend sah Juliana ihn an, während sie mit geübten Handgriffen ihre tadellos gebügelte Bluse zuknöpfte und ihre schwarzen, halbhohen Pumps überstreifte. «Wirst du krank?»

Knappeck schüttelte den Kopf. «Ich hab einfach nur schlecht geschlafen, lag die halbe Nacht wach.» Er trank einen Schluck Kaffee.

«Ist was mit der Firma? Gibt es Probleme?» Juliana stellte den Zwillingen ihre Schalen mit Cornflakes auf die bunten Plastiksets, schob die Stühle näher an den Tisch und setzte sich dazu. Nachdem sie Milch in die Schüsseln gegeben und sich selbst Kaffee eingeschenkt hatte, betrachtete sie ihren Mann. «Ist es wegen Thies?»

In ihrer Stimme schwang tatsächlich so etwas wie Mitgefühl mit, ein Wesenszug, der ihm bisher eher selten an ihr aufgefallen war.

«Ich meine, immerhin kanntet ihr euch seit Kindertagen, wart alte Schulfreunde.»

Er trank noch einen Schluck Kaffee.

«Es muss schlimm sein für Geesa», schob sie hinterher, ohne seine Reaktion abzuwarten. Beiläufig bestrich sie eine Scheibe Toast mit Butter. «Hat sie eigentlich eine Ausbildung?» Unter dem Pony ihres perfekt frisierten blonden Pagenkopfes sah sie ihn fragend an.

Knappeck zuckte mit den Achseln. «Ich glaube schon. Industriekauffrau oder irgendwas in der Richtung.»

Juliana schürzte ihre Lippen, die sie heute Morgen blutrot geschminkt hatte. «Und das ausgerechnet jetzt, wo das zweite Kind unterwegs ist ...» Gedankenverloren gab sie dickflüssigen Honig auf ihren Toast. «Das muss ein Schock für sie sein. Auch wenn sie ihn sicher so manches Mal verflucht hat. Also ich hätte das nicht mit mir machen lassen.»

Sie bohrte mit dem Messer ein Loch in die Luft. Der Honig zog bedrohliche Fäden und tropfte auf die helle Leinendecke.

«Ich meine, der Typ hat sie jahrelang beschissen und belogen, wo er nur konnte. Ich hab nie verstanden, wieso sie bei ihm geblieben ist, warum sie sich die Demütigungen immer wieder angetan hat. Der Typ hat doch halb Butjadingen gevögelt!»

«Herrgott, Juliana, wir sitzen hier am Frühstückstisch!» Knappeck wies mit dem Kopf in Richtung der Zwillinge. Die Mädchen hatten von dem Geplänkel jedoch nichts mitbekommen, sondern begannen, sich lauthals darüber zu streiten, ob ihre Klassenkameradin Nadine ein würdigeres Schneewittchen war oder nicht.

Schneewittchen!

Knappeck musste schlucken. Als er gestern bei der Theaterprobe in der Schule das schwarzhaarige Mädchen in dem Glassarg hatte liegen sehen, war ihm übel geworden. Und in der letzten Nacht hatten ihn auch prompt Albträume gequält. Ihn, der eigentlich einen tiefen, festen Schlaf gewohnt war! Grausame Szenen waren durch seinen Kopf geschossen, zusammenhanglose Sequenzen, die plötzlich abrissen und keinen Sinn ergaben. In den Traumfetzen war auch Thies aufgetaucht. Und ein schönes Mädchen, das erst reglos in einem Glassarg gelegen hatte, aber plötzlich wie eine Marionette an unsichtbaren Fäden hing. Und überall war Wasser, viel Wasser. Wie eine schwarze Masse war es auf ihn und das Mädchen zugerollt. Er hatte die Kleine beschützen, sie retten wollen, doch sie wurde von den Fluten verschluckt. Dann war er schweißgebadet aufgewacht.

«Pssst, seid mal kurz still», ermahnte Juliana die Zwillinge. Sie ging zum Radio und tippte mit ihren rot lackierten Fingernägeln auf den Lautstärkeregler.

Knappeck horchte auf.

«Im Fall des Fischers aus Butjadingen, der einem Gewaltverbrechen zum Opfer gefallen ist, gibt es nach Angaben einer Polizeisprecherin weiterhin keine heiße Spur», hörte er die sonore Stimme des Nachrichtensprechers. «Eine zwanzigköpfige Mordkommission hat die Arbeit aufgenommen. Bürger, die Hinweise zu dem Verbrechen machen können, werden gebeten, sich an die örtlichen Beamten zu wenden. Es ist jetzt 7:40 Uhr ...»

«Ach du Schreck!» Juliana drehte den Ton leiser und wendete sich dann wieder an die Zwillinge. «So, Abmarsch, ihr beiden. Zieht eure Schuhe und Jacken an. Wir sind spät dran!»

Knappeck bekam nur mit einem halbem Ohr mit, dass sie auch etwas zu ihm sagte.

Eine Mordkommission. Zwanzig Mann würden herumschnüffeln, alle möglichen Leute befragen, nach Hinweisen suchen und mit Sicherheit Geesas Haus auseinandernehmen. Würden sie etwas finden, das ihn in Bedrängnis brachte? Oder hatte Thies nur geblufft? Gab es dieses Band wirklich, das die hässlichen Szenen zeigte, die er vor vielen Jahren aus seinem Gedächtnis gelöscht hatte?

Immer und immer wieder hatte er sich in der letzten Nacht diese Fragen gestellt, hatte sich hin und her gewälzt, während er Julianas ruhige, gleichmäßige Atemzüge neben sich hörte.

Abwesend gab er den Zwillingen einen Abschiedskuss, zog die Reißverschlüsse ihrer Jacken hoch und packte die Brotdosen in rosa Tornister. Er nickte seiner Frau kurz zu, dann fiel die Tür ins Schloss, und er saß allein am Tisch.

Juliana hatte das Radio nicht ausgestellt. Die Melodie von *With or without you* verdrängte das Ticken der Uhr auf der Anrichte. Ausgerechnet U2 mussten sie jetzt spielen! Die Scheibe hatten sie damals rauf und runter gehört. Im Partykeller seiner Eltern, in der Schuldisko, auf Klassenfahrten. Und sie hatten das Album auch an jenem Wochenende gespielt. An dem Wochenende, an das er nie mehr denken wollte und das ihn jetzt mit aller Wucht einholte.

Knappeck fasste einen Entschluss. Es gab nur einen Weg herauszufinden, ob Thies geblufft hatte oder ob er in ernsthaften Schwierigkeiten steckte. Er musste das Band finden. Und zwar bald.

Sonst war die Polizei schneller.

Spandorff verzog das Gesicht, als hätte er eine Kröte verschluckt. Dieses Gebräu aus dem Automaten war wirklich eine Zumutung. Aber Sturm hatte die gesamte Mannschaft zur Morgenbesprechung versammelt, und da half nur viel Koffein, selbst wenn es die ungenießbare Brühe des Kommissariats war.

Verstohlen warf er dem Polizeidirektor einen Blick zu. Ob es stimmte, dass Sturm Anrufe von seinen Politiker-Freunden bekommen hatte? Offenbar machte man sich Sorgen, dass zwei Tote in Butjadingen dem sonst so lebhaften Tourismus auf der Halbinsel empfindlich schaden könnten. Das wäre zumindest eine Erklärung dafür, warum sie nicht einfach ihre Arbeit machen konnten, sondern mit knapp zwei Dutzend Beamten in dem stickigen Besprechungsraum sitzen mussten. Und dabei war es noch nicht einmal neun Uhr!

Ein Kriminaltechniker zu seiner Rechten gähnte herzhaft. Selbst der übereifrige Praktikant kratzte sich abwesend am Hinterkopf. Der Swinemünder hatte sich heute für eine schwarze Melone entschieden, eine Kopfbedeckung, die ihm fast etwas Aristokratisches verlieh. Im Kommissariat hatte es schon die Runde gemacht, dass da ein ganz schräger Vogel bei ihm und Petersen im Zimmer saß.

Ein Kollege, der es offenbar nicht geschafft hatte zu frühstücken, biss hemmungslos in ein Mettbrötchen. Der scharfe Geruch von Zwiebeln vermischte sich mit dem von Kaffee und Aftershave. Wieder einmal fiel Spandorff auf, dass Frauen in dieser Dienststelle deutlich in der Unterzahl waren.

Apropos Frauen, dachte er, wo blieb eigentlich die Petersen?

Alle Plätze am runden Holztisch waren besetzt, bis auf einen. Ob sie den Termin verschwitzt hatte?

Demonstrativ nahm Sturm seine Armbanduhr ab und warf einen Blick auf das Ziffernblatt. Dann legte er die

Breitling neben sich auf den Tisch. Ein sicheres Zeichen dafür, dass die Besprechung begann.

«Morgen allerseits.»

Konnte der Boss sich das nicht mal abgewöhnen? Der Satz erinnerte Spandorff jedes Mal an Heribert Fassbender und die Sportschau, eine Assoziation, die den nachfolgenden Themen nur selten gerecht wurde.

Langsam sah Sturm in die Runde, bis sein Blick an dem leeren Stuhl klebenblieb.

«Können Sie etwas zu dem Verbleib von KHK Petersen sagen?»

Mist, die Frage war definitiv an ihn gerichtet. Spandorff richtete sich auf. Sie hatte es zwar nicht verdient, dass er für sie die Kohlen aus dem Feuer holte oder eine Notlüge erfand. So herablassend, wie sie ihn von Anfang an behandelt hatte. Andererseits war er kein Kollegenschwein, und das würde er auch jetzt nicht werden.

«KOK Spandorff?»

Was hatte Sturm nur immer mit diesen albernen Abkürzungen? Sie waren hier doch nicht beim amerikanischen Militär! Spandorff gab sich einen Ruck. «Ermittlungen», sagte er möglichst lapidar. «Sie ist da wohl einer – äh – Sache auf der Spur.»

Sturm nickte. «Umso besser, wir können Fortschritte gebrauchen. Okay, was haben wir bisher?»

In kurzen Sätzen fasste Spandorff den Stand der Ermittlungen zusammen. Seine Observation von Geesa Frerichs' Haus sparte er jedoch zunächst einmal aus. Er wusste, dass Sturm schnelle Erfolge brauchte und ein besonderes Augenmerk auf die Witwe legen würde. Über die Jahre hatte es sich aber ausgezahlt, wenn man den Informationsfluss in Sturms Gegenwart ein bisschen steuerte.

Auf keinen Fall würde Spandorff hier vor versammelter Mannschaft aber die unangenehme Bekanntschaft mit dem Boxer erwähnen. Sein Sprint zum Auto hatte ihm ein zerrissenes Hosenbein und beinahe auch einen Herzinfarkt beschert.

Der müde Kriminaltechniker neben ihm meldete sich zu Wort und berichtete, dass am Tatort jede Menge Spuren gefunden worden waren. Haare von Menschen und von Hunden, Zigarettenkippen, Abfallreste, ein alter Turnschuh.

An der Stelle gab es Gelächter.

Ungeduldig klopfte Sturm mit dem Kugelschreiber auf die Tischplatte. «Was Brauchbares dabei?»

Der Techniker zuckte mit den Achseln. «Schwer zu sagen. Die Haare könnten von allen möglichen Leuten stammen. Auch den Schuh und die Kippen konnten wir noch nicht zuordnen. Die Analysen laufen, sind aber nicht einfach.»

«Haben sich Zeugen gemeldet? Gibt's irgendwelche Hinweise auf Verdächtige am Tatort?»

«Bisher nicht», schaltete sich Spandorff wieder ein. «Es gab eine Handvoll Anrufe, denen sind die Kollegen nachgegangen. War aber nichts dabei, was uns weiterbringen würde.»

«Ich will mehr Details», blaffte Sturm.

«Nun, bei den Personen handelte es sich um zwei Urlauber, die keinerlei Verbindungen zum Opfer haben. Wir haben ihre Personalien und wissen, wo sie sich aufhalten. Sie haben aber unserer Meinung nach nichts mit dem Fall zu tun.»

«Soso, *unserer* Meinung nach ...» Sturm nickte abwesend. «Was wissen wir denn bisher über die Witwe? Mit wem hat sie in letzter Zeit telefoniert? Haben wir die Verbindungen schon?»

Allgemeines Kopfschütteln. «Der Gerichtsbeschluss liegt noch nicht vor», meldete sich ein junger Kollege zu Wort. «Es gibt einen Festnetzanschluss und die beiden Handys.»

Zustimmendes Nicken vom Polizeidirektor. «Okay, ich will, dass ihr da dranbleibt. Ich gehe davon aus, dass das Opfer seinen Mörder gekannt hat. Vielleicht sind wir nach der Auswertung schon ein gutes Stück weiter. Wie stehen die Frerichs denn finanziell da? Irgendwelche Schulden?»

Sturm blickte in die Runde, unschlüssig, an wen er die Frage richten sollte. Schließlich blieb sein Blick an Jurek hängen, der unruhig auf dem Stuhl hin und her rutschte.

«Zwei Kredite», sagte Jurek und räusperte sich nervös.

Sturm, den es immer irritierte, wenn seine Gesprächspartner nicht genauso selbstbewusst und dröhnend auftraten wie er selbst, kniff die Augen zusammen und beugte sich über die Tischplatte. «'n bisschen lauter, Junge!»

«Äh … zwei Darlehen.» Jurek richtete sich kerzengerade auf. «Ein Kredit über 300 000 Euro für das Schiff, und mit 130 000 Euro ist das Haus belastet.»

Sturm pfiff leise durch die Zähne. «Ein ganz schön dickes Minus für einen kleinen Fischer. Irgendwelche interessanten Kontobewegungen?»

Jurek nickte. «Es gibt ein gemeinsames Konto, auf das Frerichs' Einnahmen gebucht wurden. Bei den Abbuchungen habe ich nichts Ungewöhnliches gefunden, nur den Hausabtrag, Versicherungen, Einkäufe, Restaurantrechnungen und so weiter. Interessant ist aber etwas anderes.» Er machte eine kunstvolle Pause.

Spandorff staunte nicht schlecht. Vielleicht hatte der Junge doch mehr drauf.

«Die Witwe hat noch ein eigenes Konto», fuhr Jurek fort.

Sturm hob die Augenbrauen. «Und?»

«Regelmäßige Zahlungen kamen von Margret und Klaus Fenner, ihren Eltern.»

Sturm runzelte die Stirn. «Vielleicht hat Frerichs sie an der kurzen Leine gehalten. Und Mama und Papa wollten, dass sie nicht wegen jedem Cent zu ihrem Mann rennen muss.»

Jurek nickte. «Möglich. Interessant war aber noch etwas anderes. Zwei Überweisungen kamen von der Firma IOC Consult. Es waren kleinere Beträge, zweimal 400, einmal 250 Euro.»

«Wissen wir, wer sich hinter dem Firmennamen verbirgt?»

«Noch nicht.» Jurek sah verlegen zu Boden.

«Hat sie denn einen Job?» Und als ihm die Antwort zu lange dauerte, fügte er an: «Nun mal raus mit der Sprache!»

Sturm nahm ihn wirklich ran, dachte Spandorff. «Soweit wir wissen, nicht», schaltete er sich schnell ein. «Vielleicht kommen die Zahlungen aber auch von einer Privatperson, und es soll nicht auf den ersten Blick klar sein, von wem.»

Sturm wirkte skeptisch. «Haben wir sonst noch was?»

Spandorff nahm den letzten Schluck seines lauwarmen Kaffees, zerknüllte den Plastikbecher und warf ihn in den Mülleimer. Nun würde er mit seinen Informationen rausrücken.

«Geesa Frerichs hat eine Affäre.»

Genüsslich beobachtete er, wie die Bombe platzte. Dann

berichtete er in aller Ausführlichkeit von dem Gespräch zwischen Geesa und dem jungen Mann, der eindeutig mehr als ein guter Bekannter war.

In den Augen des Polizeidirektors blitzte es auf. «Eine Affäre! Sie hat sich mit ihrem Liebhaber getroffen, obwohl ihr Mann noch nicht mal unter der Erde ist!?»

Spandorff unterdrückte ein Grinsen. Wie berechenbar der Boss doch war!

Sturm nahm seine Uhr und streifte das Metallic-Armband übers Handgelenk. «Okay. Dann konzentrieren wir uns jetzt mal auf die trauernde Witwe.»

Der Verschluss schnappte zu. Die Morgenbesprechung war beendet.

Am Haarenufer entlang, einmal rechts und zweimal links. Oder doch zweimal rechts und einmal links? Tomma fluchte. Obwohl sie während ihrer Ausbildung schon mehrmals in der Oldenburger Außenstelle des Rechtsmedizinischen Instituts Hannover gewesen war, verfuhr sie sich jedes Mal. Dummerweise hatte ihr Navi auf der Fahrt von Bremerhaven nach Oldenburg den Geist aufgegeben, und Tomma hatte noch keine Zeit gehabt, sich Ersatz zu organisieren. Sie musste sich also allein auf ihren Orientierungssinn verlassen, was sie vor große Schwierigkeiten stellte. Denn zu behaupten, dass ihr Orientierungssinn nicht besonders ausgeprägt war, wäre eine glatte Untertreibung – er war quasi so gut wie gar nicht vorhanden.

Tomma kniff die Augen zusammen und suchte das Schild mit dem Straßennamen, dabei hätte sie fast einen Radfahrer übersehen. Wütend legte der Mann eine Vollbremsung hin, klopfte lautstark auf die Kühlerhaube und zeigte ihr einen Vogel.

Zwei Minuten später bog Tomma in die Pappelallee, fand einen Parkplatz und stellte den Golf ab. Das Pochen in ihrer linken Schläfe nahm zu. Sie klappte das Handschuhfach auf und fand zwischen Taschentüchern, CD-Hüllen und Kaugummis eine Packung Aspirin. Unter dem Sitz musste auch noch eine halbvolle Flasche Cola sein. Mit einem großen Schluck spülte sie die Tablette hinunter und schüttelte sich.

«Selbst schuld», murmelte sie. Wer feiern kann, der kann auch arbeiten. Das pflegte jedenfalls ihre Mutter gerne zu sagen. Und wer abends im *Loft* tanzen kann, sollte am nächsten Tag gefälligst pünktlich zu Dienstbeginn auf der Matte stehen. Was sie natürlich nicht geschafft hatte, und darüber ärgerte Tomma sich mächtig. Sie hasste Unpünktlichkeit. Und sie hasste es, Schwäche zu zeigen.

Sie hatte Spandorff nach der Dienstbesprechung im Büro erreicht und sich mit ihm direkt in der Rechtsmedizin verabredet. Er hatte nicht gefragt, wo sie steckte, sondern sie nur knapp darüber informiert, dass der Termin bei Dr. Berschat vorgezogen worden war. Und dass Sturm die Ermittlungen nun auf die Witwe konzentrieren wollte.

Super, dem Boss war der Fall offenbar so wichtig, dass er die Besprechung höchstpersönlich leiten wollte – und die Leiterin der Mordkommission fehlte. Tomma wusste, sie würde sich jetzt doppelt anstrengen müssen.

Sie trank noch einen Schluck von der abgestandenen Cola. Ein starker Kaffee wäre ihr lieber gewesen, aber irgendwie würde sie den Tag schon rumkriegen. Ob die Obduktion wertvolle Hinweise liefern konnte? Tomma war sich da nicht sicher.

Als sie ausstieg, schlug ihr eine kräftige Brise entgegen. Die Luft war frisch und klar, und der Druck in ihrem Kopf ließ etwas nach. Tomma band den Gürtel ihres Burberry-Trenchcoats fester und atmete tief ein.

Der zweckmäßige Flachdachbau des rechtsmedizinischen Instituts war aus den Siebzigern und lag in einer verkehrsberuhigten Zone. Gepflegte Einfamilienhäuser säumten die Straße, ihre Gärten wiesen alten Baumbestand auf. Das Gebäude selbst hatte bereits Patina angesetzt. Ein schlichtes Schild wies darauf hin, dass die Mediziner hier keine Lebenden heilten, sondern nach Antworten im Reich der Toten suchten.

Auch wenn es nicht ihre erste Obduktion war, hatte Tomma beim Betreten immer ein flaues Gefühl im Magen. Sie grüßte die Assistentin am Empfang und steuerte auf den Besprechungsraum zu, in dem sie sich mit Berschat treffen wollten. Als sie den Raum betrat, stieg ihr der Geruch von Kaffee und Pril in die Nase, die Spülmaschine surrte leise. Eine Frau im weißen Kittel huschte an ihr vorbei und schnappte sich etwas Gebäck aus einer Keksdose, bevor sie zum Regal ging und aufmerksam die Buchrücken studierte.

Die Tür flog auf, und Spandorff stand im Rahmen. Die Frau in Weiß drehte sich um und strahlte ihn an.

«Mensch, Uli, lange nicht gesehen!» Sie sah von Spandorff zu Tomma, als würde sie die Kommissarin erst jetzt wahrnehmen. «Wollt ihr zu Berschat?»

Tomma runzelte die Stirn. Uli? In der Dienststelle wagte es keiner, den Kollegen so zu nennen. Oder hatte sie etwas nicht mitbekommen?

Spandorff nickte Tomma kurz zu, bevor er erwiderte: «Der Mord in Butjadingen.»

«Ja, ich hab's gelesen, furchtbare Sache.» Sie biss in einen Keks, und Krümel verteilten sich auf ihrem Kragen. «Der Chef ist schon im Obduktionssaal. Viel Erfolg!»

«Na dann mal los», sagte Tomma in Spandorffs Richtung.

Sie wollte das Ganze möglichst schnell hinter sich bringen und hatte wenig Lust auf Smalltalk. Gemeinsam verließen sie den Aufenthaltsraum und gingen schweigend den Flur entlang. Zwar registrierte Tomma, dass Spandorff ihr einen längeren Seitenblick zuwarf, aber sie beschloss, ihn zu ignorieren. Ihr war klar, dass sie ziemlich zerknittert aussah, sie hatte jedoch nicht vor, ihm die Gründe dafür zu erläutern. Außerdem gönnte sie ihm den Triumph in der Morgenbesprechnung mit Sturm nicht. Geesa Frerichs hatte also eine Affäre. Wieso, verdammt noch mal, hatte er ihr das nicht schon gestern Abend erzählt? Er hätte sie doch auf dem Handy anrufen können. Stattdessen wusste jetzt bereits das ganze Kommissariat davon. Und sie hatte erst eben am Telefon davon erfahren.

«Ist bei der Besprechung sonst noch etwas Interessantes herausgekommen?», fragte sie schnippisch. «Abgesehen davon, dass wir eine Witwe mit einem unbekannten Geliebten haben, die Sturm gleich zur Hauptverdächtigen erklärt?»

«Eigentlich nicht», brummte Spandorff. «Die Festnetz- und Handyverbindungen sind noch nicht ausgewertet. Jurek kümmert sich außerdem weiter um die Finanzen und versucht herauszubekommen, wie sich das Konsortium des Windparks zusammensetzt. Keine Ahnung, wie er an die Informationen kommt, aber er kennt sich mit dem Computer aus, so viel steht fest.»

So viele Sätze hatte Spandorff noch nie am Stück

gesprochen. Glaubte er, jetzt gut Wetter machen zu müssen?

Sie hängte ihren Mantel auf, steckte das BlackBerry in die Hosentasche und angelte sich aus einem Eimer für ihre Schuhe Plastiküberzieher. Dann schlüpfte sie in einen der grünen Kittel, die für Besucher bereithingen, und warf einen Blick durch die Glasscheibe zum Sektionstisch.

Auf der langgestreckten Fläche aus Edelstahl lag der Leichnam von Thies Frerichs und wurde von einem grellen Oberlicht angeleuchtet. Zwei Männer in OP-Kleidung legten Skalpell und Schalen bereit, und Tomma hatte es plötzlich überhaupt nicht mehr eilig, den kleinen Vorraum zu verlassen.

Im Obduktionssaal war es ein paar Grad kühler, und Tomma fröstelte. Die Plastiküberzieher raschelten auf den hellen, rutschfesten Fliesen, es roch nach Desinfektionsmittel, Eisen und leicht nach Schwefel. Egal, wie penibel hier geputzt und geschrubbt wurde, der Geruch nach Vergänglichkeit und Tod blieb an den sterilen, glatten Kacheln haften.

Karl Berschat stand bereits in OP-Kittel und Papierschürze an dem blanken Edelstahltisch, die Kleidung schlackerte an seiner hageren Gestalt.

«Ihr kommt genau richtig. Ich wollte gerade loslegen.» Berschat nickte seinem Assistenten zu, setzte Mundschutz und Schutzbrille auf. Dann streifte er ein paar weiße Gummihandschuhe über und setzte mit ruhiger Hand das Skalpell an.

Tomma wandte den Blick ab. Sie wusste, der Rechtsmediziner würde zunächst mit Routineuntersuchungen beginnen.

«Wieso hat es eigentlich so lange gedauert, bis das Ergebnis von Eric Theurers Obduktion vorlag?»

Berschat warf ihr einen kurzen Blick zu. «Weil der Herr Staatsanwalt sich zunächst nicht entscheiden konnte, ob diese finanzielle Belastung des Steuerzahlers überhaupt notwendig ist.» Er legte einen kleinen Klumpen in eine Wagschale, sein Assistent las das Ergebnis ab und notierte das Gewicht mit Kreide auf einer Tafel.

«Und warum hat er sich dann doch dazu durchgerungen?», wollte Spandorff wissen.

«Er hat wohl kalte Füße bekommen. Und jetzt, nach der zweiten Leiche, ist selbst der Sesselpupser-Advokat auf die Idee gekommen, dass ein Zusammenhang bestehen könnte. Hat er mir zumindest heute Morgen am Telefon berichtet.»

Es war bekannt, dass der Rechtsmediziner den Staatsanwalt für eine Niete hielt. Eine Niete, die nur über Beziehungen an den Job gekommen war. Berschat hielt es offenbar auch nicht für nötig, diese Meinung für sich zu behalten.

«Und, gibt es einen Zusammenhang?», fragte Tomma.

Der Pathologe legte das Skalpell zur Seite. «Tja, das müsst ihr herausfinden. Theurer scheint aus freiem Entschluss gehandelt zu haben. Tod auf nicht natürliche Weise nach Erhängen, so stand's doch im Bericht. Habt ihr den nicht gelesen?» Er warf ihnen einen strafenden Blick zu.

«Doch, sicher», beeilte sich Tomma zu sagen. «Aber deshalb kann man noch lange keine Verbindung zwischen den Fällen herstellen.»

Berschat drehte sich zu seinem Assistenten um: «Kocherklemme, bitte.» Dann fuhr er fort: «Bei Eric

Theurer ist die Sache glasklar: Das Gehirn wurde nicht mehr mit Sauerstoff versorgt, er war relativ schnell bewusstlos. Schätzungsweise nach acht, spätestens dreizehn Sekunden. Die Striemen am Hals passen zu der Schlinge.»

«Und es gab überhaupt keine anderen Spuren», pflichtete Spandorff bei, als wolle er betonen, dass er den Bericht aufmerksam gelesen hatte.

Aber Berschat war kein Mann für leise Zwischentöne, er schüttelte nur den Kopf. «Keine Anhaltspunkte für eine

Gewalteinwirkung von dritter Hand zu Lebzeiten der Person. Steht doch alles im ...»

«... im Bericht», sprang Tomma schnell ein, «wissen wir. Aber wir haben jetzt eine neue Situation, da könnte jedes noch so kleine Detail wichtig sein. Theurer hatte also nicht mal Blutergüsse oder blaue Flecken», überlegte sie weiter.

Berschat seufzte und sparte sich einen Kommentar. «Genau, auch in diesem Bereich Fehlanzeige. Keine Verfärbungen oder verdeckten Blutergüsse. Und auch keine Anzeichen für Druckstellen, die entstehen würden, wenn ihn eine fremde Person in die Takelage gehievt hätte. Wir haben auch besonders auf Schleifspuren geachtet, aber nichts gefunden. Wär ja möglich gewesen, dass er woanders gestorben ist und von jemandem über Deck gezogen wurde. Aber Theurer hat wohl aus freiem Entschluss gehandelt.»

«Selbst seine Blutwerte waren gut», sagte Tomma. «Keine Drogen, kein Alkohol oder Medikamente.»

«Na, da bin ich aber froh, dass die schriftliche Prosa zur Obduktion nicht ganz für die Tonne war.»

Berschats Tonfall war eine Spur zu giftig für Tommas Geschmack, und sie überlegte gerade, ob sie sich mit einem bissigen Kommentar revanchieren sollte, als der Rechtsmediziner plötzlich stutzte.

«So, ihr beiden, nun rückt mal näher ran», sagte er. «Jetzt wird's interessant.»

Widerwillig ging Tomma einen Schritt auf den Sektionstisch zu. Sie hatte einen trockenen Mund, und ein Geschmack, der sie an die Alkohol-Zitronen-Kombination des gestrigen Abends erinnerte, breitete sich auf ihrer Zunge aus. Wie konnte sie sich nur am Tag vor einer Obduktion so wenig im Griff haben? Nie wieder würde sie dieses Zeug anrühren! Was hatte sie sich nur dabei gedacht? Der Abend war ihr entglitten. Unwillkürlich musste Tomma an Jan denken, und sie spürte, wie ihr das Blut ins Gesicht schoss. Diverse Szenen vermischten sich in ihrem Kopf: weißer Tequila, Jans Pfefferminzatem, ausgelassene Tanznummern, ihr aufgeregtes Gekicher, sein raues Lachen, verschmierter Kajalstift, warme Körper zwischen zerwühlten Laken ... Hoffentlich lief sie ihm heute nicht in der Dienststelle über den Weg.

«Es sieht ganz so aus, als sei Frerichs an einem Pneumothorax gestorben», erklärte Berschat und holte sie damit wieder zurück in die Realität.

«Gibt's dafür auch eine Übersetzung?», kam es lakonisch von Spandorff. Der Hühne hielt immer noch gebührenden Abstand zum Obduktionstisch und lehnte betont lässig am Fensterrahmen. Dennoch meinte Tomma zu erkennen, dass sein Gesicht eine Spur weißer war als sonst.

Berschat wollte sich seine gute Laune offenbar nicht verderben lassen und fuhr im gleichen Tonfall fort: «Natürlich gibt es die, und ich liefere sie gleich mit: Wenn der Unterdruck in der Brusthöhle aufgehoben wird, fällt die Lunge zusammen und kann nicht mehr arbeiten. Sie gibt quasi ihren Geist auf. Frerichs ist also an akutem Lungenversagen gestorben.»

«Wie könnte das passiert sein?» Tomma überlegte. «Durch die Tatwaffe?»

«Das ist sogar sehr wahrscheinlich. Die Stiche scheinen sehr tief …»

«War es also ein großes Messer? Was für eine Klinge hatte es?»

«Nun mal langsam», mahnte Berschat, «über die Länge der Tatwaffe kann ich nichts sagen. Sie dürfte ja mit großer Wucht in den Körper gestoßen worden sein. Die Organe sind geradezu zusammengedrückt worden.» Vorsichtig trennte er mit dem Skalpell Gewebe von einem Knochen. «Aber ob die Klinge lang oder kurz war, keine Ahnung. Trotzdem lassen sich noch ein paar Angaben machen. Hier zum Beispiel …» Er wies mit seinem rechten Gummihandschuh auf eine Wunde. «Der Stich ist bis auf den Knochen vorgedrungen und hinterlässt also eine Art Abdruck. Hier korrespondiert die Stegbildung mit dem Messerrücken. Der spitz zulaufende Wundwinkel zeigt den Bereich, in dem das Messer scharf ist. Perfekt.»

«Perfekt? Sind Sie zufrieden mit dem Mörder?», kam es dumpf vom Fenster.

Der Rechtsmediziner ignorierte Spandorffs Einwurf und schien seine Umwelt für einen Moment ausgeblendet zu haben. «Perfekt, weil es viel verrät», sagte er schließlich mehr zu sich selbst als zu den Polizisten. «Das Messer hatte vermutlich eine spitze Klinge, könnte fast ein professionelles Werkzeug gewesen sein. Eigenartig ist nur …» Er beendete den Satz nicht, sondern ging mit dem Gesicht noch dichter an den Leichnam heran.

«Was denn?» Tomma vergaß für einen Augenblick ihre Übelkeit.

«Im Oberschenkelbereich sind die Stichwunden anders als im Brustkorbbereich. Es sieht fast so aus, als ob ...»

Wieder machte der Mediziner eine Pause. Im Obduktionssaal war es jetzt vollkommen ruhig, nur das leise Surren der Kühlung war zu hören. Und durch die Glasscheibe drang das gedämpfte Klingeln eines Telefons zu ihnen herüber. Schließlich klappte Berschat seinen Mundschutz herunter.

«Die Stichwunden stammen von verschiedenen Tatwaffen.»

Tommas Fingerspitzen kribbelten. «Ganz sicher? Ich meine, könnte das Messer nicht einfach in verschiedenen Winkeln in den Körper gestoßen worden sein?»

Berschat straffte seine Schultern. «Natürlich sind die Stichkanalverläufe auch bei nur einer Tatwaffe nicht alle identisch. Aber in diesem Fall bin ich mir ganz sicher: Die Stichwunden stammen von unterschiedlichen Tatwaffen.» Er schien seinen Triumph noch etwas länger auskosten zu wollen. Dann fuhr er fort: «Die Stiche im Oberschenkelbereich sind vermutlich mit einer glatt geschliffenen Klinge erfolgt. Im oberen Bereich haben wir keine klassische Messerstichverletzung, eher rundliche, ovale Einstiche.» Er wies auf zwei Wunden unterhalb des Brustkorbs. «Man sieht zwar Anhaltspunkte für eine eingeschnittene Fläche, aber auch Anzeichen einer stumpfen Gewalteinwirkung. Abschürfungen im Wundrandbereich, zum Teil begleitende Blutergüsse ...»

Spandorff konnte mit dem Rechtsmediziner-Latein offenbar nichts anfangen. Er räusperte sich hörbar, was Berschat jedoch geflissentlich ignorierte.

«Abgesehen davon sieht es nicht so aus, als wären die Verletzungen im Oberkörper mit einem Messer beigebracht worden, eher mit einem …»

«Ja?» Tomma rückte ein Stück näher an ihn heran.

«Mit einem großen Dorn vielleicht. Oder einer Art Rundfeile.»

«Sind Sie da ganz sicher?»

Berschat warf ihr einen amüsierten Blick zu. «Ich beschreibe die Optionen, die meiner Ansicht nach am

wahrscheinlichsten sind, Frau Kommissarin. Und klassische Messerstichverletzungen halte ich hier …», er wies auf Frerichs blassen Oberkörper, «… für eher unwahrscheinlich.»

Spandorff löste sich vom Fenster und warf einen Blick auf den nackten Körper des Toten. Im Gesicht hatte er wieder etwas an Farbe gewonnen. «Kann man eigentlich feststellen, welche Wunden zuerst zugefügt wurden?»

«Nun, ich schätze, die im unteren Bereich. Also an den Beinen. Damit dürfte der Täter sein Opfer so stark verletzt haben, dass es außer Gefecht gesetzt war. Frerichs war schließlich recht groß und kräftig. Mit den schweren Verletzungen an den Beinen konnte er sich aber sicher nicht mehr groß wehren. Und auch nicht mehr fliehen.» Der Rechtsmediziner zeigte auf Abschürfungen an den Knien und am rechten Ellenbogen. «Vielleicht hat er es trotzdem versucht und ist noch wenige Meter gekrochen.»

Tomma versuchte, sich die Szene vorzustellen. Angeblich war Frerichs' Tod gegen zweiundzwanzig Uhr eingetreten, es war also schon dunkel. Falls er überhaupt an der Stelle ermordet worden war, an der die Leiche gefunden wurde. Hatte er seinen Angreifer also zu spät erkannt?

Oder hatte er sich sogar mit ihm verabredet? Ob dem Fischer irgendwann klargeworden war, dass er sich in Lebensgefahr befand?

Sie starrte auf den geöffneten Leichnam, auf die tiefen Einstiche, das viele Blut und fühlte plötzlich, wie sich alles drehte. In ihrem Mund breitete sich ein saurer Geschmack aus. Ihr wurde speiübel.

Schnell zog Tomma ihr BlackBerry aus der Hosentasche, murmelte «'tschuldigung» und lief aus dem Obduktionssaal. Sie schaffte es gerade noch, über den Gang vorbei am Aufenthaltsraum ins Freie zu stürzen. Dann erbrach sie sich ins Gebüsch.

Zitternd tastete sie nach einem Taschentuch, fand aber nichts außer einem verklebten Bierdeckel in ihrer Jeans, auf dem Jan seine Nummer aufgeschrieben hatte.

«Großartig, Tomma», murmelte sie, «du hast Job und Privatleben ja super im Griff.»

Mühsam richtete sie sich auf. Da ihre Knie sich noch ziemlich wackelig anfühlten, blieb sie noch einen Moment stehen. Am liebsten hätte Tomma draußen auf Spandorff gewartet, aber die Blöße wollte sie sich auf keinen Fall geben. Außerdem brannte ihr noch eine Frage unter den Nägeln, also musste sie wohl noch mal zurück in den Obduktionssaal.

Sie atmete tief durch und sah sich um. Weit und breit war kein Mensch zu sehen. Wenigstens gab es also keine Zeugen für ihren Systemausfall.

«Okay, dann wieder rein mit dir», sagte sie halblaut, straffte die Schultern und zog die Tür zum Institut auf.

Im Obduktionssaal empfing Berschat sie mit einem fragenden Blick. «War Ihnen nicht gut?»

«Doch, sicher. Ich hatte nur einen Anruf. War wichtig, musste ich annehmen.» Wie zum Beweis hielt sie das BlackBerry hoch.

Der Rechtsmediziner schien wenig überzeugt und sah sie nur mit einem feinen Lächeln an. Und auch Spandorff konnte sich eine Nachfrage nicht verkneifen.

«Was Aktuelles für die Ermittlungen?», fragte er.

«Wie?»

«Gibt es irgendwelche neuen Erkenntnisse?»

«Äh, nein. Nicht direkt.» Tomma ärgerte sich, dass ihr Kollege die Situation nicht unkommentiert lassen konnte. Schnell wandte sie sich an Berschat. «Was ich eben noch fragen wollte ...» Tomma räusperte sich und zwang sich, nicht auf den Leichnam zu sehen. Wenn dieser Tag rum war, würde sie definitiv drei Kreuze machen. «Könnten die Stiche auch von einer Frau stammen?»

Der Rechtsmediziner überlegte. «Sicher, warum nicht? Wenn sie ihm erst die unteren Verletzungen zugefügt hat, war er kein ernstzunehmender Gegner mehr. Er dürfte schon viel Blut verloren haben und konnte sicher nicht mehr schnell reagieren.»

Berschat setzte die Schutzbrille ab und sah die beiden Kommissare ernst an. «Das perfekte Opfer.»

Klack. Die Terrassentür ließ sich erstaunlich leise öffnen. Mit einem Ruck hatte er sie angehoben und konnte sie nun mühelos aufschieben.

Unglaublich, dachte Knappeck, während er mit seinem Rucksack ins Haus schlich und die Glastür hinter sich zuzog. Schon damals, als er das letzte Mal hier gewesen war, hatte die Terrassentür einen Defekt und war mit etwas Geschick von außen zu öffnen gewesen. Und jetzt konnte hier immer noch jeder ein und aus gehen. Darauf angesprochen, hatte Thies damals geantwortet: «Das weiß doch keiner außer meinen Kumpels.»

Dass aus Freundschaften jedoch auch Feindschaften werden konnten, hatte er nicht bedacht.

Knappeck ging in die Mitte des Wohnzimmers und überlegte. Wo sollte er anfangen? Wo würde man etwas verstecken, das andere unter keinen Umständen finden durften?

Während seines kurzen Kondolenzbesuches am Vormittag hatte Knappeck mitbekommen, wie Geesa mit ihren Eltern telefonierte und ihren Besuch für den Abend ankündigte. Zusammen mit dem kleinen Rotzlöffel, der fortlaufend brüllte, wollte sie die Nacht bei ihren Eltern verbringen. Und tatsächlich fehlte von ihrem klapprigen Ford jede Spur. Er hatte also genügend Zeit, um jeden Raum zu durchkämmen.

Konzentriert sah er sich um und knetete die Finger seiner Lederhandschuhe. Dieses Haus hatte nichts mit seinem Lebensumfeld gemeinsam. Es roch nach abgestandener Luft, der Teppich war abgewetzt, und an einer Stelle kam die gemusterte Tapete von den Wänden. Auf einem Holzcouchtisch stapelten sich Fernsehzeitschriften, und in einer altmodischen Schrankwand stand ein riesiger Röhrenfernseher, der von einer dünnen Staubschicht bedeckt war.

Seit er vor vielen Jahren das letzte Mal hier gewesen war, schien sich nichts verändert zu haben. Offenbar lief die Fischerei für Thies bei weitem nicht so gut, wie er es immer dargestellt hatte. Diese Erkenntnis erfüllte Knappeck mit mehr Genugtuung, als er erwartet hatte.

Systematisch begann er im Wohnzimmer mit der Schrankwand. Bücher, Bedienungsanleitungen, dicke Fotoalben und Deko-Zeug waren nicht von Interesse. Dennoch arbeitete er sich systematisch durch Thies' Leben, wühlte in alten Kalendern, rückte eine Fernglassammlung zur Seite, schob Kerzenständer und Elektrogeräte beiseite. Sorgfältig achtete er darauf, die Sachen wieder an ihren ursprünglichen Platz zu legen. Mit etwas Glück würde Geesa nichts bemerken, sie hatte zurzeit ohnehin andere Dinge im Kopf.

Weiter zur nächsten Schranktür. Hier stapelten sich DVDs. Nagelneue Spielfilme auf unbeschrifteten Rohlingen, die Hüllen mit billigen Computerausdrucken der Filmcover zugeklebt. Spielfilme, Urlaubsfilme, Serien. Eine Menge illegal gebrannter Sachen waren auch dabei, stellte Knappeck nach einem Blick in die Verpackungen fest. Eigenartig, dass Geesa das zuließ. Knappeck hatte sie immer als gewissenhaft und ehrlich eingeschätzt. Aber vielleicht wusste sie es ja auch gar nicht oder wollte es nicht wissen – wie so vieles, was um sie herum vorging.

Knappeck überlegte. Ob der Streifen in der DVD-Sammlung versteckt war? Hatte Thies das Material vielleicht irgendwann überspielt, um die Daten zu sichern? Bewahrte er das Band womöglich zwischen den anderen Filmen auf, wo es nicht weiter auffiel? Die gekauften und noch eingeschweißten DVDs kamen nicht in Frage. Interessanter waren die gebrannten. Die Urlaubsfilme konnte er ebenfalls vergessen. Das Risiko, dass Geesa den Streifen auf diese Weise entdeckt hätte, wäre Thies sicher zu groß gewesen. Und davon, dass sie den Film nicht kannte, war Knappeck felsenfest überzeugt.

Rosamunde Pilcher, Notting Hill und Pretty Woman

stellte er gleich wieder zurück. Gebrannte Actionfilme und Dokumentationen verschwanden in seinem Rucksack. Auf einem Rohling stand in fahriger Handschrift «Junge Teens in heißen Höschen», die nahm er ebenfalls mit.

Gott, was war Thies doch für eine arme Wurst gewesen, dachte Knappeck. Schnell schloss er die letzte Schranktür und machte sich an den Schubladen zu schaffen. Kerzen, Servietten und Spiele – alles uninteressant.

Nach dem Wohnzimmer nahm er sich die Küche vor, war sich jedoch fast sicher, dass er hier nichts finden würde. Das war Geesas Reich. Thies hatte nicht einmal gewusst, wie man Kaffee kocht.

Pflichtschuldig zog Knappeck die Schubladen auf, warf einen Blick in die Schränke und hob die Sitze der altmodischen Holzeckbank an, entdeckte jedoch nichts, was seine Aufmerksamkeit erregt hätte. Also weiter.

Im Erdgeschoss befanden sich nur noch ein Badezimmer, ein kleiner Abstellraum und das Kinderzimmer. So abgebrüht, den Film hier zu verstecken, war Thies bestimmt nicht gewesen.

Also hoch ins Obergeschoss. Knappeck nahm zwei Stufen auf einmal, wäre fast gestolpert und konnte sich gerade noch an dem Holzgeländer festhalten. Links lag das Schlafzimmer, in der Mitte des Flurs ging ein weiteres kleines Badezimmer ab, rechts lag Thies' Arbeitszimmer. Zumindest war es bei Knappecks letztem Besuch hier so gewesen.

Ein kurzer Blick in die muffigen Räume genügte, um festzustellen, dass auch hier die Zeit stehengeblieben war. Knappeck durchkämmte das Schlafzimmer, sah in den Kleiderschrank und unter einen Stapel frischer Bettwäsche, der leicht nach Kamille roch. Er durchwühlte

Schubladen mit Socken und Unterwäsche, öffnete einen alten Koffer und drehte sogar den Wäschepuff mit getragener Kleidung um. Nichts.

Verdammt, Thies, wo hast du das Band versteckt? Knappeck fuhr sich mit dem Handrücken über die Stirn, das glatte Leder seines Handschuhs quietschte auf der verschwitzten Haut.

Ein schneller Durchgang im Badezimmer genügte, um sicherzugehen, dass er hier ebenfalls nicht fündig werden

würde. Der Raum war winzig und bot gerade mal Platz für Dusche, Toilette und ein kleines Waschbecken.

Vielleicht hatte er in Thies' Büro mehr Glück, da musste er einfach etwas finden!

Das Zimmer war eindeutig Thies' Rückzugsraum gewesen. An den Wänden hingen Seekarten sowie eine Knotensammlung hinter Glas und Fotografien, die Thies an Bord seines Kutters zeigten. Auf einem Bild erkannte Knappeck ihn mit seinem Vater und seinem Großvater. Der alte Frerichs grinste fast zahnlos in die Kamera. Auch der kleine Schreihals war auf einem Bild zu erkennen. Stolz sah er zu Thies auf, das hellblonde Haar glänzte in der Sonne. Ein Foto von Geesa war nicht dabei.

Auf dem Boden stapelten sich Papiere und Dokumente und bedeckten den fleckigen Teppich fast komplett. Der Schreibtisch bog sich unter einem alten Computer, neben dem wuchtigen Bildschirm türmten sich Rechnungen, Kataloge und ungeöffnete Briefe.

Weiter, trieb Knappeck sich an, hier würde er fündig werden, er konnte es spüren. Mit fahrigen Handbewegungen wühlte er in den Papieren und riss ungeduldig die erste Schreibtischschublade auf. Bei der untersten hielt er inne.

Obwohl er fest zog, bewegte sie sich keinen Millimeter. Erst jetzt entdeckte Knappeck das kleine Schloss an der rechten Seite. Hektisch riss er am Ledergurt seines Rucksacks und durchwühlte den Inhalt. Bevor er zu Hause aufgebrochen war, hatte er hastig ein paar Werkzeuge in den Rucksack geworfen. Jetzt dankte er dem Himmel für seine Weitsicht.

Mit raschen Bewegungen setzte er das kalte Eisen der Zange an und zog mit ganzer Kraft an dem Schloss. Wie gut, dass Thies auf Qualität keinen Wert gelegt hatte, das Schloss brach fast ohne Widerstand aus dem Holz.

Mit einem schwungvollen Ruck zog Knappeck die Schublade auf, sein Puls beschleunigte sich. Ein kurzer Blick genügte, um festzustellen, dass er gefunden hatte, was er suchte: Die Schublade war voll mit alten Videokassetten! Schnell ging Knappeck die Beschriftungen durch. Melinda, Jessica, Jo, Fanggründe, Robbensteert – was versteckte sich bloß hinter diesen eigenartigen Namen? Egal. Knappeck stopfte die Kassetten zusammen mit der Zange in seinen Rucksack, schnürte ihn fest zu und wollte gerade gehen, als er das durchdringende Läuten der Türklingel hörte.

Der Schreck jagte ihm in die Glieder, und er blieb bewegungslos stehen. Unten klopfte es jetzt dumpf an die Haustür.

«Geesa, mach auf, ich weiß, dass du da bist!»

Knappeck spürte, wie ihm kalter Schweiß über den Rücken rann. Hatte man ihn durchs Fenster gesehen? War er zu laut gewesen?

Wieder läutete es, und eine Männerstimme brüllte: «Lass mich rein, ich will mit dir reden!»

Knappeck zwang sich, ganz ruhig stehen zu bleiben und

regelmäßig ein- und auszuatmen. Offenbar hatte der Kerl keinen Schlüssel, sonst wäre er längst im Haus. Ängstlich warf er einen Blick auf das Zifferblatt seiner Armbanduhr. Geesa konnte noch nicht länger als eine halbe Stunde weg sein, die Chance, dass sie es sich anders überlegt hatte und in den nächsten Minuten wieder kommen würde, war also gering. Und der Typ würde ja wohl kaum vor der Haustür warten, oder?

Knappecks Atem wurde etwas ruhiger. Ein paar Minuten später hörte er, wie sich eine fluchende Stimme entfernte. Schließlich sprang ein Wagen an. Der Mann fuhr weg.

Kurz darauf schnappte Knappeck sich den Rucksack, schlich die Treppe hinunter und öffnete vorsichtig die Terrassentür. Mit gesenktem Kopf und hochgeschlagenem Kragen ging er durch den Garten und zu seinem Wagen. Er startete den Motor und fuhr los.

Aber Knappeck hatte es nicht eilig, nach Hause zu kommen. Die Angst vor dem Inhalt der Tapes lag wie eine schwere, eiskalte Hand in seinem Nacken.

Tomma fuhr den Mittelweg entlang, bog rechts in die Großensieler Straße ab und dann links auf die Stadländer Straße.

Was für ein nutzloser Nachmittag!

Nach der Obduktion war sie nach Nordenham in die Dienststelle gefahren und hatte den Rest ihrer Arbeitszeit damit verbracht, dem Gerichtsbeschluss hinterherzutelefonieren, den sie für die Auswertungen der Telefonabrechnungen benötigten. Spandorff hatte sich direkt auf den Weg nach Butjadingen gemacht, um sich dort noch einmal umzuhören. Das behauptete er zumindest. Vielleicht steuerte er aber auch einfach die nächste Kneipe an.

Die Stimmung zwischen ihnen war weiter abgekühlt. Noch immer warf sie ihm vor, ihr die Nachricht von Geesa Frerichs Affäre vorenthalten zu haben. Selbst einem so schläfrigen Polizisten wie Spandorff musste doch klar sein, dass das eine heiße Information war.

Ungeachtet ihrer Differenzen hatte Tomma beschlossen, Geesa Frerichs aufzusuchen und sie gemeinsam mit Spandorff zur Rede zu stellen. Sie waren trotz allem ein Team, und es brachte nichts, wenn jeder auf eigene Faust ermittelte. Aber aus ihrem Vorhaben wurde vorerst nichts: Geesa Frerichs war abgetaucht, sie war weder zu Hause ans Telefon gegangen noch an ihr Handy. Schließlich hatte Tomma entnervt aufgegeben und die Aktion zähneknirschend verschoben.

Jetzt wollte sie einfach nur nach Hause. Noch immer steckte ihr die kurze Nacht in den Knochen. Das war ein Grund dafür, warum ein Teil von ihr sogar ganz froh darüber war, heute mal früh Feierabend machen zu können.

Tomma stellte das Autoradio lauter und konzentrierte sich auf die Straße. Schon bald ließ sie die B 437 hinter sich, bog links ab und fuhr weiter Richtung Jaderberg.

Wenigstens hatte die Obduktion neue Erkenntnisse gebracht. Die Verletzungen waren Thies Frerichs von unterschiedlichen Tatwaffen zugefügt worden, da war Berschat absolut sicher. Es erschien definitiv unlogisch, dass der Mörder während der Tat die Waffe gewechselt haben sollte. Aber ob das wirklich bedeutete, dass sie ab sofort zwei Täter jagten? In jedem Fall würde die neue Erkenntnis die Ermittlungen nicht unbedingt leichter machen. Und wie hing Theurers Tod mit dem Fall zusammen?

Tomma registrierte, dass sie von zahlreichen Autos überholt wurde. Mist, sie hatte gar nicht bemerkt, dass sie schon auf der A 29 fuhr und immer noch mit siebzig über die Straße kroch. Energisch drückte sie aufs Gaspedal.

Zwanzig Minuten später stellte sie den Wagen vor ihrer Haustür ab, schulterte ihre Tasche und warf einen Blick in

den Briefkasten. Gähnende Leere, nicht mal Werbung.

Als sie die Tür zu ihrer Altbauwohnung öffnete, schlug ihr abgestandene Luft entgegen. Tomma ließ die Tasche neben die Garderobe fallen, ging ins Wohnzimmer und öffnete die Fenster. Zwei Stockwerke tiefer hörte sie eine Frau lachen, auf der Straße bimmelte eine Fahrradklingel.

Tomma war froh, dass sie die Wohnung in Oldenburg behalten hatte und nicht nach Nordenham gezogen war, so wie Sturm es ihr beim Einstellungsgespräch vorgeschlagen hatte. Die tägliche Autofahrt verschaffte ihr nicht nur die Möglichkeit, in Ruhe über einige Dinge nachzudenken, sondern sorgte auch für eine Trennung von Berufs- und Privatleben. Während sie im Job kaum an Alltagsprobleme dachte, rückte der aktuelle Fall bereits jetzt ein gutes Stück in die Ferne. Mit dem neuen Job strömten so viele neue Eindrücke und Informationen auf sie ein, dass es schön war, vertrautes Terrain zu betreten. In ihren eigenen vier Wänden konnte sie durchatmen.

Tomma drückte die Play-Taste des Anrufbeantworters.

«Sie haben … zwei … neue Nachrichten», informierte sie die mechanische Stimme des Gerätes. Die erste war von einer automatischen Ansage und setzte sie darüber in Kenntnis, dass sie ein Glückspilz war und der Hauptgewinn auf sie wartete. Tomma drückte auf Löschen, denn sie nahm grundsätzlich nie an Gewinnspielen teil.

Während sie die weiße Orchidee auf ihrer Fensterbank besprühte, hörte sie die zweite Nachricht ab.

«Du bist aber wirklich schwierig zu erreichen.» Ihre Mutter. Mit einem Anflug von schlechtem Gewissen stellte Tomma fest, dass sie schon eine halbe Ewigkeit nicht mehr mit ihr gesprochen hatte. «Tja, heute wird es jetzt wohl nichts mehr werden, ich bin auf dem Sprung zum Kundalini-Yoga. Morgen ist's auch schlecht, da mach ich beim Workshop ‹Schonende Heilung durch Schüßler-Salze› der VHS mit. Aber am Samstag, da bin ich den ganzen Tag da!»

Tomma grinste. Yoga und Schüßler-Salze – das war typisch für Helma. Während Tomma sich schon als Jugendliche beim Kampfsport und eine Zeitlang beim Boxen ausgepowert hatte, schwor ihre Mutter auf alles, was aus Fernost kam. Außer auf Tommas Vater. Und während Helmas Antwort auf eine Erkältung in Unmengen von homöopathischen Kügelchen und Kräutertees bestand, machte Tomma sich lieber mit einem Rezept auf den Weg zur Apotheke. Früher hatte das oft zu langen Vorträgen ihrer Mutter über die Selbstheilungskräfte des Körpers geführt. Aber Tomma glaubte nun mal eher an die medizinische Forschung als an nutzlose Placebos. Häufig endete die Diskussion dann in einem handfesten Streit.

«Meld dich doch mal wieder!», schloss die vertraute Stimme auf dem Band.

«Mach ich», murmelte Tomma, zog ihre Schuhe aus und feuerte sie achtlos in die Ecke. Sie ließ sich aufs Sofa fallen und massierte ihre Füße. Würde sie jetzt jeden Abend so kaputt sein? Die Leiterin einer Mordkommission zu sein war noch schwieriger, als sie es sich vorgestellt hatte. Und an die Rolle einer Chefin musste sie sich erst gewöhnen. KHK Petersen – das hörte sich zwar noch neu, aber irgendwie auch richtig an. Es passte zu ihr. Schließlich hatte sie auf dem Weg zur Kriminalhauptkommissarin viel gebüffelt, unzählige Nachtschichten übernommen und immer die Hand gehoben, wenn es um zusätzliche Fortbildungen ging. Die neue Position war also hart erarbeitet, und Tomma war überzeugt, dass sie

die Beförderung verdient hatte. Wie man allerdings ein Team führte und während der Ermittlungen die tausend kleinen Fäden in der Hand behielt, das musste sie noch lernen. So viel stand fest.

Gedankenverloren ging sie ins Bad, öffnete das kleine Schränkchen und nahm eine Flasche mit Badeschaum aus dem Regal. Stirnrunzelnd sah sie aufs Etikett. Das giftgrüne Zeug gehörte eindeutig nicht ihr, offenbar hatte ihr letzter «Mitbewohner» es vergessen. Eigentlich hatte sie die Wohnung so gründlich von seinen persönlichen Sachen gereinigt wie ein Cleaner den Tatort. Den Badeschaum musste sie bei ihrer peniblen Aufräumaktion übersehen haben.

Sie öffnete den Schraubverschluss. Der Flascheninhalt roch schwer und süßlich, irgendwie nach Moschus. Angewidert rümpfte Tomma die Nase, öffnete mit einem Fuß den Deckel des Mülleimers und warf die Flasche hinein. Kein Wunder, dass es nicht geklappt hatte zwischen ihnen.

Tomma stellte das Badewasser an, gab einen Schwung ihres Duschgels in die Wanne und ging wieder ins Wohnzimmer. Auf dem Weg zu ihrem Schreibtisch stellte sie den CD-Player an, legte eine Scheibe von Aimee Mann ein und fuhr ihr MacBook hoch. In ihren Mails fand sie zwei neue Nachrichten. Die erste war von Nana mit dem

Betreff «Kater». Tomma lächelte. Offenbar war sie nicht Einzige, die heute durchhing, wie beruhigend.

Die zweite Mail war von Jan. Betreff: «Eine Frage». In Tommas Magen kribbelte es. Wieso war sie eigentlich so verdammt nervös, wenn es um den Kollegen aus der Spurensicherung ging? Im Büro hatte sie heute jedes Mal fast einen Herzinfarkt bekommen, wenn jemand zur Tür reinkam, und beim Klingeln des Telefons hatte sie stets verstohlen aufs Display geschielt.

This is how it goes, you get angry at yourself, sang Aimee Mann und übertönte das Rauschen des Wassers im Bad.

Was er wohl von ihr wollte?

Tomma klickte auf die Mail und überflog die Zeilen. Er hatte für morgen Abend einen Tennisplatz gebucht, und sein Kumpel war krank geworden, ob sie für ihn einspringen wollte?

Ihre Schultern entspannten sich, und sie lehnte sich zurück. Eigenartig. Er hatte den gestrigen Abend im *Loft* mit keinem Wort erwähnt, offenbar war es keine große Sache für ihn. Andererseits schlug er ihr ein weiteres Treffen vor.

This is how it goes, one more failure to connect. Tomma wippte mit dem Fuß im Takt. Sie überlegte: Eine Stunde lang ein paar Bälle übers Netz schlagen, ein bisschen klönen – warum eigentlich nicht?

Sie klickte auf Antworten, schrieb einen kurzen Text zurück und beschloss, nicht mehr über den gestrigen Abend nachzudenken.

Jan war ein Mann. Der tat das schließlich auch nicht.

Once I lived a life of a millionaire, spent all my money, I just did not care …

Eric Claptons Gitarre wimmerte in voller Lautstärke, als Spandorff die Kneipe betrat. Die *Fischerstube* war gut besucht. Eigentlich hasste Spandorff Menschenansammlungen in engen Räumen, aber heute kam es ihm entgegen. Außerdem verfügte der Wirt über eine Anlage und eine brauchbare CD-Sammlung.

Seine Chefin war nicht gerade begeistert gewesen, als er ihr nach der Obduktion in Oldenburg von seinen Absichten berichtet hatte. Er wollte für ein paar Tage in ein Apartment im alten Hafenmeisterhaus in Fedderwardersiel ziehen und sich im Dorf ein bisschen umhören. Eigentlich hätte sie seinen Alleingang erst noch formell genehmigen müssen. Aber nachdem sie bei der Morgenbesprechung mit Sturm unentschuldigt durch Abwesenheit geglänzt hatte, hatte er noch einen gut bei ihr. Schließlich hatte er der Super-Kommissarin ein Alibi verschafft. Und dass er sie nicht eher über die Affäre von Geesa Frerichs informiert hatte, konnte sie ihm nicht wirklich vorhalten. Immerhin lieferte er Ergebnisse. Wohingegen ihre neumodischen Methoden noch nichts gebracht hatten.

Sie konnte ja inzwischen alle Infos in ihr komisches elektronisches Gerät eintippen, Listen anlegen und Protokolle auswerten, so wie es die moderne Polizeiausbildung offenbar forderte. Spandorff hielt sich lieber an die alten Ermittlungsmethoden. Vor Ort sein, observieren, sich unters Volk mischen und vor allem: zuhören!

Spandorff gab der Bedienung ein Zeichen, indem er auf den Zapfhahn zeigte, und setzte sich auf einen freien Hocker an der Bar, der unter seinem Gewicht gefährlich ächzte. Er blickte sich um.

Es war ungewohnt, die Kneipe so voll zu erleben. Früher, als noch fast dreißig Fischer Mitglied der Fischereigenossenschaft gewesen waren, steppte hier regelmäßig der Bär. Jeden Abend hatten ein paar von ihnen in der *Fischerstube* zusammengesessen, mit Bier und Schnaps auf dem Tresen. Spandorff wusste das. Er war Mitte der Achtziger das erste Mal hier gewesen, als junger Polizist mit wenig Erfahrung und viel Idealismus. Die lockere Atmosphäre und die abenteuerlichen Geschichten der Fischer hatten ihm gefallen. Außerdem waren Bier und Jubiläums-Aquavit konkurrenzlos günstig gewesen. Die *Fischerstube* war unverwüstlich, auch Schietwetter konnte der Hafenkneipe nichts anhaben. Manchmal waren sie jedoch kalt von einer Sturmflut erwischt worden. Wenn sie die Schotten dann nicht schnell genug dichtmachten, bahnte sich das Wasser seinen Weg durch die Kneipe und legte die gesamte Elektrik lahm.

Spandorff konnte sich an einen Abend erinnern, an dem sie sich einfach Gummistiefel angezogen und wieder ihren Stammplatz belegt hatten – die Barhocker waren schließlich hoch genug. Dass der Boden nass war, hatte die Stimmung nicht beeinträchtigt. Als sich das Wasser wieder zurückzog, hatten alle gemeinsam mit angepackt und den Schaden beseitigt. Die alte Musikbox konnte allerdings nicht mehr gerettet werden, außerdem war man aus rein praktischen Erwägungen irgendwann von Teppich auf Linoleum umgestiegen.

Spandorff warf einen Blick auf den Boden. Dann griff er in seine Jackentasche und legte gedankenverloren eine Schachtel Zigaretten auf den Tresen.

«Aber nicht hier drin!» Eine Frau Mitte dreißig in zu enger Jeans und ausgewaschenem T-Shirt stellte ein gezapftes Jever vor ihn auf den Tresen und kritzelte einen Strich auf den Bierdeckel. Spandorff merkte, dass er Durst hatte.

«Ist der Boss heute nicht da?»

Die Frau schüttelte den Kopf. «Silke Tönjes», stellte sie sich vor, «ich halte heute hier die Stellung.» Dann schob sie noch hinterher: «Geraucht wird nur draußen. Sonst bin ich bei der nächsten Kontrolle dran!»

«Das weiß er», kam es vom Barhocker neben ihm, «er ist

selbst ein Bulle.»

Spandorff drehte sich zur Seite. Sein Nachbar war ein hagerer Mann mit zerfurchtem Gesicht. Er nickte Spandorff kurz zu, dann starrte er wieder in sein Pils.

Spandorff steckte die Zigaretten weg und sah den Mann aus den Augenwinkeln an. Erst jetzt erkannte er, dass er neben dem alten Theurer saß, dem Vater von Eric. Unter seiner abgewetzten Jeansjacke trug Theurer einen blauen Rollkragenpullover und eine verblichene Weste.

«'tschuldigung, ich hab Sie nicht so schnell erkannt.» Spandorff nahm einen großen Schluck von seinem Pils. «Wie geht's Ihnen?»

Theurers Blick war leer, seine Augen müde. «Was glauben Sie?»

Der Mann hatte recht, dachte Spandorff, was für eine dämliche Frage. Schnell trank er noch einen Schluck.

«Man sagt ja, dass es mit jedem Tag einfacher wird.» Theurers wässrige graublaue Augen fixierten ihn genau. «Die Zeit heilt alle Wunden, heißt es. Aber wissen Sie was? Ich glaube das nicht. Von dem Tod seines Kindes erholt man sich nicht mehr.»

Er griff nach dem Schnapsglas, das neben seinem Bier

stand. Bei der Bewegung scheuerte sein abgewetztes Lederarmband über den Tresen.

Spandorff nickte nur und sagte nichts. Was sollte er darauf auch erwidern?

Nobody knows you, when you're down and out, dudelte die Anlage, und Spandorff dachte, dass Eric Clapton recht hatte. Als es ihm vor einiger Zeit richtig dreckig ging und er jeden Cent zweimal umdrehen musste, weil die Scheidung ihn fast ruiniert hätte, machten sich seine alten Kumpels rar. Ob es Theurer jetzt genauso ging? War es bei ihm auch so, dass die Leute einfach nicht die richtigen Worte fanden und sich stumm zurückzogen, weil sie das Elend nicht ertragen konnten?

«Gibt es denn schon neue Ergebnisse?» Die Frage des Alten riss ihn aus seinen Überlegungen.

Spandorff schüttelte den Kopf. «Keine heiße Spur bisher. Wie gut kannten Sie Frerichs denn?»

«So gut, wie man eben jemanden kennt, der in derselben Flotte auf Krabbenfang geht. Aber ich bin ja schon seit Jahren nicht mehr richtig dabei.»

Spandorff war, als sinke Theurer noch etwas mehr in sich zusammen. «Und Ihr Sohn und Thies Frerichs?», fragte er. «Waren sie befreundet?»

«Nicht dass ich wüsste. Ich glaube, Eric mochte ihn nicht besonders. Hat Frerichs für einen Aufschneider gehalten.»

«Ja, scheint ein streitbarer Mensch gewesen zu sein.»

«Eric hat versucht, sich von ihm fernzuhalten, wenn Sie mich fragen.»

«Was in einem kleinen Dorf ja nicht immer möglich ist.»

Der alte Mann lachte leise. «Draußen auf dem Meer geht das. Und Eric hat die See geliebt, wissen Sie? Er konnte ‹Schiff› sagen, bevor er ‹Papa› gelernt hat.» Er leerte sein Glas. «Hat sich schon als Pöks auf dem Kutter bewegt, als sei der das Wohnzimmer …»

Theurers Stimme brach, und er legte eilig einen Geldschein auf den Tresen. Dann nickte er der Bedienung und Spandorff zu, zog eine alte Lederjacke über und verabschiedete sich.

When you finally get back on your feet again, everybody wants to be your long lost friend.

Hatte Clapton recht? Würde der alte Theurer überhaupt je wieder auf die Beine kommen? Spandorff überlegte, wie er reagieren würde, wenn eine seiner beiden Töchter Selbstmord begehen würde. Sarah und Kristin waren Mitte zwanzig und hatten gerade ihr Studium abgeschlossen. Obwohl er sie nicht oft sah und ein denkbar schlechter Telefonierer war, würde ihm der Verlust das Herz zerreißen. Und sicher würde er sich ein Leben lang Vorwürfe machen.

Wie lange war es jetzt her, dass sie das letzte Mal miteinander gesprochen hatten? Vier Wochen? Fünf? Er musste sich dringend mal wieder bei ihnen melden.

«Armer Kerl.» Silke Tönjes legte das Geschirrtuch zur Seite, nahm den Geldschein und räumte Theurers Gläser weg. «Ist fast jeden Abend hier. Redet nicht viel, sitzt einfach nur da. Ich glaube, er ist froh, wenn er mal aus dem großen, stillen Haus rauskommt.»

Spandorff setzte sein Glas ab. «Was ist denn mit seiner Frau?»

«Ha!» Ihr Lachen klang hohl. «Glauben Sie mir, mit der redet man nur, wenn man es unbedingt muss.»

Spandorff nickte. «War Thies Frerichs in letzter Zeit eigentlich auch öfter hier?»

«Ja, schon. Meistens wenn er mit seinem Fang angeben konnte. Oder er hat sich mit den anderen Fischern angelegt. Kaum einer hatte noch Bock auf sein großkotziges Gehabe.»

Offenbar hatte Frerichs es geschafft, sich bei wirklich allen unbeliebt zu machen. Was die Ermittlungen nicht gerade erleichtert, dachte Spandorff. «Aber deswegen bringt man keinen um.» Silke Tönjes schien die Situation unangenehm zu sein. Außerdem musste sie sich wieder um die anderen Gäste kümmern. «Zwischen den Fischern wird der Ton schon mal rauer. Sie verstehen, was ich meine?»

Spandorff nickte. «Ich verschwinde mal kurz vor die Tür, meiner Sucht nachgehen.»

«Noch 'n Bier?»

«Mmh. Und einen Jubi.»

Draußen war die Luft klar. Sie schmeckte leicht salzig, und man konnte die Watten riechen. Spandorff zog kräftig an der Zigarette und genoss das Nikotin in seinen Lungen. Die Gedanken an Evelyns nörgelnde Stimme und die allgegenwärtigen Rauchverbote schob er zur Seite. Zum Teufel mit den Gesundheitsaposteln! Die Zigaretten würde er sich weder von einer Exfrau noch von einer Krankenkasse und erst recht nicht vom Staat verbieten lassen. Über sein Leben entschied allein er.

Ihm war nicht entgangen, dass auch Petersen angewidert die Nase rümpfte, wenn er sich eine Zigarette ansteckte. Ihm sollte es egal sein.

Irgendwann sterben wir alle, dachte Spandorff, nahm noch einen tiefen Zug und trat die Kippe aus.

Eric Theurer hatte nicht geraucht und auch nicht übermäßig viel Alkohol getrunken. Er schien überhaupt keine Laster gehabt zu haben. Offenbar war Theurer sogar jemand gewesen, der auf seinen Körper geachtet hatte – bevor er sich dazu entschloss, seinem Leben mit einem Strick ein Ende zu setzen. Wie konnte jemand, der körperlich so gesund war, psychisch so instabil sein?

Als Spandorff die Tür der *Fischerstube* erneut öffnete, fiel ihm auf, wie warm und verbraucht die Luft war. Er wich einem jungen Kerl aus, der grölend mit seinem Handy Bilder von seinen Freunden knipste.

Spandorff konnte mit dieser neuen Technik nichts anfangen. Seine Töchter zogen ihn immer damit auf, dass er als Polizist nicht mal ein Handy besaß. Aber sollten die anderen sich nur lustig machen. Er brauchte so etwas nicht.

Spandorff drängte sich bis zum Tresen vor. Zwei Männer mit Bier- und Schnapsgläsern warfen ihm einen kurzen Blick zu, dann traten sie zügig zur Seite. Das war der Vorteil seiner Körpergröße. Man bekam selten Ärger und, selbst wenn es eng war, meistens noch einen Platz.

Doch diesmal hatte er weniger Glück. Sein Barhocker war besetzt, und Spandorff griff umständlich über ein paar Schultern hinweg zu seinem frischen Bier. Mit dem Glas in der Hand verzog er sich in eine Ecke links neben der Bar.

Hier an der Wand hingen zahlreiche Aufnahmen aus alten Zeiten. Zum Teil waren die Aufnahmen schon vergilbt und hatten sich aus den Rahmen gelöst. Die meisten waren nicht weiter spannend, Erinnerungsfotos mit bekannten Gästen. Spandorff erkannte Udo Jürgens und den dicken Blonden der Gruppe Klaus & Klaus. Aber einige Fotos zeigten auch Leute aus Fedderwardersiel, die hier gefeiert hatten. Sein Blick blieb auf einem großen quadratischen Foto haften, das ordentlich gerahmt war.

Spandorff musste ein wenig in die Hocke gehen, um es besser betrachten zu können.

In der Mitte erkannte er Thies Frerichs, wie er, strotzend vor Selbstbewusstsein, in die Kamera grinste. Seine Haare waren kürzer, sein Gesicht noch etwas schmaler, aber es war eindeutig der junge Frerichs. Links von ihm stand ein kleinerer, dünner Typ, der sich in seiner Haut nicht so richtig wohl zu fühlen schien. Unsicher hielt er sich an seinem Bier fest.

Spandorff ging mit dem Gesicht näher an die Aufnahme heran. Der Dritte im Bund war ein schlaksiger junger Mann mit feinen Gesichtszügen, der unsicher, fast schüchtern in die Kamera lächelte. Auch diese Person war ihm definitiv noch nicht über den Weg gelaufen. Ob einer der beiden Jochen Knappeck war?

Kurz entschlossen stellte er sein Bier zur Seite, nahm das Foto ab und bahnte sich einen Weg zum Tresen.

«Haben Sie Ihr Bier bekommen?», fragte Silke Tönjes, und Spandorff war erstaunt, wie aufmerksam sie trotz des ganzen Trubels war.

«Ja, ja.» Spandorff legte den Bilderrahmen auf den dunklen Holztresen. «Diese Fotografie hier ...» Er musste laut sprechen, um sich gegen AC/DCs *Highway to Hell* durchzusetzen. «Das Bild zeigt doch Frerichs zusammen mit Jochen Knappeck, oder?» Er tippte auf die beiden linken Männer. Es war einen Versuch wert.

Silke Tönjes beugte sich über das Bild. «Genau. Zusammen mit dem dritten der Likedeeler.»

Spandorff runzelte die Stirn. «Likedeeler?»

«Wie die Vitalienbrüder von Störtebeker, die Piraten.»

«Was haben die denn mit Frerichs zu tun?»

Die Frau lachte und schob das Foto wieder über den

Tresen. «Ganz einfach: So nannten sich die Jungs früher. Sie sind alle aufs Störtebeker-Gymnasium in Burhave gegangen. Damals waren sie nur gemeinsam anzutreffen und teilten alles – wie die Likedeeler eben.» Ungefragt stellte sie Spandorff noch einen Schnaps hin. «Allerdings bezog es sich bei den Jungs eher auf Jubi und geklaute Klausurenfragen und weniger auf erbeutete Waren wie bei ihren Vorbildern.»

Spandorff trank den eiskalten Schnaps. «Dann waren sie bei den Lehrern früher wohl weniger beliebt?»

Silke Tönjes zog an dem Zapfhahn und füllte ein neues Bierglas. «Kann man so sagen. Sie hatten einiges auf dem Kerbholz. Und dann noch diese Mutproben ...»

«Was denn zum Beispiel?» Spandorff musste sich über den Tresen lehnen, um besser verstehen zu können.

«Na ja, wie die Sache mit den Klausuren. Einer stieg ins Lehrerzimmer ein, klaute die Vorlage und gab sie an die anderen weiter. Aber – Treueschwur hin oder her – mit dem heiligen Bund der Likedeeler war kurz vorm Abi dann plötzlich Schluss. Für die Lehrer hatte sich das Problem damit von selbst erledigt.»

Spandorff hörte aufmerksam zu. «Hatten sie sich verkracht? War irgendetwas vorgefallen?»

Silke Tönnjes goss eine Runde Korn in mehrere Gläser und reichte sie einem stämmigen Kerl mit langen Haaren über den Tresen. «Keine Ahnung, aber irgendwas muss passiert sein. Knappeck ging dann zum Studieren, Thies hat seine Ausbildung gemacht, und Flori war auch eine Zeitlang weg.»

«Flori?»

«Florian Tenambergen. Er hat eine Tischlerei im Dorf. Ist ein netter Kerl, lebt aber ziemlich zurückgezogen.»

Spandorff warf ihr einen anerkennenden Blick zu. «Waren Sie auf derselben Schule?»

Nach einer längeren Pause hielt Silke Tönjes in der Bewegung inne und sah Spandorff ernst an. «Thies und ich waren damals zusammen. Zwei Jahre insgesamt, und ich war ziemlich in ihn verknallt. Mit sechzehn, siebzehn lässt man sich noch blenden. Ich fand sogar die Sache mit den Likedeelern toll, die Idee, alles zu teilen, wissen Sie? Aber als ich herausbekam, dass sich das auch auf Frauen bezog, habe ich die Sache ziemlich schnell beendet. Thies ist nun wirklich jedem Rock hinterhergerannt.»

Nachdenklich ließ Spandorff sein Schnapsglas kreisen. Die Ereignisse von damals lagen viele Jahre zurück, und wahrscheinlich war über die alten Geschichten längst Gras gewachsen. Aber es war zumindest ein Anhaltspunkt. Vielleicht gab es alte Klassenbücher, Zeitungsartikel oder eine Strafanzeige aus jener Zeit, irgendwas, das erklärte, warum es zum Bruch des Dreiergespanns gekommen war.

Spandorff nahm das Bild in die Hand, um es wieder an seinen Platz zu hängen. Im Gehen rief er Silke Tönjes über die Schulter zu: «Kann ich mal kurz telefonieren?»

Dunkel und fremd lag das Haus vor ihr. Als Geesa Frerichs mit dem Wagen in die Auffahrt rollte, fühlte sie sich äußerst unwohl. Zu viele Fragen und zu wenig Antworten hatten dafür gesorgt, dass sie es nicht länger im steril geputzten Wohnzimmer ihrer Eltern ausgehalten und sie sich entschieden hatte, die Nacht doch in ihrem eigenen Haus zu verbringen. Nur gut, dass Tim die meiste Zeit mit den bunten Bilderbüchern in seinem Spielzimmer geblieben war. Seine Großeltern hatten es extra für ihn eingerichtet, damit er sich zu Hause fühlte, wenn er zu Besuch war. Doch über Nacht wollte sie ihn heute nicht alleine bei ihnen lassen. Er hatte von wilden Bären und kleinen Strolchen geplappert und war in seine Traumwelt abgetaucht.

Ob er verstand, was sie ihm erklärt hatte? Dass sein Vater jetzt im Himmel war und immer auf ihn herabschauen würde? Es klang pathetisch, wie in einem kitschigen Film, das war ihr bewusst, aber ihr war einfach nichts Besseres eingefallen.

«Wieso ist er weggegangen?», hatte Tim gefragt und sie mit seinen großen blauen Augen angesehen. «Warum will er nicht hierbleiben, bei uns?»

Sie versuchte, ihm zu erklären, dass sein Vater keine Wahl hatte, dass es nicht seine Entscheidung war. Und dass er viel lieber geblieben wäre, um seinen kleinen Jungen aufwachsen zu sehen.

«Aber du hast gesagt, wenn man groß ist, kann man alles selbst bestimmen!» Timmis Augen füllten sich mit Tränen. Sie saß einfach nur hilflos da und hielt ihn im Arm.

«Kommt er wieder?»

Kopfschütteln.

«Auch nicht wenn ich zur Schule komme?»

«Nein, Timmi, auch dann nicht.» Die Antworten fielen ihr schwer. «Aber er wird an dich denken und ganz furchtbar stolz auf dich sein. Das darfst du nie vergessen, hörst du?»

Es war schrecklich gewesen, und sie hatte auch die hilflosen Erklärungsversuche ihrer Eltern nicht ertragen. Sie wollte in ihren eigenen vier Wänden sein. Aber jetzt, da sie vor dem Haus stand, fühlte es sich ebenso falsch an.

Geesa stieg aus dem Auto, öffnete die hintere Wagentür und löste behutsam den Gurt des Kindersitzes. Tim schlief, seine Mütze saß schief, seine Wangen waren ganz rot. Mit seinen kleinen Händen umklammerte er eine lilafarbene Krabbe aus Stoff. Geesa schluckte. Das Kuscheltier hatte Thies für Tim auf einem Jahrmarktstand geschossen, seitdem war es sein ständiger Begleiter.

Vorsichtig hob sie den Knirps hoch und nahm ihn auf den Arm.

Jetzt nicht wach werden, Timmi, betete Geesa, wir sind gleich im Haus.

Mit dem anderen Arm angelte sie nach ihrer Tasche, dann schlug sie leise die Autotür zu und schloss den Wagen ab.

Als sie durch die Haustür trat, hallten ihre Schritte im Flur. Nervös tastete Geesa mit der rechten Hand nach dem Lichtschalter und schloss hinter sich ab.

«Schlaf weiter, mein Kleiner», flüsterte sie, während sie durch den Flur zu seinem Kinderzimmer ging. «Gleich liegst du in deinem Bett.»

Kurz wunderte sie sich, dass der Läufer auf den Fliesen nicht näher bei der Haustür lag. Eigentlich achtete sie darauf, weil sie sich dort immer gleich die Schuhe auszogen. Der schmale Teppich lag so, dass einem nicht kalt an den Füßen wurde, bevor man sich die Hausschuhe übergezogen hatte. Nun lag der Läufer fast in der Mitte des Eingangsbereiches.

Geesa stutze. Täuschte sie sich, oder nahm sie tatsächlich einen fremden Geruch wahr? Ganz leicht und süßlich, wie Sandelholz.

Plötzlich fühlte sie, wie die Angst in ihr hochkroch. Einen Moment blieb sie ganz still stehen. Aber sie hörte nichts außer Tims gleichmäßigen Atemzügen, die warm ihren Hals streichelten, und das Blut, das in ihren Ohren rauschte.

Jetzt reiß dich zusammen, ermahnte sie sich und öffnete die Tür zum Kinderzimmer. Vorsichtig legte sie Tim ins Bett, zog ihm die Schuhe und seine blaue Latzhose aus, legte die Stoffkrabbe in seinen Arm und deckte ihn zu. Die Tür ließ sie einen Spaltbreit offen, damit er keine Angst hatte, falls er wach wurde.

Anschließend sah sie erst in der Küche nach, ob alles in Ordnung war, und warf dann einen Blick ins Badezimmer und in den Abstellraum. Sie ging auch noch ins Wohnzimmer und schaltete das große Deckenlicht ein, das ihr normalerweise viel zu ungemütlich war. Verunsichert sah sie sich um.

Hier herrschte die übliche Unordnung. Auf dem Tisch lagen überall Zeitschriften herum, eine Kerze war aus dem Ständer gefallen.

War das heute Morgen auch schon so gewesen? Geesa biss sich auf die Unterlippe und ging zur Terrassentür, die seit Jahren hätte repariert werden sollen. Mit einem kräftigen Ruck zog sie an dem Griff, doch die Tür bewegte sich nicht. Erst als sie den Knauf etwas anhob, ließ sich die Tür gleichmäßig in der Schiene nach rechts schieben.

Geesa starrte hinaus in den Garten, der wie ein riesiges schwarzes Loch vor ihr lag. Sie fröstelte und zog die Tür schnell wieder zu. Das Schließsystem war seit Jahren defekt, aber sie wohnten hier auf dem Dorf. Was sollte schon passieren? Und bis gestern hatte sie auch keinen dringenden Grund gesehen, die Tür auszuwechseln. Jetzt fielen ihr mehrere Gründe ein.

Sie nahm sich vor, gleich morgen Flori anzurufen.

Freitag, 25. März
Hochwasser: 4:44 Uhr/17:01 Uhr

«Kurwa!» Das monotone Klackern auf der Tastatur wurde von Jureks Ausruf unterbrochen. Er klang verärgert.

«Hm?» Tomma hob müde den Kopf.

«Kurwa», erklärte er, «das bedeutet so viel wie … äh, Mist.»

Jurek hielt seinen Blick stur auf den Bildschirm gerichtet, so dass Tomma sich schon fragte, was es so unglaublich Spannendes dort zu sehen gab. Sie musterte ihn. Heute trug Jurek einen Strohhut und bollerige Hosen. Er war seit Dienstbeginn damit beschäftigt, die finanziellen Zusammenhänge des Betreiberkonsortiums für den Windpark zusammenzutragen. Dabei verließ er sich fast ausschließlich auf den Rechner, den er nun seit zwei Stunden bearbeitete.

Keine Frage, der polnische Neuzugang kannte sich aus mit Computern, da hatte Spandorff recht. Auch sie konnte noch etwas lernen. Dabei war sich Tomma gar nicht ganz sicher, ob alle Nachforschungen zu hundert Prozent legal waren. Aber vielleicht sollte sie lieber nicht zu genau nachfragen und ihn einfach machen lassen. Falls es Ärger gab, konnte sie ja immer noch auf Sturm verweisen – der hatte Jurek schließlich ins Team geholt und betont, was für ein Ass der Junge am Rechner sei.

Tomma gähnte. «Wollen Sie auch einen Kaffee?»

«Gerne. Soll ich in die Teeküche gehen?»

Tomma winkte ab und stand auf. «Ein bisschen Bewegung kann mir nicht schaden, sonst schlafe ich gleich am Schreibtisch ein.»

Halb eins war es gewesen, als Spandorff sie letzte Nacht aus dem Bett geklingelt hatte. Sie konnte zunächst das Telefon nicht finden und hatte dann auch überhaupt nicht verstanden, was er von ihr wollte. Lautes Stimmengewirr, Gitarrengejaule und ein nuschelnder Spandorff – das waren keine günstigen Voraussetzungen für ein reibungsloses Gespräch.

Tomma gähnte erneut und grüßte einen Kollegen, der ihr im Flur entgegenkam. In der schmalen Teeküche kramte sie die Münzen aus ihrer Hosentasche und warf sie in den Automaten. Anschließend stellte sie einen Pappbecher auf die Markierung, drückte den Start-Knopf und wartete.

Ihre Gedanken kreisten wieder um Spandorffs nächtliche Erkenntnisse. Vielleicht war seine Idee doch nicht so dumm gewesen, sich in dem Ort ein bisschen intensiver umzuhören.

Thies Frerichs und Jochen Knappeck hatten also eine Jugendgang gebildet. Die Likedeeler – was für eine eigenartige Bezeichnung.

Tomma hatte den Begriff noch in der Nacht auf ihrem BlackBerry gegoogelt und erfahren, dass sich im 14. Jahrhundert die Seefahrer so nannten, die auf Nord- und Ostsee fremde Schiffe kaperten. Der bekannteste Anführer war Klaus Störtebeker gewesen. Angeblich legten die Likedeeler großen Wert auf Selbstbestimmung, Loyalität und eine soziale Struktur.

Ging es darum auch bei Frerichs und Co.? War die Truppe ein Bund, bei dem Gleichheit und die Treue zur Gemeinschaft zählten? Auf jeden Fall hatten die Jungs mit dem Namen ihre Zusammengehörigkeit nach außen darstellen wollen. Das Bedürfnis war in dem Alter ja normal. Aber dann musste irgendetwas vorgefallen sein, dass die Jungs sich überworfen hatten. Was hatte Spandorff gesagt, wann hatten die drei Abi gemacht? 1995? Das war mehr als fünfzehn Jahre her. Eigentlich unwahrscheinlich, dass ein Ereignis von damals so viel später ein Mordmotiv liefern sollte. Oder?

Gedankenverloren tauschte Tomma den Pappbecher gegen einen zweiten aus. Bis ihr auffiel, dass überhaupt kein Kaffee aus dem Automaten kam.

Mist, fluchte sie, wieso funktionierte das Ding nicht?

Genervt drückte sie mehrmals den Knopf und ruckelte an der Düse. Nichts.

Vielleicht war die rote Taste eine Reihe darüber die Lösung?

Keine Reaktion.

Mit zusammengekniffenen Augen starrte Tomma auf das Display der Maschine, als es plötzlich laut rumste. Die Düse zischte kurz, dann füllte sich der Becher mit einer heißen braunen Flüssigkeit.

«Kennst den Trick noch nicht, was?» Reimers von der Spurensicherung grinste sie an und kaute geräuschvoll auf einem Kaugummi. «Münze rein, drücken, dann einmal mit der flachen Hand seitlich draufhauen – fertig. Und ich dachte, du seist der Technik-Freak der Moko!» Pfeifend ging er wieder in sein Büro.

Scherzkeks.

Tomma stellte den zweiten Becher unter die Düse und

bediente den Automaten nach dem Reimers-Prinzip. Mit Erfolg.

Vorsichtig nahm sie den zweiten Kaffee aus dem Automaten und balancierte beide Becher zurück in ihr Büro.

«Oh, danke, Frau Petersen, das ist sehr nett.» Freudig sah Jurek vom Bildschirm auf und lächelte, als Tomma den Kaffee mit Schwung auf seinen Schreibtisch stellte.

«Sag doch einfach Tomma zu mir», schlug sie vor. «So weit auseinander sind wir altersmäßig ja auch nicht.» Sie

trank einen Schluck und verzog das Gesicht. Der Kaffee schmeckte widerlich, lieferte aber wenigstens den nötigen Koffeinschub. Das hoffte Tomma jedenfalls.

«Ja, warum nicht. Gerne!» Jurek pustete verlegen in den Becher. «Herr Blankerts hat übrigens gerade angerufen, als Sie … äh … als du weg warst. Er meldet sich heute Nachmittag noch mal.»

«Wer?», fragte Tomma zerstreut.

«Jan Blankerts. Von der Spurensicherung. Hat aber nicht gesagt, worum es ging. Er wollte dich persönlich sprechen.»

Da war es wieder, dieses Kribbeln im Bauch. Sofort schossen Tomma Bilder ihrer gemeinsamen Nacht durch den Kopf.

Sie setzte ein möglichst neutrales Gesicht auf. «Okay, danke. Was hast du denn bisher über das Konsortium herausbekommen?»

«Also, die Hauptgeldgeberin ist Juliana Olsson, eine schwedische Unternehmensberaterin, die an dem Konsortium zu siebzig Prozent beteiligt ist. Die anderen dreißig Prozent teilen sich, soweit ich das sehe, eine kleine deutsche Privatbank und ein englischer Rentenfonds.»

Tomma überlegte. Eine internationale Geldgebergruppe. Aber Knappeck hatte ja schon erwähnt, dass dicke Renditen zu erwarten waren und das Geschäft damit auch für ausländische Investoren reizvoll sei.

«Und diese Juliana Dingsbums …»

«Olsson.»

«… wo hat die ihr Büro? In Schweden oder hier in Deutschland?»

«Angemeldet hat sie ihr Büro in Stockholm, in der Bygvoragattan 14. Ich habe mir das Gebäude auf Google Maps angesehen.» Er drehte seinen Bildschirm in ihre Richtung. «Siehst du, es ist dieses hier.» Jurek zeigte auf ein kleines Rechteck. «Das Gebäude ist eher klein. Sie teilt es sich mit einer Anwaltskanzlei, einer Praxis für Naturheilkunde, und unten befindet sich ein Willy's.»

«Ein was?»

«Eine schwedische Supermarktkette.»

«Aha.» Tomma trank noch einen Schluck Kaffee. «Irgendwelche Verbindungen zur NR GmbH in Oldenburg?»

«Von Willy's?»

«Nein, von den Geldgebern», stöhnte Tomma. «Von dieser Unternehmensberaterin, zum Beispiel.»

«Ich habe eine Stockholmer Festnetznummer, aber es geht immer nur ein Beantworter für Anrufe ran.»

Tomma stutze. «Ein Anrufbeantworter», korrigierte sie.

«Ist das nicht das Gleiche?»

«Schon, aber …» Tomma fuhr sich durch die Haare. «Ach, egal, berichte weiter.»

«Bei der deutschen Privatbank und dem englischen Rentenfonds bin ich leider noch nicht viel weitergekommen. Da scheinen die Strukturen noch größer zu sein.» Jurek nahm seinen Strohhut ab und kratzte sich am Hinterkopf. Dann drückte er sich die Kopfbedeckung wieder auf die braunen Locken.

Tomma sah ihn verwundert an. Für einen Jungermittler arbeitete er außergewöhnlich eigenständig und kombinierte ziemlich fix. Entweder hatte er zu viele Krimis gesehen, oder er war einfach gut und wollte das in seinem Einsatz in Deutschland unter Beweis stellen.

«Sehr schön», sagte sie, «dann bleib dran und versuche, noch mehr herauszufinden.»

Letztlich bewegte sie die Frage, ob Knappecks Darstellung wirklich stimmte. War die Finanzierung längst geregelt? Und lag sie tatsächlich nicht in seinen Händen?

Wenn Frerichs der Meinung gewesen war, dass Knappeck den Windpark verhindern konnte, hätte er ihn mit Sicherheit ordentlich unter Druck gesetzt. Und wenn Frerichs vielleicht sogar etwas gegen seinen alten Schulfreund in der Hand gehabt hatte, womit er ihn hätte erpressen können, gäbe das unter Umständen ein gutes Mordmotiv. Knappeck blieb verdächtig.

Das Telefon klingelte, und Tomma ging zu ihrem Schreibtisch. Es war Spandorff, der aus dem alten Hafenmeisterhaus anrief und die Adresse und Telefonnummer von Florian Tenambergen haben wollte.

Nach einem Blick in den Rechner gab Tomma ihm die Daten und berichtete von Jureks Nachforschungen. Auf ihre spitze Bemerkung, dass ein Handy für die nächsten Tage sehr praktisch sein würde, ging Spandorff erwartungsgemäß nicht ein. Er versprach aber, sich zu melden, sobald er mit Tenambergen in seiner Tischlerei gesprochen hatte. Außerdem erwähnte er, dass Knappeck und Frerichs nicht nur auf dem Gymnasium, sondern bereits auf der Grundschule beste Kumpels gewesen waren.

«Woher wissen Sie das?» Angewidert trank Tomma einen weiteren Schluck Kaffee.

«Von Harmsen.»

«Von Bol Harmsen, dem Umweltschützer?»

«Genau. Der kam später noch in die *Fischerstube*. Ich habe erstaunlich viel aus ihm rausbekommen. Offenbar sind die Schulfreunde durch dick und dünn gegangen. Bis zum Abitur.»

«Was wir ja schon wissen.» Als sie den Satz ausgesprochen hatte, merkte Tomma gleich, dass er zu harsch geklungen haben musste. Schnell fügte sie an: «Aber wissen wir eigentlich, wie die Lebensläufe der beiden dann weitergingen?»

«Frerichs hat eine Ausbildung zum Fischwirt gemacht», erklärte Spandorff, «und später das Patent für Küstenfischerei abgelegt und den Betrieb seines Vaters übernommen.»

«Aha. Und Knappeck?»

«Knappeck hat in Hamburg studiert, dann bei irgendeiner Firma im Marketing gearbeitet und ist schließlich als Geschäftsführer der NR GmbH wieder hier aufgetaucht. So sind sich die beiden nach Jahren wieder begegnet. Sie haben aber nicht an Likedeeler-Zeiten angeknüpft, sondern ihren Zwist weiter ausgetragen. Offenbar war immer viel Konkurrenz mit im Spiel.»

«Interessant, und das hat Ihnen der alte Seebär alles erzählt?»

«Harmsen meint, dass wir Knappeck im Auge behalten sollten.»

«Führt Harmsen jetzt also die Ermittlungen?» Tomma hörte selbst, dass der Satz wie ein Vorwurf klang.

Am anderen Ende der Leitung war es einen Moment

still. Dann räusperte sich Spandorff und erklärte: «Auf jeden Fall wirkte er nicht wie jemand, der aus dem Nähkästchen plaudert und grundlos irgendwelche Verdächtigungen in den Raum wirft.»

«Na ja, nach mehreren Bier und etlichen Schnäpsen vielleicht schon.» Mist, sie konnte es sich einfach nicht verkneifen. Tomma seufzte. Okay, vielleicht waren in der Praxis gelegentlich doch andere Methoden zielführender als die, die sie auf der Polizeiakademie gelernt hatte.

«Spandorff, statten Sie diesem Florian Tenambergen einen Besuch ab», sagte sie und bemühte sich um einen versöhnlicheren Ton. «Ich kümmere mich um die Schule der Likedeeler.»

«Gut. Haben Sie eigentlich inzwischen Geesa Frerichs erreicht?»

Tomma trank den letzten Schluck Kaffee und warf den Becher in den Mülleimer unter ihrem Schreibtisch. «Immer noch Fehlanzeige. Ich probier's weiter.»

Sie beendete das Gespräch, suchte die Nummer des Störtebeker-Gymnasiums raus und fragte dort im Sekretariat nach der Abschlussklasse des Jahrgangs 1995.

Tomma hatte Glück, die Mitarbeiterin war nett und, nachdem sie die Hintergründe der Fragen erfahren hatte, auch sehr hilfsbereit. Die Frau arbeitete schon seit mehr als zwanzig Jahren an der Schule und konnte sich an die Likedeeler-Jungs noch gut erinnern. Auch daran, dass die Gruppe im Kollegium immer wieder für Unruhe gesorgt hatte.

Ohne zu zögern, sagte sie Tomma zu, bis zum Nachmittag die alten Klassenbücher und das Abi-Jahrbuch herauszusuchen. Außerdem wollte sie in Erfahrung bringen, welche Leistungs- und Prüfungskurse die Jungs damals belegt hatten und von welchen Lehrern sie unterrichtet worden waren.

Tomma bedankte sich und legte auf.

Anschließend warf sie einen Blick in die Ermittlungsakten und überprüfte, ob im Jahr 1995 in der Gemeinde Butjadingen irgendeine Anzeige bei der Polizei gestellt worden war, die im Zusammenhang mit den Likedeelern stehen könnte. Eine ermüdende Angelegenheit. Sie arbeitete sich durch Nachbarstreitigkeiten, in denen es um einen Apfelbaum ging, der seine Früchte im falschen Garten abwarf, Prügeleien unter Alkoholeinfluss und handgreifliche Familienauseinandersetzungen.

Tomma unterdrückte ein Gähnen und überlegte, ob ihr Magen noch einen Kaffee aus der Teeküche vertragen würde, verwarf die Idee aber wieder.

«Darf ich dich mal was fragen?», kam es unvermittelt vom Nachbartisch.

Tomma sah von den Papierstapeln auf, froh über die Unterbrechung. «Klar.»

«Petersen – der Name ist typisch norddeutsch, aber dein Aussehen ist eher … wie soll ich sagen …» Jurek geriet ins Stocken.

«Wie sollte denn deiner Meinung nach eine typisch norddeutsche Polizistin aussehen?»

Jurek wurde rot. «Na ja, sie muss nicht unbedingt blond sein. Oder besonders groß, aber du hast so etwas … Fremdes, weißt du?»

Tomma sagte nichts. Die Pause, die entstand, war unangenehm, und ihr war klar, dass ihr Verhalten fies war. Jurek sprach nur aus, was alle dachten.

Aber ihr Aussehen war nun mal ein Teil von ihr, also musste sie auch langsam lernen, dazu zu stehen. Sie war schließlich nicht mehr die kleine Göre, die wegen ihrer pechschwarzen glatten Haare und der «komischen Augen» geärgert wurde, sondern eine erwachsene Frau.

«Mein Vater ist Japaner», sagte sie trocken.

«Whow, cool! Lebt er immer noch dort? In Japan, meine ich.»

Tomma sah ihn ernst an. «Das weiß ich nicht. Ich kenne ihn nicht.»

Jurek zupfte nervös an seinem Hut. Die Situation war ihm peinlich.

«Meine Mutter ist Lehrerin und hat in den Siebzigern verschiedene Ausbildungsaufträge im Ausland angenommen.» Tomma seufzte. Raus damit, dachte sie. «In den USA und in England, zum Beispiel. Und auch an der Universität Tokio. Sie war nicht lange dort, nur ein halbes Jahr, aber es hat offenbar gereicht, um meinen Vater kennenzulernen.»

«Und dann?», fragte Jurek neugierig.

Tomma lehnte sich in ihrem Bürostuhl zurück. Die Lehne knarzte leicht. «Nichts. Sie ging wieder zurück nach Deutschland, er blieb dort. Ende der Geschichte.»

«Und du hast ihn nie getroffen?»

«Nein.»

Jurek sah sie ungläubig an. «Aber willst du denn gar nicht wissen, wie er ist und was er so macht?»

«Nein, eigentlich nicht, ich kenne es ja nicht anders.» Tomma überlegte. «Also, in den letzten Jahren habe ich schon öfter daran gedacht. Vielleicht weil viele meiner Freundinnen selbst Kinder bekommen ... Mal sehen, vielleicht stelle ich in nächster Zeit mal Nachforschungen an. Wenn der Fall beendet ist und ich wieder mehr Zeit habe.»

Jurek gab sich mit der Antwort nicht zufrieden. «Und

deine Mutter», setzte er nach, «wollte sie den Kontakt nicht halten? Er ist immerhin dein – Vater!»

Das Wort klang aus seinem Mund wie «Gott».

Tomma sah aus dem Fenster. «Tja, ihre Art, mir etwas Bleibendes von der japanischen Kultur mitzugeben, ist mein Zweitname.»

«Und wie lautet der?» Jurek starrte sie an, als habe er noch nie jemanden kennengelernt, der mehr als einen Vornamen trug.

«Nanami.»

«Was bedeutet das?»

«Das bedeutet sieben Meere, und das passt doch ganz gut zu Norddeutschland, oder?» Tomma grinste schief. «Ist die Fragerunde nun beendet, lieber Kollege, können wir weiter an dem Fall arbeiten?»

«Okay.» Widerwillig drehte Jurek sich zu seinem Rechner, und kurz darauf hörte Tomma das gewohnte Klackern der Tastatur.

Sie wendete sich wieder den Akten zu. Anzeigen bei der Polizei hatte es reichlich gegeben. Weiter ging es mit einem Unfall im Swimmingpool der Familie Ballhaus, gefolgt von einem Hund, der ein Kind in die Wade gebissen hatte. Außerdem hatte ein Mann die Kollegen im Jahr 1995 beschäftigt, der glaubte, in einem griechischen Restaurant vergiftet worden zu sein, sowie eine Erzieherin, die angab, von der Vorsitzenden des Kindergarten-Fördervereins bedroht zu werden.

Tommas Augen wurden noch müder, und sie hatte Mühe, sich zu konzentrieren. Ihre monotone Arbeit wurde von einem Anruf der Sekretärin im Störtebeker-Gymnasium unterbrochen, die ihr stolz die ersten Ergebnisse ihrer Nachforschungen mitteilte: Alle drei Likedeeler hatten denselben Mathe-Leistungskurs gehabt. Lehrer des Kurses war der damalige Direktor, Günter Ballhaus. Die Prüfungskurse seien aber unterschiedlich gewesen: Biologie und Gemeinschaftskunde bei Thies Frerichs und Florian Tenambergen sowie Physik und Chemie bei Jochen Knappeck. Die Namen der Lehrer würde sie noch in Erfahrung bringen, versprach die Frau.

Als Tomma das Gespräch beendet hatte, war sie plötzlich hellwach. Günter Ballhaus, hatte sie den Namen nicht eben in einer Akte gelesen?

Noch einmal ging sie den vergilbten Stapel Mappen durch. Nach kurzer Zeit fand sie, was sie suchte. Hier war er, der Fall mit dem Swimmingpool!

Neugierig zog sie die zusammengehefteten Zettel aus dem Umschlag und las die Notizen der Kollegen sorgfältig durch. Ihr Mund wurde trocken.

Die Tochter des Direktors des Störtebeker-Gymnasiums war im hauseigenen Pool ertrunken. Ihr Vater glaubte nicht an ein Unglück, sondern erstattete Anzeige gegen Unbekannt. Ballhaus hatte damals zu Protokoll gegeben, zweiundfünfzig Jahre alt zu sein. Das bedeutete, dass er heute achtundsechzig war.

Schnell gab Tomma Namen und Wohnort in den Rechner ein und wartete gespannt auf das Ergebnis. Bingo! Er wohnte noch immer in der Nähe, in Burhave, auch eine Telefonnummer spuckte das Programm aus. Sie speicherte die Daten in ihr BlackBerry und warf es zusammen mit ihrem Portemonnaie in ihre Umhängetasche.

«Ich mache mich auf den Weg», informierte sie Jurek, während sie aufstand und ihren Kurzmantel von der Stuhllehne zog.

Überrascht sah er vom Rechner auf. «Wohin?»

«Ich fahre erst ein paar Straßen weiter zur *Nordwest-Zeitung* und werfe einen Blick ins Archiv», sagte Tomma. Sie musste mit dem rechten Ärmel kämpfen. «Ich habe in den Akten etwas entdeckt, das interessant sein könnte – einen tödlichen Unfall im Swimmingpool eines Einfamilienhauses. Es handelte sich um die Tochter des ehemaligen Direktors des Störtebeker-Gymnasiums, Günter Ballhaus. Vielleicht stoße ich in den Zeitungsartikeln auf relevante Details, die nicht in den Akten stehen.»

«Dieser Unfall», fragte Jurek interessiert, «wann ist der genau passiert?»

Tomma drehte sich noch mal kurz um und forschte in den Papieren. «Im Januar 1995. Ein paar Wochen vor den Abiturprüfungen.»

Mit zitternden Händen zog er die Kassette aus der Hülle und schob das Band in den Rekorder. Surrend schloss sich die Klappe. Ein Wunder, dass er auf dem Dachboden überhaupt noch ein Gerät gefunden hatte, das die alten Dinger abspielte. Aber nach langem Suchen hatte er den verstaubten Panasonic zwischen jeder Menge Gerümpel entdeckt, ihn mit ins Wohnzimmer genommen und an den Fernseher angeschlossen.

Knappeck ging schnell noch einmal zur Haustür und überprüfte, ob er sie abgeschlossen und den Schlüssel von innen stecken gelassen hatte. Falls Juliana überraschend frühzeitig nach Hause kam, konnte er immer noch sagen, dass er aus Versehen zugesperrt hatte und es auf seine Gedankenlosigkeit schieben.

Er kniete sich vor den Videorekorder und drückte auf

Play. *Robbensteert* stand auf der Hülle, der vergilbte Aufkleber war schon so alt, dass er sich von dem schwarzen Plastik ablöste. Mit brennenden Augen starrte Knappeck auf den Fernseher, der zunächst nichts zeigte außer einem schwarzweißen Flimmern. In den Lautsprechern rauschte es. Plötzlich riss das Flimmern ab. Es ging los!

Die Kamera fing ein Schiff ein und machte einen wackeligen Schwenk über die Planken. Es war stürmische See, der Himmel wölbte sich dunkel und bedrohlich über dem Mast. Knappeck erkannte Thies Frerichs, der sich an Deck an einem Netz zu schaffen machte und dem Filmenden etwas zubrüllte. Aber seine Sätze wurden vom Wind verschluckt.

Knappeck sah ein paar Minuten ungeduldig zu, dann drückte er die Forward-Taste. Ächzend spulte das Band weiter. Thies bewegte sich nun in flinken, zackigen Bewegungen, holte die Netze ein, ging in die Kajüte und schließlich in den Schiffsrumpf, wo er der Kamera kistenweise Fisch und Granat zeigte. Wieso hatte Thies den Törn filmen lassen? Um zu zeigen, dass er ein toller Hecht war, der trotz Windstärke zehn auf Tour ging?

Das Band spulte quietschend weiter, während die Kamera Thies stets auf den Fersen blieb. Mit unnatürlich schnellen, abgehackten Bewegungen zeigte er den ganzen Kutter. Schließlich riss die Aufnahme ab, und der Bildschirm flimmerte wieder schwarzweiß.

Okay, nächster Versuch, dachte Knappeck. Dieses Mal griff er ein Band mit der Aufschrift *Melinda.* Ratternd schluckte der Rekorder die Kassette, und nachdem Knappeck ein paarmal ungeduldig die Play-Taste gedrückt hatte, spielte das Band den Film ab.

Hier wirkte die Kameraführung ruhiger. Zu sehen war

ein leerer, dunkler Raum. Knappeck erkannte die Umrisse eines Bettes, daneben zwei Nachtschränke und ein großer Spiegel. Mehrere Minuten lang passierte gar nichts, das Bild war wie eingefroren, offenbar stand die Kamera auf einem Stativ. Dann hörte er Stimmen, eine männliche und ein weibliche. Die Frau kicherte albern. Angespannt drehte Knappeck den Ton lauter.

«Wie denn?», sagte die tiefere Stimme. Plötzlich polterte es, und jemand fluchte leise. «Weiß nicht», quengelte die Frauenstimme. «Wenn er es rauskriegt, dreht er durch, du weißt doch, wie er ist.» Zwei Schatten betraten den Raum, zogen sich aus und ließen sich auf das Bett fallen. Knappeck drückte die Forward-Taste und beobachtete fasziniert, wie sich die schemenhaften Umrisse zackig auf und ab bewegten, bis sie schließlich voneinander abließen und zu verschiedenen Seite des Bettes rollten. Kurz darauf verschwand der schlankere Schatten aus dem Raum. Knappeck sah, wie der Mann aufstand und zielstrebig auf die Kamera zuging. Kurz zeigte das Bild ein grinsendes Gesicht in Großaufnahme. Es war Thies Frerichs.

Dann schob Thies die Hand vor die Linse. Wieder rauschte es.

Knappeck fühlte, wie die Wut in ihm hochstieg. Hatte Thies die Szene aufgenommen, um die Frau zu erpressen, so wie ihn? Oder einfach nur für sein Privatvergnügen? Auf jeden Fall schien seine Bekanntschaft nicht zu ahnen, dass ihre kurze Verabredung gefilmt worden war.

«Was für ein Arschloch», zischte Knappeck und riss das Band wütend aus dem Rekorder. Thies war noch viel abgebrühter, als er angenommen hatte.

Mit fahrigen Händen zog er ein Tape mit der Aufschrift *Fanggründe* aus der Hülle und schob es in den Panasonic.

Nächster Versuch, dachte er. Vielleicht fand er nun, was er suchte.

Es flimmerte und rauschte. Schließlich war ein Bild zu sehen. Ebenfalls eine Innenaufnahme. Es war ziemlich dunkel, aber diesmal schien der Raum deutlich größer und weitläufiger als in dem engen Schlafzimmer, das die Kamera auf der letzten Kassette eingefangen hatte.

Knappeck schluckte. Das war es, er konnte es fühlen.

Es dauerte eine Zeitlang, bis sich seine Augen wieder an
 die Dunkelheit gewöhnt hatten, dann erkannte er immer mehr Schatten und Umrisse, die sich zu einem Bild zusammensetzten.

Die Erinnerung an jenen Abend im Winter vor mehr als fünfzehn Jahren holte ihn mit voller Wucht ein. Kalt war es draußen gewesen, aber in dem verglasten Gebäude war es warm, fast schwül. Sein Magen zog sich zusammen, doch er konnte den Blick nicht vom Fernseher abwenden. Das Bild war trüb, wie durch einen Weichzeichner. Knappeck erinnerte sich, dass Thies vom Garten aus durch die Scheiben gefilmt hatte. Er erkannte das Schwimmbad wieder. Wie ein dunkles, bedrohliches Loch lag das Wasser vor ihm. Daneben, am Rand des Pools, waren bunte Liegen und ein kleiner Tisch zu sehen, auf dem eine Flasche und zwei Gläser standen.

Knappeck fuhr sich durch die Haare. Sie hatte normalerweise keinen Alkohol getrunken, schon gar nichts Hochprozentiges, aber an diesem Abend hatte sie eine Ausnahme gemacht.

Er sah einen dünnen, hochgewachsenen Mann ins Bild schlendern. Er trug eine groteske bunte Badehose, die ihm um die Knie schlackerte. Auf der rechten Schulter balancierte er lässig einen Ghettoblaster.

Knappeck sah sich selbst.

Er beobachtete, dass er leicht schwankte, und erinnerte sich, wie betrunken er gewesen war. Er hörte ein Rauschen, verstand aber nichts. Zu groß war der Abstand, zu dick die Scheibe, die das Schwimmbad vom Garten des Hauses trennte. Dann erschien eine zweite Person auf der Bildfläche, schlank und weiblich. Sie trug ein kurzes Kleid mit einer durchsichtigen Strumpfhose und schwarze Schuhe mit einem kleinen Absatz. Das Mädchen lachte, nahm ein Glas vom Tisch, das er mit Wodka gefüllt hatte, und prostete ihm zu.

Knappeck saß gebannt vor dem Fernseher und glaubte, den billigen Fusel auf der Zunge zu schmecken. Er konnte das Chlor des Wassers riechen, das sich mit ihrem zarten Parfum vermischte. Wie aufgeregt er gewesen war! Wie das Adrenalin durch seinen Körper geströmt war und ihn wach gehalten hatte, trotz des vielen Alkohols.

Angespannt starrte er auf den Bildschirm und beobachtete, wie die beiden Personen scherzten, sich im Spaß schubsten und kebbelten. Das Mädchen lachte und schüttelte den Kopf, ihre langen Haare fielen ihr ins Gesicht. Knappeck erinnerte sich, wie schön sie gewesen war. Er hatte sie ärgern, die Situation ausnutzen wollen. Er hatte ihr zeigen wollen, dass er ein cooler Typ war, mit dem man Pferde stehlen und Spaß haben konnte.

Das Ringen der beiden wurde stärker. Er sah, wie er sie an den Rand des Beckens drängte, wie sie sich heftig widersetzte, auf seine Badehose und ihr elegantes Kleid zeigte, als ob sie zu ihm sagen wollte: «Du wolltest ins Wasser, nicht ich!»

Ja, so war es damals auch geplant gewesen. Nur weil er unbedingt schwimmen wollte, hatte sie schließlich nachgegeben und war mit ihm in den gläsernen Anbau zum Pool gegangen. Immer und immer wieder hatte er sich später gefragt, ob sie ihm von ihrer Angst vor Wasser erzählt hatte, aber er konnte sich nicht erinnern. Er hatte gedacht, dass es für sie nichts Besonderes mehr war, weil sie den Pool jeden Tag nutzen konnte. Vielleicht wollte sie auch ihre schöne Frisur und das Make-up nicht zerstören. Herrgott, was wusste er denn schon, wie die Mädchen tickten?

Knappeck beobachtete, wie sie sich aus seinem Griff löste und schnell zu dem Tisch ging, wo sie noch einen Schluck Wodka trank. Dann lachte sie und wies mit dem rechten Arm zur Tür, als wolle sie ihm den Weg erklären. Knappeck sah, wie der ungelenke Kerl mit dem Daumen nach oben zeigte und so tat, als wolle er sich umdrehen und den Raum verlassen. Doch plötzlich ging ein Ruck durch seinen schlaksigen Körper, er sprang auf das Mädchen zu, packte es und schubste es mit aller Kraft ins Wasser. Dann rannte er los, rief dem Mädchen etwas zu und schloss die Tür.

Knappeck fühlte, wie ihm heiß wurde, sein ganzer Körper brannte, als habe er Fieber. Wieso hatte er ihre Schreie damals nicht gehört? War er zu besoffen gewesen? Hielt er es für Spaß? Waren die verdammten Türen schalldicht gewesen?

Nichts hatte er gehört, als er das Schwimmbad verlassen und zur Toilette am anderen Ende des Hauses gelaufen war, gar nichts! Sicher, sie hatte vor lauter Überraschung einen spitzen Schrei ausgestoßen, als sie in den Pool fiel. Aber das taten die Mädchen doch immer, wenn die Jungs sie ins Wasser schubsten. Das war damals eine ihrer Lieblingsbeschäftigungen gewesen, in den Sommern im Braker

Freibad. Auch diesmal hatte er ihren Schrei für Koketterie gehalten, für ein typisches Mädchenverhalten.

Aber nicht für Todesangst.

Sein Herz schlug ihm bis zum Hals, aber Knappeck zwang sich, das Band zu Ende anzusehen. Er sah, wie sie hektisch mit Armen und Beinen ruderte, wie ihr Kampf gegen das Wasser langsam schwächer wurde, wie ihr Gesicht für immer längere Zeitspannen abtauchte und nur noch einmal kurz zu sehen war. Dann wurde es ruhig. Bewegungslos trieb ihr Körper an der Oberfläche, die blonden Haare umspielten den Kopf wie einen Heiligenschein. Das dunkle Kleid war bis zur Taille hochgerutscht, ein Schuh hatte sich von ihrem Fuß gelöst und trieb ein paar Meter entfernt an der Wasseroberfläche.

Stopp!

Knappeck ließ die Fernbedienung sinken. Er wusste, wie es weiterging. Mit aller Macht holten ihn die Erinnerungen ein. Das Gefühl, mit einem Schlag wieder nüchtern zu sein. Die verzweifelten Rufe, die hektischen Rettungsversuche, der saure Geschmack in seinem Mund, nachdem er sich übergeben hatte. Dann erinnerte er sich an den Streit mit Thies, dessen Idee der Abend gewesen war. Thies, der nicht eingegriffen und nicht geholfen hatte, weil er sich angeblich die Füße vertreten und den Unfall nicht gesehen hatte. Gebrüll, Vorwürfe, Anschuldigungen. Und schließlich der aberwitzige Plan und die geschworene Vereinbarung, nie wieder über diesen Abend zu sprechen.

Knappeck saß regungslos vor dem Fernseher. Er hatte das Versprechen gehalten, Thies dagegen wollte es brechen.

Aber das konnte er nun nicht mehr.

Tomma hustete und sah sich im Archiv der *Nordwest-Zeitung* um, das sich direkt unter dem Dach des Gebäudes befand. In dem kleinen Raum war es kühl und staubig – offenbar wurde er nicht oft genutzt.

«Die meiste Recherche läuft heute online», hatte der Redakteur schulterzuckend angemerkt. Dann hatte er ihr das Ablagesystem erklärt und ihr angeboten, den Kopierer der Redaktion zu nutzen, falls sie auf etwas Interessantes stoßen sollte. «Ach ja», hatte er noch hinzugefügt,

«einen Kaffee gibt's bei uns auch, falls Sie zwischendurch eine Pause einlegen möchten!» Dann war er durch die Tür verschwunden und hatte Tomma allein gelassen.

Die alten Ausgaben der Zeitung lagen auf Regalen aus rohen Holzbrettern und waren nach Jahrgängen abgeheftet. Tomma öffnete das Fenster, um ein wenig frische Luft in die Dachkammer zu lassen, und schob einen Staubsauger beiseite, den jemand vor dem Regal abgestellt hatte. Dann warf sie einen Blick auf die an den Holzbrettern aufgeklebten Zettel, die das Erscheinungsjahr der Zeitungen preisgaben.

1979 … das war eindeutig zu früh, dachte Tomma. 1981 … 1988 … Sie übersprang ein Regal. 1992 … Langsam kam sie der Sache schon näher. Hier, 1995 – das war der richtige Jahrgang!

Tomma zog den zusammengehefteten Stapel heraus und legte den schweren Packen auf den knarzenden Dielenboden. Da es keinen Stuhl gab, hockte sie sich im Schneidersitz neben die Zeitungen. Wie gut, dass sie sich heute Morgen für die bequeme Chinohose entschieden hatte.

Systematisch blätterte sie durch die alten Ausgaben. Das dünne vergilbte Papier raschelte zwischen ihren Fingern. Tomma nieste.

In der ersten Januarwoche des Jahres 1995 war in Butjadingen nicht viel passiert. In den Berichten auf der Lokalseite ging es um Neujahrsempfänge, Grünkohltouren und bevorstehende Jahreshauptversammlungen. Sie blätterte zügig weiter, bis sie fand, was sie suchte.

Der Unfall im Pool der Familie Ballhaus war der Aufmacher der Seite. Unter der fetten Überschrift waren das Foto eines Privathauses und das Porträt einer jungen Frau abgedruckt.

TOD IM SCHWIMMBAD

Tragischer Unfall in Butjadingen – Vater glaubt nicht an Unglück

Burhave. *Ein tragischer Unfall hat sich am vergangenen Wochenende in Burhave ereignet: Susanne Ballhaus (18 Jahre) ist im Schwimmbad ihres Elternhauses tot aufgefunden worden.*

Die Umstände, die zum Tod der jungen Frau führten, sind bisher noch völlig unklar. Die Eltern entdeckten den leblosen Körper ihrer Tochter im hauseigenen Pool, nachdem sie gegen 23 Uhr von einem Theaterbesuch zurückgekehrt waren. Der kurz darauf eintreffende Notarzt konnte nur noch den Tod der jungen Frau feststellen.

Dass die Polizei derzeit nicht von einem Verbrechen ausgeht, sorgt bei Günter Ballhaus für Fassungslosigkeit: «Meine Tochter konnte nicht schwimmen, sie hat sich so gut wie nie im Nebengebäude aufgehalten», so der Direktor des Störtebeker-Gymnasiums gegenüber dieser Zeitung. Seine Tochter habe außerdem nie Alkohol konsumiert, die Ärzte hätten in ihrem Blut jedoch 1,1 Promille festgestellt. Ballhaus appellierte an die Beamten, seine Hinweise ernst zu nehmen: «Das war kein Unfall!»

Unterdessen rief die Nachricht vom Tod der jungen Butjadin-

gerin große Bestürzung im 13. Jahrgang des Störtebeker-Gymnasiums hervor. Susanne Ballhaus war bei Lehrern und Schülern sehr beliebt, sie galt als offen, hilfsbereit und fröhlich. Nach dem Abitur wollte die Gymnasiastin ein Studium in den USA beginnen.

Tomma ließ die Zeitung sinken. Der Vater hielt einen Unfall für ausgeschlossen. Doch was war wirklich passiert an dem Abend? War noch jemand bei ihr gewesen, eventuell einer der Likedeeler?

Tomma arbeitete sich weiter durch die folgenden Ausgaben der *Nordwest-Zeitung* und las die Artikel, die den Fall aufgriffen, aufmerksam durch. Nach einigen Tagen wurden die Artikel jedoch kürzer, und sie landeten immer weiter hinten in der Ausgabe. Schließlich fand Tomma nur noch eine einspaltige Meldung, dass die Polizei die Ermittlungen eingestellt habe. Nach Ansicht der Beamten konnte ein Tod durch Fremdverschulden ausgeschlossen werden.

Tomma schob die alten Ausgaben zurück in das Regal, stellte den Staubsauger wieder an seinen ursprünglichen Platz und schloss das Fenster. Dann zog sie die Tür hinter sich zu und verließ den kühlen Dachboden.

Sie würde Ballhaus persönlich zu dem Fall befragen.

Auf der Fahrt nach Burhave dachte sie darüber nach, wie sie das Gespräch mit dem alten Ballhaus beginnen sollte. Der Vorfall lag immerhin etliche Jahre zurück.

Sie beschloss, einfach abzuwarten, wie Ballhaus reagierte, wenn sie sich vorstellte. Vielleicht war er ja sogar dankbar dafür, dass ihm jemand glaubte und dem Fall nach so vielen Jahren noch Beachtung schenkte.

Das Grundstück der Ballhaus' glich einer Festung. Ihren Golf parkte Tomma vor der Einfahrt. Sie stieg aus und blieb einen Moment vor dem Anwesen stehen.

Das mehrstöckige Klinkerhaus mit dem spitzen Giebeldach bildete den Mittelpunkt eines weitläufigen, gepflegten Gartens. Es war durch eine hohe Steinmauer vom Bürgersteig getrennt. Über dem Eingangsportal registrierte Tomma eine Überwachungskamera. Sie richtete den Kragen ihres Mantels und drückte die blankpolierte Klingel, über der ein glänzendes Messingschild hing: «Ballhaus-Residenz».

Sie sah sich um. Die anderen Wohnhäuser in der Siedlung waren zwar ebenfalls sehr gepflegt und auch nicht gerade klein, hatten jedoch nichts von der Protzigkeit dieser Immobilie. Das Haus wollte so gar nicht zu der sonst vorherrschenden Bodenständigkeit der Butjadinger passen. Gut vorstellbar, dass die Tochter als Bewohnerin der «Ballhaus-Residenz» sowohl Neid als auch Spott auf sich gezogen hatte.

«Ja, bitte?» Eine weibliche Stimme meldete sich knarzend durch die Gegensprechanlage.

«Tomma Petersen, Kripo Nordenham. Ich möchte mit Herrn Ballhaus sprechen.»

Auf der anderen Seite herrschte kurz Schweigen. «In welcher Angelegenheit?»

«Es geht um den Unfall seiner Tochter.»

Nach einer weiteren Pause erklärte die Frau: «Einen Moment, bitte.»

Tomma trat einen Schritt zurück und nickte einem vorbeifahrenden Radfahrer zu, der ihr einen neugierigen Blick zuwarf. Schließlich surrte es an der Tür, und das Portal öffnete sich.

Am Eingang der Residenz wartete eine schlanke Frau mittleren Alters. Sie lächelte freundlich, schüttelte Tomma die Hand und bot an, ihr den Mantel abzunehmen. Tomma bedankte sich, behielt ihn aber lieber an. So war sie flexibler, konnte schnell verschwinden und musste sich nicht lange mit Nettigkeiten aufhalten, falls sich das Gespräch als ergebnislos herausstellen sollte.

«Herr Ballhaus ist im Salon», erklärte die Frau. «Hier entlang, bitte.»

144 Tomma folgte ihr durch die verwinkelten Gänge des Hauses. Alte Gemälde, dicke Teppiche, massive Möbel, mit Stoff bezogene Wände – noch nie hatte Tomma ein Haus wie dieses betreten. Die Zeit schien stehengeblieben zu sein, so als hätte sich seit Generationen nichts verändert.

«Frau Petersen?»

Tomma fuhr herum. Vor ihr stand ein gebeugter Mann, der sich etwas mühsam auf einen Stock stützte. Er wirkte deutlich älter als Ende sechzig.

«Günter Ballhaus.» Er gab ihr förmlich die Hand. «Sie möchten mit mir über meine Tochter sprechen?», fragte er schroff und sah sie reserviert durch die dicken Gläser seiner halbrunden Lesebrille an. Sein Gesichtsausdruck wirkte abweisend, fast überheblich. Offenbar hatte er keine Lust auf Besuch, und er gab sich auch keine Mühe, das zu verbergen.

«Danke, dass Sie Zeit für mich haben.» Tomma folgte ihm in einen großen Raum mit Kamin und schweren Vorhängen.

Die Frau, die Tomma die Tür geöffnet hatte, trat an einen Holztisch mit geschwungenen Füßen und goss zwei Tassen Tee ein. Dann zog sie diskret die massive Flügeltür hinter sich zu.

Günter Ballhaus ließ sich in einen Sessel fallen und betrachtete seine Besucherin schweigend.

Tomma war etwas aus dem Konzept gebracht und wusste nicht recht, wo sie anfangen sollte. Schließlich entschied sie sich für eine sachliche Darstellung der Hintergründe. Sie berichtete Ballhaus von den aktuellen Ermittlungen im Mordfall Thies Frerichs und der Verbindung zu ihm, da er damals Thies' Lehrer im Leistungskurs gewesen war.

«Was für eine Verbindung denn? Ich verstehe nicht ganz.» Ballhaus runzelte die Stirn und schob seine Lesebrille ein Stück höher.

«Nun, wir stehen mit den Ermittlungen erst ganz am Anfang», erklärte Tomma und trank einen Schluck Tee. «Wir stochern zurzeit offen gestanden noch ziemlich im Nebel. Aber bei unseren Ermittlungen sind wir auf Thies' Jugendgang gestoßen, die Likedeeler. Die Jungs haben damals einige Mutproben auf die Beine gestellt und –»

«Das weiß ich», unterbrach Ballhaus ihre Ausführungen ungeduldig.

«Nun, dann wissen Sie vielleicht auch, dass mit dem Bund der Likedeeler dann ganz plötzlich Schluss war. Das war Anfang 1995, also kurz vor dem Abi. Erinnern Sie sich an die Zeit?»

«Natürlich erinnere ich mich.» Ballhaus warf ihr über den Rand seiner Tasse einen ärgerlichen Blick zu. «Ich mag zwar mittlerweile im Ruhestand sein, bin jedoch noch nicht senil.»

Tommas erster Impuls war, umgehend richtigzustellen, dass ihre Frage so nicht gemeint war. Sie entschied sich dann aber, es zu lassen. Es ärgerte sie, dass Ballhaus sie so auflaufen ließ.

«Die Likedeeler …» Ballhaus setzte die feine Porzellantasse ab. Offensichtlich hatte er auch gemerkt, dass seine Haltung der Kommissarin gegenüber nicht ganz vorbildlich war. «Die Likedeeler haben damals das gesamte Kollegium zur Weißglut getrieben. Das, was einige linksliberale Pädagogen als harmlose Streiche abgetan haben, waren in Wirklichkeit illegale Schandtaten. Sie sind ins Lehrerzimmer eingebrochen, haben Klausuren gestohlen, Fahrräder geklaut, Wände beschmiert. Und das nicht nur einmal, sondern wiederholt.»

«Warum haben Sie keine Anzeige erstattet?»

Es dauerte eine Weile, bis Ballhaus antwortete. «Aus zwei Gründen, auf die ich nicht besonders stolz bin.» Er drehte nervös am silbernen Manschettenknopf seines gestreiften Hemdes. «Zum einen war ich besorgt, dass der Ruf meiner Schule leiden würde. Und zum anderen …» Er zögerte. «Der Vater von Florian Tenambergen ist ein guter Freund von mir. Er hat mir immer wieder versichert, dass er seinem Sohn ins Gewissen reden würde. Florian war ohnehin das schwächste Mitglied der Likedeeler. Er passte eigentlich auch überhaupt nicht zu den anderen. Thies Frerichs und Jochen Knappeck kommen aus – formulieren wir es mal so – proletarisch geprägten Haushalten. Tenambergen, also der Senior, besaß ein großes Elektrogeschäft mit mehreren Standorten in Butjadingen. Die Familie war recht wohlhabend – damals gab es diese furchtbaren Billigketten ja noch nicht.» Ballhaus schnaubte verächtlich. «Ich habe nie verstanden, wie Florian auf dieses Robin-Hood-Geschwätz der anderen beiden hereinfallen konnte. Sie haben sich als Kämpfer für Gerechtigkeit stilisiert, waren aber in Wirklichkeit Versager.»

«Hatte ihre Tochter Kontakt mit ihnen?»

Ballhaus nahm seine Lesebrille ab und fixierte Tomma mit seinen hellen graublauen Augen.

«Für Susanne war all das», er deutete in den Raum, «ganz normal. Das große Haus, teure Kleidung, Fernreisen, ein Studium an einer amerikanischen Eliteuniversität … Glauben Sie, sie konnte etwas anfangen mit pubertierenden Jungs, die meinten, unseren Lebensstil bekämpfen zu müssen?»

Tomma schluckte. Ihr war der Mann unsympathisch.

«Sind Sie immer noch davon überzeugt, dass ihr Tod kein Unfall war?», fragte sie.

«Selbstverständlich! Aber mir glaubt ja keiner. Man hat mich als Spinner abgetan. Als einen Vater, der über den tragischen Unfall seiner Tochter nicht hinwegkommt und deshalb jemanden anders zur Verantwortung ziehen muss.»

Tomma erwiderte nichts.

«An dem Abend ihres Todes ist so vieles passiert, was nicht zusammenpasste.» Ballhaus räusperte sich. «Meine Tochter konnte nicht schwimmen, wissen Sie. Das allein schon haben die Beamten mir nicht geglaubt. Aber ich habe nicht gelogen, es war wirklich so!» Mit Hilfe des Gehstocks rutschte er in seinem Sessel nach vorne. «Wir haben versucht, Susanne an das Wasser zu gewöhnen, haben ihr Schwimmkurse geschenkt, es erst mit gutem Zureden versucht und später mit Nachdruck. Ohne Erfolg.»

«Und wieso hatten Sie dann ein Schwimmbad in Ihrem Haus?», fragte Tomma verständnislos.

«Das haben Ihre Kollegen mich damals auch gefragt.» Ballhaus schüttelte resigniert den Kopf. «Früher hatten wir kein Schwimmbad, aber meine Frau – wir haben uns mittlerweile getrennt – war eine Fitnessfanatikerin. Sie wollte ihren Körper täglich in Form halten. Wir haben zuerst an einen Tennisplatz gedacht, Platz genug war ja da. Letztlich haben wir uns aber für ein Schwimmbad entschieden, das kann man auch im Winter nutzen. Da war Susanne auch schon zwölf oder dreizehn Jahre alt, also groß genug, um den Anbau einfach zu meiden.»

«Wie kam es dann zu dem … Unfall?» Bevor Ballhaus protestieren konnte, schob Tomma schnell nach: «Mögen Sie mir von dem Abend erzählen?» Sie hatte die Erfahrung gemacht, dass die Menschen gerne über ihre Sorgen sprachen. Man musste sie nur lassen.

Ballhaus fuhr sich durch sein dichtes graues Haar. «Wir … wir hatten Streit an dem Abend. Susanne war in letzter Zeit so …», er suchte nach den richtigen Worten, «… so frech und vorlaut, was ganz untypisch war für sie. Statt mit uns ins Staatstheater nach Oldenburg zu fahren, wollte sie zu ihrem Freund. Ich kann mir sogar vorstellen, dass sie uns ärgern wollte und extra spät nach Hause gekommen wäre, so etwas in der Art. Aber ganz bestimmt hätte sie sich niemals allein in unser Schwimmbad gesetzt und sich betrunken. Das ergibt einfach keinen Sinn!» Ballhaus ließ seinen Gehstock mit voller Wucht auf den Boden sausen. Herausfordernd sah er Tomma an.

«Sie sagten, dass Susanne einen Freund gehabt hatte. Kannten Sie ihn?»

Ballhaus' Blick ging jetzt ins Leere. «Steht das nicht in Ihrer Akte?», fragte er beiläufig.

Mist, dachte Tomma, hatte sie ihre Hausaufgaben nicht gemacht und die Berichte nicht aufmerksam genug gelesen? Demonstrativ überhörte sie seine Frage. «Wussten Sie, wer er ist?»

Ballhaus lehnte sich zurück und verschränkte abwehrend die Arme vor der Brust. «Florian Tenambergen.»

Sie sah ihn ungläubig an. «Einer der Likedeeler-Jungs?»

«Er ist, wie gesagt, der Sohn eines guten Freundes von mir.» Tomma kam es vor, als würde sich Ballhaus rechtfertigen. «Wir haben die Beziehung sogar unterstützt und gefördert», fuhr er fort. «Florian hatte sich zu dem Zeitpunkt bereits weitgehend aus der Truppe gelöst, er war eigentlich ein Feingeist, hervorragend in der Schule, er spielte außerdem Klavier.»

Aha, eine gute Partie also, dachte Tomma, kein Wunder, dass Ballhaus diese Beziehung gefiel. «In den polizeilichen Akten ist dokumentiert, dass ihre Tochter das Haus an jenem Abend nicht verlassen und sich auch nicht mit Florian Tenambergen –»

«Ich weiß», unterbrach Ballhaus sie gereizt. «Ich habe doch selbst mit ihm und vielen anderen Schülern gesprochen». Er nahm seine Brille ab und steckte sie in die Brusttasche seines Hemdes. «Aber ich glaube, dass mindestens einer lügt.»

«Tenambergen?»

Ballhaus schüttelte den Kopf. «Florian war an dem Wochenende gar nicht in Butjadingen, sondern zu Besuch bei seiner Tante in Schleswig-Holstein.»

«Und die anderen zwei Likedeeler?»

«Susanne hatte nach meiner Kenntnis wie gesagt keinen sozialen Umgang mit ihnen. Sie verabscheuten alles, was für sie ganz normal war.»

Tomma fand das durchaus nachvollziehbar, behielt ihre Gedanken jedoch für sich. Selten war sie jemandem begegnet, der so selbstverliebt war wie Günter Ballhaus. Vielleicht hatte seine Tochter das auch so gesehen und wollte sich gegen ihren Vater auflehnen? Vielleicht bestand genau darin der Reiz? Sich mit denen zu verbünden, die einen Gegenentwurf zu ihrem Leben darstellten?

«Kann ich Ihnen sonst noch irgendwie weiterhelfen?» Ungeduldig rutschte Ballhaus auf seinem Sessel hin und her. «Ich würde mich sonst gerne zurückziehen.»

Auf dem Weg zur Haustür war Tomma froh, dass sie ihre Jacke anbehalten hatte und schnell aus diesem Museumsbunker verschwinden konnte. Artig bedankte sie sich an der Tür für den Tee, als ihr noch etwas einfiel.

«War Ihr Grundstück damals eigentlich auch schon so gesichert wie heute?»

«Nein», erkärte Ballhaus, «das System haben wir nach Susannes' Tod installieren lassen. Damals haben Ihre Kollegen nach Fußabdrücken im Garten gesucht, aber es hatte in der Nacht ja stark geregnet, und deshalb waren die meisten Spuren offenbar wertlos.»

Tomma nickte.

«Aber jetzt entgeht mir nichts mehr», erklärte Ballhaus und zeigte auf die Kamera über dem Eingangsportal, die sich surrend drehte. «Was ich nicht sehe, das sieht sie!»

Auf dem Weg zurück nach Nordenham rief Tomma bei Spandorff im alten Hafenmeisterhaus an. Doch er war – wie erwartet – nicht da, wahrscheinlich fühlte er gerade Florian Tenambergen auf den Zahn. Sie bat die Gastwirtin, ihm auszurichten, dass er morgen um neun eine Besprechung in der Dienststelle hätte. Dann rief sie Jurek an und informierte ihn ebenfalls über den gemeinsamen Termin morgen früh. Sie wollte die neuen Erkenntnisse zusammentragen.

«War sonst noch etwas?», fragte sie.

«Nein, eigentlich nicht.» Tomma hörte, wie Papier raschelte.

«Hast du Geesa Frerichs erreicht?»

«Nein, das Handy scheint ausgestellt zu sein. Der Beantworter für Anrufe springt auch nicht mehr an.»

«Okay. Wenn wir sie auch morgen nicht telefonisch erwischen, fahre ich vorbei.»

«Das könntest du doch genauso gut jetzt machen», sagte Jurek, «du bist doch ganz in der Nähe.»

«Morgen ist auch noch ein Tag», erwiderte Tomma kühl.
Außerdem hab ich noch was vor, fügte sie im Stillen hinzu.

«Ach, mir fällt doch noch etwas ein», kam es von Jurek. «Blankerts von der Spurensicherung hat noch mal angerufen. Er wollte es bei dir mobil probieren.»

Tomma verabschiedete Jurek in den Feierabend, warf dann einen kurzen Blick auf ihr Display und öffnete die Textnachricht, die Jan ihr geschickt haben musste, während sie telefonierte. Er erinnerte sie an ihre Verabredung und erklärte, dass er für sie einen zweiten Tennisschläger eingepackt habe, falls sie ihren nicht gefunden hatte.

Das war doch mal nett, dachte Tomma und öffnete mit einem Knopfdruck das elektrische Schiebedach ihres Golfs. Die Strahlen der untergehenden Sonne wärmten ihren Kopf, der Wind fuhr durch ihr Haar, und es roch nach frischgemähtem Gras. Sie legte das BlackBerry auf den Beifahrersitz und drehte die Musik auf.

Schon von weitem hörte Spandorff lautes, gleichmäßiges Sägen. Durch einen verfallenen Hinterhof ging er zum verglasten Anbau eines Wohnhauses und öffnete mit einem Ruck die Tür der Tischlerei. Die Geräuschkulisse nahm zu. Die Luft im Raum war trocken, und es roch nach Holz.

Ein schlanker Mann in dunklem Hemd, blauer Latzhose und klobigen Arbeitsschuhen stand an einer Hobelbank und arbeitete konzentriert an einem geschwungenen Stück Holz, das wie ein großer Bumerang aussah. Auf dem Boden lagen eine Colaflasche und ein Paar Turnschuhe, dazwischen überall Späne.

«Florian Tenambergen?»

Der Mann zuckte zusammen und fuhr herum. «Mensch, haben Sie mich erschreckt!»

«Spandorff, von der Kripo Nordenham.» Er zeigte seinen Ausweis. «Ich würde gerne kurz mit Ihnen reden.»

Der Mann nahm einen Lappen vom Tisch, auf dem auch Handy, Maßband und diverse Hobel lagen, und wischte damit seine staubigen Hände ab. Dann nahm er eine Baseballkappe aus der Vordertasche seiner Latzhose und setzte sie sich auf sein streichholzkurzes schwarzes Haar. Dabei fiel Spandorff eine Narbe über der linken Augenbraue auf, die nicht zu Tenambergens ebenmäßigen Gesichtszügen passte.

«So? Worüber denn?», fragte der Tischler.

Spandorff ließ sich Zeit mit seiner Antwort. «Über die Likedeeler.»

Tenambergens gebräuntes, feingeschnittenes Gesicht nahm einen überraschten Ausdruck an, und er verschränkte die muskulösen Arme vor seiner Brust. «Über Störtebekers Team?»

Spandorff lächelte. «Nein, über Frerichs' Team. Nicht auf See, sondern in Butjadingen.»

Tenambergen zog die Baseballkappe tiefer ins Gesicht. Die braunen Augen fixierten sein Gegenüber genau. «Warum interessieren Sie sich denn dafür? Das müsste doch jetzt mehr als zehn Jahre her sein.»

«Fünfzehn.»

«Dann eben mehr als fünfzehn Jahre.»

Spandorff stützte sich an dem Arbeitstisch ab. «Weil einer der Likedeeler tot ist und wir seinen Mörder suchen.» Er ließ seine Worte noch ein wenig im Raum hängen. «Zwischen Knappeck und Frerichs gingen die Interessen zuletzt stark auseinander. Vielleicht war das bei Ihnen ja auch so?»

Tenambergen lehnte sich an die Werkbank und sagte nichts.

«Hatten Sie in den letzten Jahren Kontakt zu Thies Frerichs?»

Der Tischler sah ihn ausdruckslos an. «Wir sind uns ab und zu über den Weg gelaufen, klar. Aber ich würde ihn nicht zu meinen Kumpels zählen, falls Sie das meinen.»

Spandorff nahm eine Wasserwaage vom Tisch und wischte den Staub vom Glas der Anzeige. «Aber das haben Sie mal.»

«Ja, aber das ist, wie Sie gerade selbst gesagt haben, über fünfzehn Jahre her.» Tenambergen wirkte gereizt. «Wir waren Schulfreunde. Haben Sie noch Kontakt zu allen Leuten, mit denen Sie als Jugendlicher befreundet waren?»

Spandorff überlegte kurz und musste sich eingestehen, dass er schon damals ein Einzelgänger mit sehr überschaubarem Sozialleben gewesen war. «Nein. Aber die leben auch noch alle.» Er legte die Wasserwaage wieder weg. «Wann haben Sie Frerichs denn das letzte Mal gesehen?»

Tenambergen zuckte mit den Schultern. «Vielleicht vor zwei, drei Wochen.»

«Wo?» Beiläufig setzte Spandorff seinen Rundgang durch die Werkstatt fort und begutachtete eine Bohrmaschine, gegen die seine eigene aussah wie ein billiges Plastikspielzeug.

«Unten im Hafen. Ich war auf dem Weg zu einem Kunden und hatte meinen Wagen in der Nähe seines Kutters abgestellt. Wir haben kurz geschnackt.»

«Worüber?»

Tenambergen warf ihm einen genervten Blick zu. «Worüber, worüber ... Übers Wetter wahrscheinlich. Ach ja, und über seinen Fang, der seit Tagen ziemlich mager ausgefallen war.»

«Und dann?»

«Dann habe ich Grüße an Geesa ausrichten lassen und bin weiter.»

Spandorffs Blick blieb an einer Kiste hängen, in der Schraubenzieher, Zangen und Beitel verschiedener Größe lagen. Er nahm ein Stecheisen mit Holzgriff zur Hand und fuhr mit dem Daumen über die Klinge aus geschliffenem, gehärtetem Stahl. «Wo waren Sie am Dienstagabend?»

Tenambergen zog die Augenbrauen zusammen und überlegte. «Am Dienstag? In der Werkstatt. Ich war spät dran mit einem Auftrag und wollte unbedingt noch fertig werden. So bis elf, halb zwölf war ich wohl hier.»

«Kann das jemand bestätigen?»

«Na ja, wahrscheinlich die Nachbarn. Ich habe Platten zurechtgesägt, das ist nicht gerade leise.»

«Der Abstand zum nächsten Haus ist allerdings ziemlich groß», sagte Spandorff.

«Aber ich bin sicher, dass sie mich gehört haben.»

Spandorff legte den Beitel zurück in die Kiste. «Und was haben Sie dann gemacht?»

«Später hab ich den Fernseher angeschaltet. Dann bin ich irgendwann auf dem Sofa eingeschlafen.»

«War noch jemand bei Ihnen?»

«Nein», kam es gedehnt zurück. «Sonst hätte ich ja keinen Grund gehabt, auf der Couch einzupennen, oder?»

Spandorff beschloss, Jurek darauf anzusetzen, die Angaben zu dem eiligen Auftrag zu überprüfen, und wechselte das Thema. «Haben Sie eigentlich noch Kontakt zu Jochen Knappeck?»

«Nein.»

«Und wie gut kennen Sie Frerichs' Frau?»

Tenambergen warf ihm einen verständnislosen Blick zu. «Wie meinen Sie das denn jetzt?»

«Sie haben sie eben beim Vornamen genannt.»

«Wir wohnen im selben Dorf.» Der Tischler zuckte mit den Schultern. «Hier kennt jeder jeden, und die meisten duzen sich. Manchmal ruft Geesa auch wegen einer klemmenden Schublade oder einer kaputten Lampe oder so was in der Art an, dann repariere ich Sachen bei Frerichs im Haus.»

«Wieso hat Frerichs das denn nicht selbst gemacht? Er war doch sicher handwerklich begabt.»

Wenn Tenambergen die Frage verunsicherte, konnte er es gut verbergen, dachte Spandorff und beobachtete sein Gegenüber genau. Der Mann zuckte nicht mal mit der Wimper.

«Sagen wir es mal so: Thies hat sich im Haus nicht

gerade viel gekümmert. Da hatte er einfach keinen Bock drauf.»

«Was ist eigentlich mit Ihnen? Haben Sie Familie? Kinder?»

«Geschieden.»

«Dann waren Sie aber nicht lange verheiratet, oder?»

Der Tischler seufzte resigniert. «Ich weiß zwar nicht, was Sie das angeht, aber: Nein, war ich nicht. Ich schätze, meine Frau hat eher erkannt als ich, dass sie nicht meine große Liebe war.»

«Aha.» Wie melodramatisch das klang. Spandorffs Blick blieb an einer hellen Holzkommode hängen. Ein schönes Möbelstück, dachte er, schlicht und trotzdem individuell. Er trat näher und strich mit der Hand über die glatte Oberfläche.

«Eine Auftragsarbeit?»

Tenambergen entspannte sich etwas und nickte.

«Gefällt mir.» Spandorff ging um die Kommode herum. «Wieso ist das Band der Likedeeler damals eigentlich zerrissen?»

Tenambergen schnaubte verächtlich durch die Nase. «Das Band zerrissen ... wie sich das anhört!» Er fuhr sich mit der Hand übers Gesicht. «Es gab keinen bestimmten Anlass. Wir haben uns einfach auseinanderentwickelt. Erst recht nach dem Abi. Thies hatte nur noch die Fischerei im Kopf, Jochen sein BWL-Studium. Tja, und ich habe mich für die Tischlerei entschieden.»

Spandorff hatte seinen Rundgang durch die Werkstatt beendet und stand jetzt vor Tenambergen, der fast mit ihm auf Augenhöhe war und seinem Blick nicht auswich. «Und, sind Sie zufrieden mit Ihrer Wahl?»

«Ja. Ich mag meine Arbeit», sagte er fast trotzig und

steckte die Hände in die Hosentaschen. «Und ich leb gerne hier.»

«Kein Interesse an einem Studium? An einer Karriere in einem renommierten Unternehmen? An der großen weiten Welt?»

«Nee. Meine Eltern hätten mir das sicherlich gewünscht. Nein, ich muss mich korrigieren, für *sich* hätten sie es sich gewünscht. Aber ich wollte nicht in einem Büro versauern oder Fernseher verkaufen oder so, sondern etwas Praktisches machen. Mit schönen, hochwertigen Materialien etwas Neues gestalten.» Für einen Moment gab Tenambergen seine reservierte, abwehrende Haltung auf, seine Augen glänzten. «Außerdem bin ich hier zu Hause. Ich mag die Küste, das Wasser, die Weite. Warum sollte ich weggehen?»

Spandorff nickte. Er hatte genug gehört und wandte sich zum Gehen. Gerade als er Tenambergen darauf hinweisen wollte, dass er sich in den nächsten Tagen für weitere Fragen zur Verfügung halten solle, fiel sein Blick auf einen großen, länglichen Kasten. Das Monstrum lag etwas abseits im Halbdunkel hinter einem Regal auf dem Boden. Ungläubig starrte er die Kiste an. «Sie fertigen auch Särge?»

«Ja, warum nicht?»

«Auch eine Auftragsarbeit?»

«Sicher, so was baut man ja nicht auf Vorrat.» Tenambergen zog die Hände aus den Hosentaschen, ging zu dem Sarg und öffnete vorsichtig den Deckel. «Das ist eine besonders aufwendige Arbeit aus Kiefer.»

Spandorff starrte in die Kiste, die mit dunkelblauem Samt ausgelegt war. Dann ging er vor dem Sarg in die Hocke, um die Inschrift lesen zu können:

Alles ist dem Wasser entsprungen,
Alles wird durch Wasser erhalten,
Ozean, gönn' uns dein ewiges Walten.
– In Gedenken an Thies Frerichs –
(4. 10. 1975 – 22. 03. 2011)

«Vierzig fünfzehn!»

Mist! Wessen Idee war es eigentlich gewesen, nicht nur locker ein paar Bälle übers Netz zu schlagen, sondern Punkte zu zählen? Tomma schwitzte.

Auch den nächsten Aufschlag traf Jan perfekt. Der gelbe Filzball flog in einem Affenzahn übers Netz. Tomma erwischte ihn gerade noch mit der Schlägerkante, bevor er in hohem Bogen ins Aus flog.

«Spiel!», kam es munter von der anderen Seite des Netzes. «Sechs zu zwei. Na, noch einen?»

«Einen was?» Tomma keuchte und rang nach Luft.

«Noch einen Satz!»

«Okay, warum nicht?», hörte sie sich betont lässig sagen.

Jan nickte und spielte ihr die Bälle für den nächsten Aufschlag zu. Verdammt, dachte Tomma, er sah noch genauso fit aus wie vor einer halben Stunde, als sie das Match begonnen hatten. Die Haare saßen perfekt, das blaue Reebok-Shirt wies nicht den Hauch eines Schweißfleckens auf, und zwischen den Spielzügen grinste er sie freundlich an.

Eigentlich hatte sie sich vorgenommen, die Tennisstunde lässig und ohne übertriebenen Ehrgeiz über die Runden zu bringen, doch den Plan konnte sie ad acta legen. Verschwitzte Haarsträhnen versperrten ihr die Sicht, und sie merkte, dass Jans unbekümmerte Gewinnerlaune sie zunehmend nervte.

Na warte, dachte Tomma, und wischte sich mit einem Schweißband über die glänzende Stirn. Den nächsten Satz würde sie gewinnen. Schließlich hatte sie früher regelmäßig Tennis gespielt, war sehr sportlich und selbst während der Ausbildung keinem Zirkeltraining aus dem Weg gegangen. Das musste doch irgendwelche Spuren hinterlassen haben!

Konzentriert warf sie mit der linken Hand den Ball in die Luft, holte weit aus und wartete genau den richtigen Moment ab, bevor sie den Schläger mit aller Kraft nach vorne schnellen ließ. Perfekt! Der Ball flog flach übers Netz und traf ungebremst links außen im Aufschlagfeld auf.

Überrascht machte Jan einen Satz zur Seite, erreichte den Ball gerade noch und spielte ihn ihr direkt vor die Füße. Tomma nutzte die Chance und schlug eine schnelle Vorhand in die gleiche Ecke. Jan, der offenbar damit gerechnet hatte, dass sie den Ball nun zur anderen Seite des Feldes jagen würde, legte eine Vollbremsung hin und ruderte mit dem Arm, erreichte den Ball jedoch nicht mehr.

Yes!

«Fünfzehn null!», triumphierte Tomma.

Auch der nächste Aufschlag kam gut, doch Jan stand diesmal besser zum Ball und schlug einen schnellen Return. Tomma hetzte dem Ball hinterher und spielte einen gekonnten Slice zurück, der kurz hinter der Netzkante aufprallte. Sofort sprintete Jan nach vorne und spielte den Ball einfallslos in die Mitte des Spielfeldes. Das war ihre Chance!

Konzentriert nahm Tomma den Ball an und spielte

einen Lob. Der Ball flog in hohem Bogen übers Netz – unerreichbar für ihren Gegner.

Ha!, jubelte sie innerlich, es ging doch.

«Dreißig null!»

In der nächsten halben Stunde kämpfte sie um jeden Ball, rannte über den harten Belag, bis ihr die Knie schmerzten, und setzte jede Technik ein, die sie als Jugendliche von ihrem Trainer beigebracht bekommen hatte.

Doch alles Kämpfen half nicht. Jan war einfach besser.

Als sie sich auch im zweiten Satz geschlagen geben musste – allerdings immerhin erst im Tiebreak –, war Tomma geschafft, aber zufrieden. Sie hatte sich lange nicht mehr so ausgepowert, und das Kräftemessen hatte ihr Spaß gemacht.

Nach einer ausgiebigen Dusche betrat Tomma eine halbe Stunde später den Aufenthaltsraum des Clubs, der durch eine Glasscheibe von den grünen Spielfeldern getrennt war. Jan saß schon da und klönte mit einer jungen Frau. Als er sie sah, erhob er sich und zeigte auf die Cola, die er in der Hand hielt. Sie nickte, woraufhin er zu einem Getränkeautomaten ging und eine zweite Flasche zog. Dann kam er zu ihr rüber.

Jan trug Jeans und ein graues Longshirt, seine Haare waren noch feucht vom Duschen. Gebräuntes Gesicht, dazu Sommersprossen und sein Huskyblick – Jan sah eher so aus, als wäre er eine Stunde durch den Wald gelaufen als über einen Tenniscourt. Entspannt setzte er sich zu ihr an den Tisch.

«Na dann, Prost!» Er setzte die Colaflasche an.

«Dito!» Tomma lächelte und genoss die ersten Schlucke des eiskalten Getränks. «Du hast mir gar nicht gesagt, dass du so gut Tennis spielst.»

Jan sah sie belustigt an. «Du hast nicht danach gefragt.»

«Hast du früher Turniere gespielt?», setzte Tomma nach und trank noch einen Schluck.

«Ja, auch Turniere», sagte er gedehnt.

«Meisterschaften?»

«Mmh, auch das.»

«Bezirksmeister?»

«Nee, Landesmeister. Aber das ist schon ein bisschen her.»

Na toll, dachte Tomma. Hätte er das nicht gleich sagen können?

Jan warf ihr einen eigenartigen Blick zu. «Sag mal, bist du in allem, was du machst, so ehrgeizig?»

Tomma runzelte die Stirn. «Wie meinst du das?»

«Na ja, eigentlich wollten wir nur locker ein paar Bälle übers Netz schlagen, aber du wolltest unbedingt ein Match spielen und hast dich ...» Er suchte nach der richtigen Formulierung. «... regelrecht im Spiel festgebissen. Und nach einem Satz aufgeben kam für dich wohl nicht in Frage, wie?»

«Tja, der Wettbewerb gehört doch zum Sport mit dazu, oder?» Tomma hatte das Gefühl, sich rechtfertigen zu müssen. «Wo ist der Sinn, wenn nicht einer verliert und der andere gewinnt?»

«Vielleicht der Spaß?» Jan lachte, was ihm zugegebenermaßen ziemlich gut stand.

«Ach, Spaß wird überbewertet.» Tomma musste nun ebenfalls grinsen. Sie erinnerte sich, dass Jan sie an dem Abend im *Loft* von ihrer anderen Seite kennengelernt hatte und sie daher eigentlich nicht für eine verschrobene Zicke halten konnte.

«Wenn du dich in deine Fälle so vergräbst wie ins Tennismatch, haben Verbrecher einen schweren Stand.» Es klang anerkennend.

Tomma erwiderte nichts, sie mochte es eigentlich nicht, so flapsig über ihren Job zu sprechen. «Wenn ihr Kriminaltechniker die richtigen Hinweise liefert, dann ja», sagte sie schließlich betont locker.

«Tja, das klappt leider nicht immer.» Jan trank den letzten Schluck Cola.

«Wie in Fedderwardersiel?», hakte Tomma nach.

Jan nickte. «Jeden Quadratzentimeter haben wir abgesucht, sind auf allen vieren durchs Gras gerutscht.» Er fuhr sich mit der Hand durch die Haare. «Aber ich fürchte, der Bericht bringt euch nicht viel weiter. Ich bringe ihn morgen früh vorbei.»

«Vielleicht kann mein Kollege ihm ja wichtige Hinweise entnehmen.»

Tomma stockte kurz, sie hatte Spandorff noch nie als ihren Kollegen bezeichnet. «Er hält sich eh für den besseren Ermittler und lässt keine Gelegenheit aus, um mir zu zeigen, dass er nicht viel von meinen Ermittlungsmethoden hält.»

«Spandorff?» Jan lachte wieder. «Der ist schon in Ordnung. Gib ihm noch ein bisschen, der muss sich noch an die neue Situation gewöhnen.»

«Woran denn genau?»

«Nach allem, was ich gehört habe, war Sturm nicht ganz ehrlich zu ihm.» Jan spielte mit der Flasche in seiner Hand. «Er hat ihm Hoffnung auf eine Beförderung gemacht. Auf deinen Posten. Und plötzlich setzt er ihm jemand Fremdes vor, der erstens weiblich ist und zweitens ein ganzes Stück jünger. Das kratzt natürlich an seinem Ego. Aber Spandorff ist ein Guter und hat schlaue Ideen, wenn man ihm den nötigen Freiraum lässt. Der kriegt sich wieder ein, wirst schon sehen.»

«Das hoffe ich.» Tomma stellte die leere Colaflasche auf den Tisch und warf einen Blick auf die Uhr. «Okay, ich mache mich jetzt mal langsam auf den Weg.» Sie zog ihre Jacke an und kramte in ihrer Tasche nach dem Autoschlüssel. Dann gab sie Jan den Schläger zurück. «Danke für die Leihgabe.»

«Jederzeit wieder.» Jan warf ihr einen auffordernden Blick zu. «Nachdem das Match heute nicht gerade optimal für dich gelaufen ist: Wie wär's mit einer Revanche? Im Sinne einer zukünftigen kollegialen Zusammenarbeit.»

Tomma lächelte und schulterte ihre Tasche. «Mal sehen.»

Tausendsiebenhundert Euro?

Meine Güte, war das teuer, dachte Geesa Frerichs und fuhr mit dem Finger die Preisliste entlang. Bei hundertzehn Euro ging es los, die größte kostete über tausendsiebenhundert Euro. Sollte sie nun eine größere Anzeige wählen, die sofort ins Auge sprang, wenn man die Zeitung aufschlug, oder eine kleinere? Eher in Farbe oder lieber schwarzweiß?

Sie überlegte eine Weile und entschied sich dann für eine schlichte, zweispaltige Anzeige, sechs Zentimeter hoch. Das war immerhin nicht die allergünstigste, aber immer noch im Rahmen.

So, um was musste sie sich als Nächstes kümmern? Geesa legte die Preisliste der Tageszeitung zur Seite und nahm das Telefonbuch zur Hand. Sie musste den Raum für das Kaffeetrinken nach der Beisetzung aussuchen und die kalten Platten bestellen. Die Beerdigung würde ein ganz schönes Loch in ihren Geldbeutel reißen. Gott sei Dank war Flori ihr mit dem Preis entgegengekommen, sie hätte sich sonst für einen schlichteren Sarg ohne Gravur entscheiden müssen.

Geesa sah von dem Telefonbuch auf. Jeden Cent hatte sie in den letzten Jahren umdrehen müssen. Billige Lebensmittel vom Discounter, gebrauchte Kleidung aus dem Secondhandladen und kein Urlaub – so hatte ihr Leben ausgesehen. Und jetzt, wo Thies nicht mehr lebte, musste sie die Familie allein über Wasser halten. Gab es eigentlich irgendwelche Rücklagen? Wenn sie ehrlich war, hatte sie keinen blassen Schimmer, wie ihre finanzielle Situation aussah. Sie nahm sich vor, in Thies' Büro nach Versicherungspolicen zu suchen und einen Termin bei der Bank zu vereinbaren. Vielleicht gab es ja ein Sparbuch, Wertpapiere, irgendwelche Sicherheiten.

Plötzlich spürte Geesa, dass eine dumpfe Wut in ihr aufstieg. Unbändiger Ärger auf Thies machte sich in ihrem Innersten breit, auf seinen Tod und auf ihre Situation. Aber die größte Wut hatte sie auf sich selbst.

Ihre Finger verkrampften sich, und sie ballte eine Faust. Sie war so versessen darauf gewesen, eine heile Familie zu haben, dass sie immer, wenn es unbequem wurde, die Augen verschlossen hatte. Es würde schon alles besser werden, hatte sie sich eingeredet. Thies würde zur Vernunft kommen und Schluss machen mit diesen billigen Flittchen. Und mit seinen Fanggründen würde es schon nicht so schlimm werden. So ein paar Windräder konnten ja nicht den gesamten Fischbestand aus der Nordsee vernichten.

Immerzu zwang sich sich, positiv in die Zukunft zu schauen. Es würden auch wieder bessere Zeiten für sie kommen.

Aber nichts davon war eingetreten, gar nichts!

Die Wut breitete sich weiter in ihrem Körper aus, sie hatte einen Kloß im Hals, in ihren Ohren rauschte es. Geesa schluckte. Nun würde sie keine Gelegenheit mehr haben, Thies zur Rede zu stellen und ihm zu sagen, dass sie seine Bettgeschichten sehr wohl mitbekommen hatte und nicht mehr länger dulden würde. Dass sie sich im Klaren darüber war, wie viel Kohle er in Kneipen gelassen hatte.

Und das war längst noch nicht alles, was sie über ihn wusste!

Sie hatte auf den richtigen Moment warten und ihn dann vor vollendete Tatsachen stellen wollen. Wie oft hatte sie sich diesen Moment ausgemalt, von ihm geträumt, ihre Haltung vor dem Spiegel geübt! Und dann hatte sie die Aussprache doch wieder verschoben. Heute, morgen, nächste Woche – immer war der Zeitpunkt schlecht gewesen. Aber gab es überhaupt den richtigen Zeitpunkt für ein ernstes Gespräch? Ein Gespräch darüber, dass sie ihn verlassen wollte?

Ich hätte es einfach tun sollen, dachte Geesa und blätterte gedankenverloren im Telefonbuch. Es war heute ohnehin schon zu spät, noch Termine auszumachen. Sie hätte einmal im Leben den Mut haben sollen, die Wahrheit zu sagen und für ihre Interessen einzutreten!

Am Dienstag, da war es fast so weit gewesen. Doch es war wieder etwas dazwischengekommen.

Geesa biss sich auf die Unterlippe und schob den Gedanken an jenen Abend beiseite. Nun war es zu spät. Thies war gestorben, ohne die Wahrheit zu kennen. Sie konnte nicht, wie sie es sich in ihren Vorstellungen ausgemalt hatte, mit erhobenem Haupt aus ihrer gescheiterten Ehe gehen, sondern musste damit leben, dass sie nicht in der Lage gewesen war, einen sauberen Schlussstrich zu ziehen.

Thies hatte die Oberhand behalten, bis zuletzt.

Geesa schob das Telefonbuch über die grüne Wachsdecke und lehnte sich zurück. Hätte, wäre, könnte … Es half nichts, der Vergangenheit nachzuweinen, sie musste sich auf die Zukunft konzentrieren. Sie musste aufhören, den Kopf einzuziehen, und sich endlich den Tatsachen stellen. Sie starrte auf das Telefon. Der Anrufbeantworter blinkte. Es brachte nichts, weiterhin vor den unangenehmen Dingen des Lebens wegzulaufen. Wenigstens das sollte sie nach Thies' Tod doch wohl kapiert haben.

Einen Moment noch saß sie ganz still am Tisch und versuchte sich vorzustellen, wie ihr Leben in einem Jahr aussehen könnte. Und plötzlich wusste sie, was sie als Nächstes tun musste.

Sie war ihm aus dem Weg gegangen, hatte seine Anrufe nicht angenommen und die Tür nicht geöffnet. Doch damit war jetzt Schluss. Sie würde sich seine Sicht der Dinge anhören, ganz in Ruhe, ohne ihn vorher zu verurteilen. Es war höchste Zeit für ein Gespräch.

Geesa schnappte sich den Telefonhörer und wählte.

Samstag, 26. März
Hochwasser: 5:27 Uhr / 17:41 Uhr

«**Zeit** für eine Zwischenbilanz!» Tomma klatschte in die Hände und schob eine große, leere Pinnwand in die Mitte des Büros. «Was haben wir bis jetzt?»

Ihr war klar, dass ihr Auftritt wie aus einem amerikanischen Motivationsseminar wirken musste, aber sie wollte dringend Schwung und Struktur in die Ermittlungen bringen. Ein Blick in Spandorffs zweifelndes Gesicht zeigte ihr, dass er von ihrem Vorstoß nicht gerade begeistert war. Tomma ließ sich davon nicht beeindrucken. Sie holte Fotos, Notizen, Filzstifte und Papier hervor. Fehlte noch was? Stecknadeln!

Mit energischen Schritten ging sie um den Schreibtisch, wühlte in der obersten Schublade und griff zu einer durchsichtigen Schachtel.

«Beginnen wir mit Eric Theurer.» Tomma hielt ein kopiertes Bild des toten Fischers an die Pinnwand und befestigte es mit einer Nadel. «Berschats Untersuchungsergebnisse zeigen, dass es tatsächlich Selbstmord war. Keine Fremdeinwirkungen, weder vor noch nach dem Eintreten des Todeszeitpunktes. Das war am Donnerstag, 17. März. Nur sechs Tage später, also am Mittwoch, 23. März, gab es den nächsten Toten in Fedderwardersiel.» Sie heftete eine Fotografie von Thies Frerichs an die Pinnwand. «Die Autopsie hat ergeben, dass er am Abend zuvor zusammengeschlagen und mit zwei unterschiedlichen Tatwaffen verletzt worden ist. Die Stichwunden im Brustkorbbereich waren tödlich. Berschat geht davon aus, dass es sich wohl nicht um ein Messer handelte, sondern eher um einen anderen spitzen Gegenstand, etwa einen Dorn. Wer könnte eine Waffe wie diese bei sich tragen oder Zugang zu ihr haben?» Tomma machte eine kurze Pause und ließ die Frage im Raum stehen.

Spandorff und Jurek sahen sie aus großen Augen an. Sprach sie zu schnell?

«Wir haben in den letzten Tagen erfahren», fuhr sie unbeirrt fort, «dass es einige Menschen gibt, die Frerichs den Tod gewünscht haben könnten, aus ganz unterschiedlichen Gründen. Mit wem fangen wir an?»

«Geesa Frerichs.» Aufgeregt kippelte Jurek mit dem Stuhl hin und her, und Tomma hoffte, dass er nicht hintenüberfiel. Das würde sein Panamahut sicher nicht gut überstehen.

«Okay.» Sie suchte die passende Fotografie aus dem Stapel und befestigte sie links neben Frerichs. Das Bild war vor einigen Jahren aufgenommen worden. Geesa Frerichs lächelte selbstbewusst in die Kamera, ihr Gesicht war gebräunt, und ihre Haare fielen locker auf die Schultern. Die Aufnahme passte gar nicht zu dem Bild der verunsicherten grauen Maus, als die Spandorff sie beschrieben hatte.

«Motive gibt es einige», fuhr Tomma fort. «Er hat sie jahrelang betrogen und hintergangen. Gibt es eigentlich eine Lebensversicherung?», fragte Tomma an Jureks Adresse gerichtet.

«Über einhundertfünfzigtausend Euro.» Jurek wedelte

mit einem Fax und schob erklärend hinterher: «Das kam gestern Nachmittag von der Real Finance.»

«Außerdem hat sie einen Geliebten, von dem wir allerdings leider noch immer nicht mehr wissen.»

Der Seitenhieb galt Spandorff, der die Szene bisher mit verschränkten Armen und aus einer gewissen Distanz beobachtete. Er schob seine Lesebrille auf die Nasenwurzel und nickte genervt. Tomma sah, dass ihr Kollege mit sich kämpfte.

«Es könnte zwischen den beiden Männern einen Disput gegeben haben, der tödlich endete», gab er schließlich zu bedenken. Offensichtlich hatte er beschlossen, sich an dem aus seiner Sicht vollkommen überflüssigen Exkurs an der Pinnwand zu beteiligen. «Vielleicht wollte ihm der Geliebte die Wahrheit ins Gesicht sagen und hat dabei nicht mit Frerichs' heftiger Reaktion gerechnet. Er scheint immerhin ein sehr aufbrausender Mensch gewesen zu sein, der sich gerne überall Feinde machte.»

«Möglich.» Tomma nahm ein weißes Blatt Papier, kritzelte mit schwarzem Filzstift «Affäre» darauf und heftete es links neben das Bild von Geesa Frerichs. «Wir fahren nach der Besprechung gemeinsam zu Geesa Frerichs und werden ihr auf den Zahn fühlen. Da sie telefonisch bisher nicht erreichbar war, werden wir eben unangemeldet bei ihr auftauchen. Ich will endlich erfahren, wer ihr Liebhaber ist und ob sie für den Tatzeitpunkt ein Alibi hat.» Sie sah Spandorff streng an. «Diese Fragen sollte sie besser beantworten können, ohne lange darüber nachdenken zu müssen.»

«Ich traue den Mord eher einem Mann zu als einer Frau», verteidigte Spandorff sich.

«Warum?», fragte Tomma.

«Der Angreifer benötigte Kraft und körperliche Überlegenheit. Frerichs war ein ganzes Stück größer und schwerer als seine Frau.»

«Aber als ihm die tödlichen Wunden zugefügt wurden, war er bereits an den Beinen verletzt.»

«Schon, aber ...» Spandorff schien nach den richtigen Formulierungen zu suchen. «Trotzdem glaube ich nicht, dass Geesa Frerichs zu dieser Tat fähig ist. Wieso sollte sie den Vater ihres Kindes töten?»

«Vielleicht ist das Kind ja gar nicht von ihm», gab Tomma zu bedenken. «Und die Lebensversicherung ergibt eine schöne Summe.»

Spandorff schüttelte den Kopf. «Ich traue der Frau nicht zu, die Tat aus Habgier oder Rache geplant zu haben.»

«Der Polizeidirektor scheint aber genau das zu glauben.» Jurek drehte sich quietschend mit seinem Stuhl in Richtung Pinnwand.

«Deshalb werden wir der Spur auch weiter nachgehen.» Gedankenverloren trommelte Tomma auf dem Tisch. Auch ihr fiel es schwer, sich eine Hochschwangere als Mörderin vorzustellen. Oder gab es ein Motiv, das schwerer wog als eine Lebensversicherung und ein notorischer Hang ihres Mannes zum Fremdgehen? War sie wirklich unschuldig?

Als Nächstes suchte Tomma die Fotografie von Jochen Knappeck hervor und befestigte sie unter dem Porträtbild der Witwe.

«Frerichs' alter Schulfreund ist ebenfalls verdächtig. Da gibt es den Streit über den Windpark, außerdem wissen wir noch nicht, welche Rolle er in dem Trio der Schulfreunde auf dem Störtebeker-Gymnasium gespielt hat.»

Tomma schrieb «Likedeeler» auf ein Blatt Papier, umrandete das Wort mit einem roten Filzstift und heftete es ganz oben an die Pinnwand.

«Über die Rolle des Dritten im Bunde, Florian Tenambergen, ist dagegen während der Schulzeit ein bisschen mehr bekannt. Er war der Freund der 1995 verunglückten Susanne Ballhaus, deren Vater ich gestern aufgesucht habe.» Sie heftete Tenambergens Foto, das sie aus der Abi-Zeitung kopiert hatte, an die Pinnwand und berichtete von ihren Ermittlungen am Vortag.

Während Jurek große Augen machte und nervös mit dem Verschluss eines Kulis spielte, warf Spandorff ihr über den Rand seiner Lesebrille einen verärgerten Blick zu.

«Wieso weiß ich davon noch nichts? Bei so elementaren Ermittlungsergebnissen muss man sich doch informieren! Das predigen Sie doch die ganze Zeit, Frau Hauptkommissarin.»

Die Luft war zum Schneiden.

«Wie genau hätte ich Sie denn erreichen sollen, werter Kollege? Da Sie ja über kein Handy verfügen, musste ich leider mit Ihrer Vermieterin vorliebnehmen.»

Spandorff sank ein Stück tiefer in seinen Stuhl und verschränkte erneut die Arme vor dem Brustkorb.

Jetzt bloß die Situation nicht eskalieren lassen, dachte Tomma und straffte die Schultern. «Schwamm drüber. Was haben Sie denn bei Tenambergen erfahren?»

In Telegrammstilsätzen berichtete der offensichtlich beleidigte Spandorff von dem Besuch in der Tischlerei. Er wiederholte Tenambergens Aussagen inklusive seines Alibis und verfiel danach wieder in missgelauntes Schweigen.

«Er hat den Sarg seines Schulkameraden gebaut?»

Jurek, der mittlerweile verkehrt herum auf dem Stuhl saß und seinen Arm lässig auf der Stuhllehne abstützte, starrte ihn unter der breiten Krempe seines Panamahutes ungläubig an.

Spandorff kniff die Augen zusammen und sah aus dem Fenster, als wäre ihm gerade etwas eingefallen, über das er nachdenken müsste.

«Kam sonst noch etwas Interessantes in der Tischlerei zur Sprache?», half Tomma nach.

«Vielleicht.» Spandorff starrte noch immer aus dem Fenster. «Er ist geschieden.»

«Und?» Tomma verstand nicht, was das mit ihrem Mordfall zu tun haben sollte.

«Vielleicht war ja Susanne Ballhaus seine große Liebe, und er machte jemanden für den Unfall verantwortlich.»

«Thies Frerichs?» In seiner Aufregung merkte Jurek nicht, dass sein Mund offen stand.

«Rache ist ein –»

«Moin zusammen!» Im Türrahmen stand der Polizeidirektor und wedelte mit einem Haufen Papier. «Wir haben den Gerichtsbeschluss für die Auswertung der Telefondaten.» Er sah Tomma verheißungsvoll an, als erwarte er, dafür umgehend einen Orden ans Revers geheftet zu bekommen.

Um ihn nicht zu enttäuschen, nickte sie anerkennend. Spandorff murmelte etwas wie «Wird auch Zeit».

«Aber das ist noch nicht alles!» Sturm fletschte die Zähne wie ein Vampir, der kurz davor ist, die Zähne in sein Opfer zu vergraben. «Ich habe den Jungs bei der Telefongesellschaft natürlich sofort klargemacht, dass die Liste Priorität hat – und zwar oberste! Vor zwei Minuten ist das hier im Sekretariat angekommen.»

Er drückte Tomma das Papier in die Hand. Der Hauch seines herben Aftershaves wehte in ihre Richtung.

«Danke.»

«Eine Übersicht des Festnetzanschlusses und der beiden Handynummern, alle beim selben Anbieter. Ich denke, damit kommt ihr erst mal klar.» Er nickte ihnen zu und wollte sich schon wieder verabschieden, als ihm noch etwas einfiel.

«Das hätte ich fast vergessen.» Er deutete auf die Unterlagen in Tommas Hand. «Darin befindet sich auch der Bericht der Spurensicherung.»

Mit dem Hinweis, er habe noch einen vollen Schreibtisch, hob er die Hand zum Gruß und verabschiedete sich. «Die Pflicht ruft!»

Genauso schnell, wie er gekommen war, war er auch schon wieder verschwunden.

Konzentriert überflog Tomma die Listen und verteilte sie auf ihrem Schreibtisch. Spandorff und Jurek beugten sich ebenfalls darüber, und gemeinsam versuchten sie, in dem Wirrwarr von Nummern und Daten eine Ordnung zu erkennen und Verbindungen herzustellen.

«Den gemeinsamen Festnetzanschluss haben Thies und Geesa Frerichs offenbar kaum genutzt», sagte Tomma mehr zu sich selbst als zu ihren Kollegen und fuhr mit dem Finger die Reihe der Zahlenkombinationen entlang. «Es gibt einige Nummern, die in regelmäßigen Abständen, im Schnitt einmal wöchentlich, gewählt worden sind. Vielleicht die Schwiegereltern, gemeinsame Freunde oder andere Eltern aus dem Kindergarten.»

«Die Handys waren dagegen offenbar im Dauereinsatz», sagte Spandorff und tippte auf die entsprechenden Zettel. «Und zwar beide.»

Tomma nickte. Während die Nummern bei Thies Frerichs' Handy ganz unterschiedlich waren, rief Geesa Frerichs über einen langen Zeitraum hauptsächlich eine Person an. Ob es sich dabei um ihren vermeintlichen Geliebten handelte, konnte sie Tomma in Kürze selbst erzählen.

«Gut», erklärte Tomma, «dann sprechen wir also als Nächstes mit der Witwe.» Sie warf Spandorff einen auffordernden Blick zu. «Danach heften Sie sich am besten an Knappecks Fersen, während ich mich weiter in Butjadingen umhöre.» Sie drehte sich zu Jurek um. «Und du kümmerst dich bitte um das Alibi von Tenambergen. Frag bei den Nachbarn nach, ob aus der Werkstatt an dem Abend des Mordes was zu hören war. Vielleicht gibt es ja auch Zeugen für ein Gespräch zwischen Tenambergen und Thies. Hör dich im Hafen ein bisschen um, es ist ja möglich, dass sie sich gestritten haben und dass jemand sie dabei beobachtet hat.»

Dann fiel ihr der Bericht der Spurensicherung ein. Aufmerksam las sie in den Seiten und blätterte mehrfach hin und her. So richtig gelang es ihr jedoch nicht, sich zu konzentrieren. Tomma fragte sich, warum Jan den Bericht nicht selbst vorbeigebracht hatte.

Als Spandorff und Jurek ungeduldig um sie herumschlichen, räusperte sie sich und erklärte: «Mmh … die Spuren am Tatort sind leider nicht sehr vielversprechend: Joghurtbecher, Chipstüten und leere Colaflaschen … Unglaublich, was die Leute so alles liegen lassen.» Sie fuhr sich durch die Haare. «Laut Bericht waren die Zigarettenkippen schon alt, es ist also eher unwahrscheinlich, dass der Täter sie zurückgelassen hat. Auch den Müll und den Schuh haben wahrscheinlich Spaziergänger dort entsorgt. Bei den Haaren handelte es sich offensichtlich um das Fell eines Hundes, die Kollegen tippen auf einen Australian Shepard.» Sollten sie jetzt alle entsprechenden Hundebesitzer abklopfen? Tomma seufzte. «Die Fußspuren sind leider ebenfalls wenig aussagekräftig. Es gibt einfach zu viele, und zwar von kleinen Größen, wahrscheinlich Kinderschuhe, bis zu Größe fünfundvierzig.» Tomma zuckte mit den Schultern. «Keine große Hilfe also.»

«Kann ich mal sehen?» Spandorff setzte seine Brille auf und streckte den Arm aus.

«Sicher.» Tomma gab ihm das Dokument und drehte sich zu Jurek um. «Du siehst, die Kollegen untersuchen wirklich jeden Stein. Sie leisten hervorragende Arbeit! Aber manchmal führt auch das nicht weiter.» Irgendwie glaubte sie plötzlich, die Spurensicherung in Schutz nehmen zu müssen.

«Ja, ja, die eifrigen Kollegen gehen dafür sogar unter die Fossilienjäger», bemerkte Spandorff spitz.

«Wieso?», fragte Tomma. Sie hatte das dumpfe Gefühl, Spandorff wolle sie provozieren.

«Hier, zum Beispiel.» Er wedelte mit den Papieren vor Jureks Nase herum. «Auf einer halben Seite wird ein einziger schwarzer, glatter Stein beschrieben, etwa so groß wie der Filter einer Zigarette.» Spandorff schnaubte verächtlich.

Jurek blickte irritiert von einem zum anderen. Schließlich nahm er den Bericht, den Spandorff ihm förmlich aufdrängte, und sah hinein. «Der Stein hat ein Loch», erklärte er, «er könnte als Anhänger benutzt worden sein. Für eine Kette oder ein Armband.»

«Vielleicht ein Geschenk eines *hervorragenden* Kollegen von der Spurensicherung …» Spandorff ließ den Satz im Raum hängen.

Was sollte das jetzt? Tomma beobachtete Spandorff genau. Meinte er das ernst? Oder wollte er sie nur verunsichern? Wusste er von ihr und Jan?

Sie hatte jetzt jedenfalls keine Zeit für Machtspiele. Auf sie wartete eine Menge Arbeit, und sie wollte Geesa Frerichs endlich die Fragen stellen, die ihr unter den Nägeln brannten.

«Okay, dann legen wir mal los!», sagte sie und bemühte sich um einen geschäftigen Tonfall. «Morgen fassen wir

die Ergebnisse zusammen.»

Jurek zog seine Jacke über und rückte seinen Panamahut zurecht. Er würde mit seinem alten Toyota fahren und war schon so gut wie aus der Tür.

Spandorff hingegen kramte noch umständlich in seinen Unterlagen.

Was trödelte er denn jetzt noch?, dachte Tomma und warf einen letzten Blick auf die Pinnwand.

Geesa Frerichs, Jochen Knappeck und Florian Tenambergen ... Waren das ihre drei Hauptverdächtigen? Oder ermittelten sie in die falsche Richtung? Gab es jemanden, den sie bisher noch gar nicht im Visier hatten?

Tomma wollte gerne glauben, dass das nicht der Fall war. Aber sie wurde das Gefühl nicht los, dass sie etwas Wichtiges übersehen hatte.

⁞

Sirrend setzten sich die Rotoren des Helikopters in Bewegung. Knappeck schnallte den breiten Gurt über den leuchtend gelben Sicherheitsanzug, in den er seinen Körper gezwängt hatte. Seine Füße steckten in klobigen Gummistiefeln mit Schutzkappen.

Schließlich gab er dem Piloten das Daumen-hoch-Zeichen. Er war startklar, es konnte losgehen.

Die Rotoren drehten sich schneller, das Knattern wurde lauter, dann hob der Hubschrauber scheinbar mühelos ab und schob sich immer höher in die Luft. Der Startplatz lag schon weit unter ihnen. Weiter ging es über Felder und Deiche bis zur Nordsee, die sich wie ein großer blauer Teppich unter ihnen ausbreitete. Die Sonne schien, das Wasser glitzerte, und es waren kaum Wellen zu sehen.

Knappeck sah, dass der Ingenieur neben ihm auf etwas zeigte, und folgte seinem Blick. Erst konnte er nichts erkennen außer kleinen weißen Klecksen, doch je näher sich der Helikopter übers Meer voranschraubte, desto deutlicher zeichneten sich die Umrisse einer Plattform ab.

Wie aufregend! Knappeck reckte seinen Hals nach allen Seiten und betrachtete die blaue, wogende Nordsee, die an den schneeweißen Fundamenten leckte. Wenn alles glatt lief und seine Berechnungen stimmten, würde der Windpark pro Anlage rund fünf Megawatt liefern. Oder anders formuliert: Zweihundertvierzig Windräder leisten etwa so viel wie ein Kernkraftwerk.

Wie oft hatte er dieses Argument in den unzähligen Gesprächen mit seinen Geschäftspartnern herangezogen? Es war ein unschlagbar guter Vergleich. Und trotzdem hatten viele potenzielle Geldgeber mit dem Kopf geschüttelt, sodass er sich schließlich für eine Lösung hatte entscheiden müssen, die ihm gelegentlich noch Bauchschmerzen bereitete.

Sein Handy vibrierte. Knappeck zog es aus seiner Hosentasche und sah aufs Display. Eine Nordenhamer Nummer, vielleicht diese Kommissarin? Egal, er konnte jetzt nicht sprechen, sie würde ihn noch früh genug erwischen.

Der Helikopter verlor an Höhe, schwankte und landete schließlich mit einem dumpfen Ruck auf der mehrstöckigen Arbeitsplattform, die aus dem Wasser herausragte. Die Rotoren wurden langsamer. Knappeck steckte das Handy wieder weg und beobachtete, wie sein Nebenmann den Gurt entsicherte und einen Helm aufsetzte. Der Mann wies mit dem Kopf Richtung Tür.

Kurz darauf folgte er dem Ingenieur über eine steile Treppe in den Container, in dem dessen Büro untergebracht war. Faszininiert blieb Knappeck auf der letzten Stufe stehen und sah sich um: Wasser, wohin das Auge blickte. Der Wind zerrte an seinem Anzug, die Luft schmeckte salzig.

Hier oben erschienen ihm seine Probleme plötzlich weit, weit weg.

Er trat ein.

«Willkommen in meinem bescheidenen Büro.» Schwungvoll zog der Ingenieur die Tür hinter ihnen zu und nahm den Schutzhelm ab. «Sie haben Glück, heute herrschen ideale Arbeitsbedingungen. Bisher kaum Wind, viel Sonne. Die Jungs dürften gut vorankommen!»

Er zeigte aus dem Fenster, und Knappeck folgte seinem Blick. Wie kleine Playmobilmännchen sahen die Arbeiter, die auf der Plattform umherwuselten, von hier oben aus. Das matte Grau der leicht schwankenden Ebene grenzte sich scharf von dem tiefen Blau der Nordsee ab, auf die man auch vom Büro aus einen spektakulären Ausblick hatte.

«Kaffee?»

«Gerne.» Knappeck konnte sich noch immer nicht von der Aussicht losreißen und trat näher ans Fenster heran. «Ihrer Laune entnehme ich, dass alles nach Plan läuft?»

Der Ingenieur lachte, während er den Verschluss einer Thermoskanne öffnete. «So gut wie.» Er reichte Knappeck einen Becher und schenkte ihm ein. «Wir sind so weit eingerichtet. Als Nächstes werden die Gründungspfähle verankert, die Jungs sind schon ganz heiß darauf, endlich loszulegen!»

«Wie tief werden Sie bohren?», wollte Knappeck wissen.

Der Ingenieur goß sich selbst ein und nahm einen Schluck Kaffee. «Wie geplant: im Schnitt vierzig Meter tief. Wenn wir die Fundamente im Zeitrahmen montieren können, kommen wir gut weiter. Dann fällt später auch der Startschuss für die Getriebegondeln pünktlich.»

«Erwarten Sie bei den Fundamenten irgendwelche Probleme?» Der Kaffee war nur lauwarm, und Knappeck verzog angewidert das Gesicht.

Der Ingenieur schüttelte mit dem Kopf. «Dafür haben wir doch unsere Tauchcomputer. Das sind ganz genaue Geräte: Erst wenn das Gestell exakt auf den Gründungspfählen aufsetzt, sind sie zufrieden und geben Entwarnung. Sobald irgendetwas schiefläuft, gibt's eine Fehlermeldung.»

Knappeck nickte zufrieden. Doch er wusste, dass sie noch ganz am Anfang standen und viel schieflaufen konnte.

«Die erste Bohrung machen wir in zwei, drei Tagen.» Der Mann stellte sich zu Knappeck ans Fenster und zeigte auf eine weiße Anlage, die von der Plattform aus gut zu erkennen war.

Knappeck warf ihm einen fragenden Seitenblick zu. «Wie lange haben Sie für die erste Phase einkalkuliert?»

Der Ingenieur lachte trocken. «Das wissen Sie doch, steht alles in der Projektbeschreibung.»

«Okay, dann frage ich anders: Werden Sie den Zeitplan weiterhin einhalten können?»

«Tja, das hängt ganz vom Wetter ab. Wenn es so bleibt wie jetzt – kein Problem. Aber wenn es stürmt, die ganze Plattform schwankt und der Kran die Teile nicht sicher platzieren kann, dann verzögern sich die Arbeiten.» Er zuckte mit den Schultern. «Die Wettervorhersage für die nächsten Tage ist gemischt. Es bleibt uns also nichts anderes übrig, als unsere Arbeit zu machen und abzuwarten. Das Wetter ist der Boss!»

Ein ziemlich launischer Chef, dachte Knappeck. Jeder Tag, der das Projekt in die Länge zog, würde ihn ein hübsches Sümmchen Geld kosten. Aber natürlich hatte der Ingenieur recht, und Knappeck war klar, dass das Montieren auf hoher See ein Arbeiten unter extremen Bedingungen war.

«Zurzeit macht mir allerdings weniger das Wetter Sorgen», sagte der Ingenieur vielsagend.

«Sondern?» Knappeck stellte den Becher mit dem restlichen Kaffee ab.

«Der Stahlpreis zieht wieder an.»

«Und?» Unruhig rutschte Knappeck in den Gummistiefeln hin und her. Die Dinger wurden langsam unbequem.

«Das könnte Ihre Kalkulation verändern, den Preis noch mal nach oben drücken.» Der Mann machte eine unbestimmte Handbewegung. «Die meisten Materialien sind an Bord. Wir werden jedoch nicht drum herumkommen, bei einigen Turmsegmenten nachzubessern. Das Gleiche gilt übrigens auch für einen Teil der GFK-Rotorblätter.»

«Haben wir eine Alternative?»

«Tja, die Alternative wäre, am Material zu sparen.

Aber davon würde ich dringend abraten.» Der Ingenieur kratzte sich am Hinterkopf. «Die Flügel müssen Windböen von bis zu hundertachtzig Stundenkilometern aushalten. Kommt zwar nicht oft vor, aber wenn Sturm ist, sollten die Dinger besser halten.»

Knappeck dachte an die hektische Betriebsamkeit in Bremerhaven und an den Unfall mit der Kommissarin, bei dem um ein Haar alles aus dem Ruder gelaufen wäre. Er seufzte.

«Sie geben so viel Geld wie nötig aus, um den Windpark sicher hochzuziehen», sagte er. «Wir können uns keinen Pfusch erlauben. Wenn das Projekt ein Erfolg ist, haben wir die weiteren Aufträge so gut wie in der Tasche.» Er machte eine Pause. «Ich verlasse mich auf Sie!»

«Ich weiß.» Der Ingenieur hatte die Arme vorm Brustkorb verschränkt. Nun warf er einen Blick auf die klobige Uhr an seinem linken Handgelenk. «Wenn Sie Ihren nächsten Termin noch kriegen wollen, müssen wir uns ein wenig sputen. Kommen Sie, ich zeige Ihnen die laufenden Arbeiten.»

Als sie etwa eine Stunde später zum Helikopter gingen, wehte ein scharfer Wind. Dunkle Wolken hatten sich vor die Sonne geschoben, und es wurde langsam ungemütlich.

Der Ingenieur gab dem Piloten ein Zeichen und warf einen missbilligenden Blick zum Himmel. «Das Wetter ändert sich hier schneller, als man bis drei zählen kann.»

Kein gutes Omen, dachte Knappeck und ärgerte sich im gleichen Moment über sich selbst. Blödsinn! Er glaubte weder an Horoskope noch an schlechte Vorzeichen, also würde ihn auch so ein kleiner Wetterumschwung nicht aus der Fassung bringen.

Ächzend zog er sich in die schmale Kabine des Helikopters hinein, schnallte den Gurt fest und verstaute seinen Rucksack neben den Füßen.

Als der Helikopter wenig später von der Plattform abhob, klatschten die ersten dicken Regentropfen auf die Scheibe.

:

«Für Sie auch ein Stück Kuchen?»

Tomma schüttelte den Kopf. Sie lehnte an der Kühlschranktür, die Arme vor dem Brustkorb verschränkt, und wartete auf eine Antwort. Spandorff hatte es sich am Küchentisch bequem gemacht und rührte in einem Becher Kaffee.

Für eine junge Witwe machte Geesa Frerichs einen ziemlich aufgeräumten Eindruck. Die braunen Haare hatte sie locker zu einem Pferdeschwanz zusammengebunden, sie trug Jeans und eine gebügelte Bluse und hatte hellen Lidschatten und roten Lippenstift aufgetragen. Die Spülmaschine lief, durchs Haus zog der Geruch von frischer Wäsche. Ihr Sohn spielte auf einer Decke mit bunten Plastikfiguren.

Auf Tommas Frage, wieso sie seit zwei Tagen wie vom Erdboden verschluckt war, hatte Geesa Frerichs nur desinteressiert mit den Schultern gezuckt. Sie sei bei ihren Eltern gewesen, habe sich um Timmi kümmern und viele Dinge erledigen müssen. Na, die hatte Nerven!

Tomma hatte sie darauf hingewiesen, dass ihre Anrufe keine freundliche Bitte um ein Gespräch waren, sondern eine eindeutige polizeiliche Aufforderung und sie sich die nächsten Tage gefälligst zur Verfügung halten sollte.

«Frau Frerichs, wir sind bei unseren Ermittlungen auf ein paar Dinge gestoßen», nahm Tomma nun den Faden auf, «über die wir, wie gesagt, gerne mit Ihnen sprechen möchten.»

Geesa Frerichs setzte ein überraschtes Gesicht auf. «So? Worüber denn?» Sie setzte sich zu Spandorff an den Küchentisch und biss in ein Stück Bienenstich.

«Beginnen wir mit den Finanzen. Sie bekommen regelmäßige Überweisungen von Margret und Klaus Fenner. Sind das Ihre Eltern?»

Unruhig rutschte die junge Frau auf der altmodischen Holzbank hin und her. Über ihr Gesicht zog eine leichte Röte. «Nun, sie überweisen mir ab und zu etwas für die Haushaltskasse. Ja und?»

«Was hat denn Ihr Mann dazu gesagt?», wollte Tomma wissen.

Geesa Frerichs lachte leise auf. «Thies wusste nichts davon. Er war ja der Grund dafür, dass sie mir gelegentlich unter die Arme greifen.» Gedankenverloren rührte sie in ihrem Kaffee. «Wissen Sie, es gab einige Bereiche, in denen er ein richtiger Versager war. Im Geldausgeben aber ...», sie spießte ein Stück Kuchen auf ihre Gabel, «im Geldausgeben war er gut. Schon immer.»

Tomma warf Spandorff einen kurzen Blick zu. Sie hatten vereinbart, dass sie die Fragen stellen und er das Gespräch protokollieren würde. Das war notwendig, weil er das Aufnahmegerät auf seinem Schreibtisch liegengelassen hatte, sie das Gespräch also nicht aufzeichnen konnten. Doch er machte keine Anstalten, irgendetwas aufzuschreiben.

Sein in Leder gebundenes Notizbuch lag geschlossen neben dem dampfenden Kaffeebecher, der Kuli steckte in der Außenseite seines abgewetzten Cordjacketts. In aller Seelenruhe angelte er sich einen Keks aus der Dose, die Geesa Frerichs in die Mitte des Küchentisches gestellt hatte.

Tomma schluckte ihren Ärger hinunter. «Und wer verbirgt sich hinter der IOC Consult?»

Geesa Frerichs legte die Stirn in Falten, als müsste sie scharf nachdenken. «IOC Con… was?»

«IOC Consult, das ist der zweite Geldgeber, der regelmäßig Finanzspritzen auf Ihr Konto überweist.» Tomma wusste, dass ihr Ton gereizt klang.

Geesa Frerichs Augenlider flackerten, offenbar hatte sie nicht damit gerechnet, dass die Beamten ihre finanzielle Situation so genau kannten. Tomma fragte sich, woran das lag. Der Witwe musste doch klar sein, dass die Polizei im Umfeld des Toten jeden Stein umdrehen würde. Sie beschloss, die Daumenschrauben anzuziehen. Schließlich wollte sie Spandorff mal zeigen, was eine gute Ermittlerin alles aus den Leuten herauskitzeln konnte. Außerdem hatte Geesa Frerichs ein wirklich gutes Motiv, und Tomma war gespannt, wie sie sich aus der Situation herauswinden würde.

«IOC Consult – arbeiten Sie für diese Firma?», hakte Tomma nach.

Geesa Frerichs schüttelte den Kopf.

«Oder handelt es sich vielleicht gar nicht um ein Unternehmen, sondern um das Konto Ihres Geliebten?

«Was für ein Blödsinn!» Die Empörung war nicht gespielt. Beschützend fuhr sie sich über den schwangeren Bauch.

«Vielleicht hat Ihr Freund den Firmennamen nur benutzt, damit Ihr Mann keinen Verdacht schöpft, falls er zufällig einen Blick auf Ihren Kontoauszug werfen sollte.» Tomma ließ nicht locker.

«Das geht Sie nichts an.»

«Unter normalen Umständen geht uns das natürlich nichts an, in einem Mordfall jedoch bekommt Ihre Bekanntschaft eine gewisse Bedeutung.»

«Das ist doch absurd.» Geesa Frerichs schob den Kuchenteller weit von sich weg und sah Tomma feindselig an.

«Nein», sagte Tomma eine Spur lauter, «absurd ist vielmehr, dass Sie glauben, die Affäre vor uns geheim halten zu können. Es gibt Zeugen, die ein Gespräch zwischen Ihnen und Ihrem Freund mit angehört haben. Außerdem haben wir Ihre Handyrechnungen überprüft.» Aus ihrer Tasche holte sie die Abrechnungen hervor und knallte sie schwungvoll auf den Holztisch. Ein bisschen heftiger als beabsichtigt, aber es wurde Zeit, dass sich ihre Gesprächspartnerin endlich kooperativer zeigte.

Geesa Frerichs zuckte zusammen und starrte auf die weißen Bögen, auf denen Tomma die häufigsten Verbindungen mit einem Textmarker angestrichen hatte.

«Sie haben diese Nummer fast täglich angerufen. In den letzten drei Monaten teilweise mehrmals am Tag. Und zwar zu ziemlich ungewöhnlichen Zeiten: morgens um sechs Uhr, nach 23 Uhr, manchmal auch mitten in der Nacht, wie zum Beispiel hier …» Tomma tippte auf eine Verbindung, die um 3:20 Uhr registriert worden war. «Und jetzt erzählen Sie mir nicht, dass Sie so oft mit Ihrer Freundin telefoniert haben, das ist nämlich – mit Verlaub – Blödsinn!»

Geesa Frerichs rührte sich nicht. Sie starrte auf die Seiten und überlegte offenbar, wie sie sich verhalten sollte.

«Wer ist der Mann?», fragte Spandorff, und seine Stimme klang überraschend sanft. Als keine Antwort kam, hakte er nach: «Florian Tenambergen?»

Geesa Frerichs starrte ihn ungläubig an. «Wie bitte?»

«Na ja», erwiderte Spandorff, «er hat mir erzählt, dass er öfter bei Ihnen zu Besuch ist und Reparaturen im Haus übernimmt und –»

«Aber deshalb lasse ich ihn doch nicht gleich in mein Bett!», empörte sich Geesa Frerichs und sah ihn mit blitzenden Augen an.

Da Tomma ahnte, dass Spandorff nicht dranbleiben würde, warf sie ein: «Aber da Ihr Ehemann ein notorischer Fremdgänger war, wäre das doch eine gute Möglichkeit, sich zu rächen. Vielleicht hat sich Herr Tenambergen ja noch anders engagiert, als ab und zu mal eine Lampe aufzuhängen oder den Gartenzaun zu reparieren?»

«Sie spinnen doch total», protestierte Geesa Frerichs und nestelte nervös an einer Serviette herum. «Das … Das ist doch alles völliger Blödsinn, ich –»

«Dann erzählen Sie, wie es wirklich ist!», unterbrach Tomma ihr Gestammel.

Sie warf Spandorff einen scharfen Blick zu. Fragend hob er die Augenbrauen. Als sie in Richtung des Notizbuches deutete und mit der rechten Hand kleine Kreise in die Luft malte, schien er endlich zu begreifen.

Umständlich fegte er die Kekskrümel vom Ledereinband und tastete nach dem Stift in seinem Jackett.

Für einen Moment war es still in der Küche, abgesehen von dem Jungen, der zufrieden auf seiner Decke vor sich hin brabbelte. Demonstrativ klopfte Spandorff mit seinem Kuli auf den Block.

Geesa Frerichs seufzte. «Also gut. Ja, ich habe einen …»

Sie warf einen Blick auf ihren Sohn und haderte mit dem Begriff. «… einen Bekannten.»

«Wer ist es?», fragte Tomma.

«Warum müssen Sie das wissen, das geht Sie doch überhaupt nichts an!» Geesa Frerichs sah sie angriffslustig an.

Langsam hatte Tomma die Faxen dicke. «Wir ermitteln in einem Mordfall, es geht um den Mord an Ihrem Mann! Haben Sie das immer noch nicht verstanden?»

«Ich … ich war in der Nacht, als Thies … als er verschwand … Da war ich hier. In meinem Bett», rief sie und schaute vorwurfsvoll in Spandorffs Richtung. «Das habe ich Ihnen doch bereits alles gesagt!»

«Wie heißt der Mann?», fragte Tomma ungerührt.

Geesa Frerichs biss die Zähne fest aufeinander und starrte aus dem Fenster. Tomma konnte sehen, dass es in ihrem Hirn fieberhaft arbeitete, schließlich glaubte sie, auf ihrem Gesicht einen resignierten Ausdruck erkennen zu können.

«Thomas.»

«Weiter?»

«Thomas Westerdom. Aber das müssen Sie für sich behalten, bitte!» Sie warf Tomma einen eindringlichen Blick zu. «Seine Frau weiß nichts von uns. Noch nicht. Aber sie darf es auf keinen Fall von der Polizei erfahren oder gar von den Nachbarn!»

«Und das Kind?», fragte Tomma weiter.

Geesa warf einen besorgten Blick auf ihren spielenden Jungen. «Timmi? Was soll mit ihm sein?»

«Ich meine das Baby, das Sie erwarten. Ist es von ihm?»

Geesa Frerichs sank in sich zusammen, als ob jede Energie aus ihr gewichen war. Sie nickte.

«Ihr Mann, wusste der Bescheid?», fragte Spandorff und hörte für einen Moment auf zu schreiben.

Kopfschütteln.

Tomma lehnte noch immer am Kühlschrank. Das Gerät summte leise. Langsam wurde die Position unbequem, ihr Nacken verspannte sich.

«Wir … wir haben uns vor zwei Jahren kennengelernt», sagte Geesa Frerichs leise, und es klang, als spräche sie mehr zu sich selbst. «Thomas ist alles, was Thies nicht war: freundlich, hilfsbereit, sparsam. Er ist aufmerksam, schenkt mir Blumen und macht mir Komplimente. Ja, er überweist mir sogar Geld. Er will mich halt jetzt schon unterstützen, nicht erst wenn …», sie zögerte einen Moment, «… wenn das Baby da ist.»

Spandorff nickte verständnisvoll.

«Er arbeitet in der Rathausverwaltung», fuhr Geesa Frerichs fort, «und hat immer pünktlich Feierabend. Können Sie sich das vorstellen?» Sie lachte verbittert. «Wenn Sie wüssten, wie ich es gehasst habe, die Ehefrau eines Fischers zu sein! Entweder war Thies bis zu zwei Wochen am Stück überhaupt nicht da, und ich war ganz alleine auf mich gestellt. Oder er hockte rund um die Uhr zu Hause. Dann musste alles nach seinen Regeln laufen. Ein richtiges Familienleben, so wie andere es haben, so etwas gab es für uns nie! Ich konnte nicht, wie andere Frauen, nach der Geburt von Timmi wieder arbeiten gehen, weil auf Thies einfach kein Verlass war und ich ihn bei der Betreuung nicht mit einplanen konnte.» Sie seufzte. «Die Nordsee hat bestimmt, wie unser Leben ablief.»

Gedankenverloren starrte sie aus dem Fenster, bevor sie leise weitersprach.

«Und dann die Frauen! Zuerst hat er sich ja noch

bemüht, es vor mir geheim zu halten, hat heimlich telefoniert und sich nicht hier bei uns im Dorf mit diesen ... diesen Flittchen verabredet. Aber mit der Zeit wurde er immer dreister. Alle wussten es und hatten Mitleid mit mir.» Sie sah auf. «Thomas ist anders.»

«Wirklich? Er hat immerhin auch ein Verhältnis und hintergeht seine Frau.» Tomma konnte sich den Kommentar einfach nicht verkneifen.

«Das ist doch etwas völlig anderes!», widersprach Geesa Frerichs und sah sie erhitzt an. «Zwischen uns ...
Das ist es etwas Besonderes, wir haben uns ...», sie stockte. «Ich meine ... wir lieben uns. Wir wollten es unseren Partnern sagen, dann eine Wohnung suchen und gemeinsam als Familie zusammenleben. Das war ... das ist keine billige Bettgeschichte, sondern ... Liebe!»

Tomma setzte einen – so hoffte sie zumindest – verständnisvollen Blick auf und nickte. «Und wie geht es jetzt weiter?»

Geesa Frerichs strich sich über den Bauch und zuckte gedankenverloren mit den Schultern. Dann schien ihr aufzufallen, dass sie der Polizei über diesen Teil ihres Lebens keine Auskunft geben musste.

«Haben Sie sonst noch Fragen?», erwiderte sie kühl. «Ich muss noch einiges erledigen.»

«Sagen Ihnen die Likedeeler etwas?», warf unvermittelt Spandorff ein.

Geesa Frerichs sah ihn überrascht an. «Nein. Was soll das denn sein?»

«Haben Sie den Begriff nie gehört?», hakte er nach. «Auch von Ihrem Mann nicht?»

Geesa Frerichs schüttelte den Kopf.

«Wie war eigentlich das Verhältnis zwischen Ihrem

Mann und Eric Theurer?», wechselte Tomma nun ebenso unvermittelt das Thema.

«Welches … Verhältnis denn?»

Herrgott, der Frau musste man ja alles aus der Nase ziehen!, dachte Tomma genervt. «Kannten sich die beiden gut? Haben Sie vielleicht ab und zu mal ein Bier zusammen getrunken?»

«Ja, schon.» Geesa Frerichs hatte den Teller wieder zu sich herangezogen und spießte das letzte Stück Kuchen auf. «Aber Eric war ja ein ganzes Stück jünger als Thies.»

«Also hatten Sie sich nicht so viel zu sagen, meinen Sie?»

«Nun ja, Eric hat in ihm, glaube ich, keinen Kumpel gesehen, sondern Thies war für ihn eher ein …» Sie suchte nach dem richtigen Wort.

«Eine Art Mentor?», half Tomma nach. «Thies hat ihm gezeigt, wo's langging?»

«So könnte man das vielleicht sagen. Die beiden haben sich zwar nicht privat verabredet, aber im Hafen oder in der *Fischerstube* haben sie öfter geschnackt.»

Tomma überlegte. Eigenartig, das klang so ganz anders als das, was Spandorff vom Gespräch mit dem alten Theurer erzählt hatte.

«Worum ging's bei den Gesprächen denn so?», fragte sie weiter.

«Keine Ahnung, ich war ja meistens nicht dabei.»

«Aber Ihr Mann hat doch zu Hause bestimmt mal was erzählt, oder?»

Geesa Frerichs seufzte, als sei ihr nicht ganz klar, wohin diese ganze Fragerei führen sollte. «Hören Sie, Eric war ein junger Kerl. Thies fand ihn wohl sympathisch. Jedenfalls hat er ihm viel über die Fischerei und die besten Fanggründe erzählt und ihm ständig vorgeschwärmt, was für ein toller Beruf das ist. Er hat bei den Fischern ein gutes Wort für ihn eingelegt, damit die anderen ihn als vollwertiges Mitglied akzeptieren.»

«Hat Theurer auf Ihren Mann gehört?», fragte Spandorff.

«Ich denke schon. Thies hat ihm auch empfohlen, Geld in den Kutter seines Vaters zu stecken. Der ist ziemlich marode, der Kutter vom alten Theurer.»

«Und wie hat er auf Erics Selbstmord reagiert?», wollte Tomma jetzt wissen.

Geesa Frerichs kaute auf ihrer Unterlippe. «Thies glaubte, dass diese Windpark-Leute schuld sind an seinem Tod. Aber das hat er der Polizei ja auch so gesagt.»

Bevor sie sich jetzt komplett verschließen würde, beschloss Tomma, die junge Witwe mit einer provokanten Frage aus der Reserve zu locken: «Was machen Sie denn jetzt eigentlich mit dem vielen Geld?»

Geesa Frerichs sah sie überrascht an. «Mit welchem Geld?»

«Mit der Lebensversicherung, die mit dem Tod Ihres Mannes fällig wird.»

«Immerhin hundertfünfzigtausend», warf Spandorff ein und nahm einen weiteren Keks.

«Ich weiß nichts von einer Lebensversicherung», erklärte sie. «Ich kümmere mich nicht um das Finanzielle, das macht … das hat immer Thies gemacht.»

«Aha», sagte Tomma nur und hob ihre Augenbrauen.

«Ich habe nächste Woche einen Termin bei der Bank und bei der Versicherung. Um mir einen Überblick zu verschaffen.»

«Mmh.»

«Wofür halten Sie mich eigentlich?» Geesa Frerichs

starrte die Kommissare mit weit aufgerissenen Augen an. «Unterstellen Sie mir Berechnung? Halten Sie mich etwa für verdächtig?» Plötzlich lachte sie laut auf. «Na klar, das passt doch schön zusammen: eine gehörnte Ehefrau, die selbst einen Liebhaber hat, und eine hohe Versicherungssumme – das perfekte Motiv!»

Tomma hätte es nicht besser formulieren können, hielt sich jedoch zurück, um die Frau nicht noch stärker in Rage zu bringen.

«Wissen Sie was», stieß Geesa Frerichs gepresst hervor, «ich werde Ihnen alle Unterlagen geben, um Ihnen die Nachforschungen zu erleichtern.» Wütend verließ sie die Küche und stürmte die Treppe hoch.

Für eine Hochschwangere ist sie erstaunlich schnell, dachte Tomma und registrierte, wie Spandorff einen abschätzenden Blick auf den Jungen warf, der die Szene mit großen Augen verfolgt hatte.

«Behalten Sie den Kleinen kurz im Auge?», fragte sie ihren verdutzten Kollegen, bevor sie Geesa Frerichs in den ersten Stock folgte.

Sie entdeckte die junge Frau in einem Raum, der wie ein Arbeitszimmer aussah.

«Wo sind bloß seine Sachen?», fragte Geesa Frerichs mehr sich selbst. Sie schaltete das Licht an und setzte sich an den Schreibtisch. «Wo bewahrt er den ganzen Papierkram nur auf?»

Fieberhaft wühlte sie zwischen den Zetteln und Papierstapeln und riss wahllos die Schubladen des Schreibtisches auf.

Von unten drang jetzt das Gebrüll des Jungen zu ihnen hoch. Zwischendurch waren kurze, abgehackte Sätze von Spandorff zu hören.

«Frau Frerichs, Sie müssen jetzt nicht ...»

«Nein, das ist kein Problem. Ich gebe Ihnen die Papiere, alle Papiere, und zwar gleich! Sonst tauchen Sie oder Ihr Kollege hier morgen wieder auf, aber ich will endlich meine Ruhe haben!»

Mit einem kräftigen Ruck zog sie die nächste Schublade auf. «So, hier sind schon mal die abgehefteten Kontoauszüge, die können Sie gerne mitnehmen. Und das hier, das dürften die Versicherungspapiere sein, die geb ich Ihnen auch mit!»

Lautstark knallte sie die Unterlagen auf den Schreibtisch und machte sich direkt an der nächsten Schublade zu schaffen. Doch plötzlich hielt sie inne. «Eigenartig ...»

«Was denn?», fragte Tomma.

«Die unterste Schublade ist nicht abgeschlossen.»

Das Geschrei im Erdgeschoss schwoll weiter an, offenbar war dem Jungen der fremde Riese mit der tiefen Stimme nicht ganz geheuer.

«Ich bin gleich wieder da, Timmi!», rief Geesa Frerichs Richtung Treppe.

Neugierig betrachtete Tomma den Schreibtisch und ging neben der jungen Frau in die Hocke.

«Hier, sehen Sie, aufgebrochen!» Geesa Frerichs hatte ihre Stimme wieder gesenkt und starrte auf die lädierte Schublade. Dort, wo offenbar mal ein Schloss befestigt war, klaffte ein Loch. Das Holz war beschädigt und abgesplittert. Mit einem Ruck zog sie die Schublade auf. Sie war leer.

«Vielleicht hatte Ihr Mann den Schlüssel verlegt und den Schreibtisch aufgebrochen?»

Geesa Frerichs schüttelte energisch den Kopf. «Nein, ausgeschlossen. Ich war neulich kurz in seinem Büro, das war, nachdem Thies ... nachdem er verschwunden war. Da war das Schloss noch da, ich bin ganz sicher!» Sie schob ihren Stuhl zurück und nestelte nervös am Kragen ihrer weißen Bluse. «Dann hatte ich neulich also doch recht ...», sagte sie fast flüsternd.

«Womit?»

«Ich war mit Timmi bei meinen Eltern und bin spät nach Hause gekommen. Es kam mir aber so vor, als sei jemand im Haus gewesen. Irgendwie lag so ein fremder

Geruch in der Luft. Ich bin dann durch alle Räume und habe nachgesehen, ob irgendetwas fehlt.»

«Und?» Tomma hob die Stimme, um das Gebrüll, das mittlerweile ohrenbetäubend war, zu übertönen.

«Nichts, es war alles noch da. Ich dachte, ich sehe schon Gespenster und habe es auf den Stress geschoben.»

«Wann war das?»

«Vorgestern, am Donnerstag.»

«War die Haustür beschädigt?», fragte Tomma.

Geesa Frerichs schüttelte den Kopf. «Aber ...», begann sie zögernd. «Es gibt noch eine andere Möglichkeit ...»

«Eine andere Möglichkeit, ins Haus zu gelangen?»

«Die Terrassentür ist kaputt. Man kann sie anheben und aufziehen, wenn man weiß, wie es geht.»

«Und das haben Sie nie reparieren lassen?», fragte Tomma fassungslos.

«Doch, mittlerweile schon. Flori ... also, Herr Tenambergen ... Er war hier und hat –»

«Wer wusste denn von der kaputten Tür?», unterbrach Tomma sie. «Außer Herrn Tenambergen, meine ich? Nachbarn, Freunde?»

Geesa Frerichs zuckte mit den Schultern. «Eigentlich nur meine Eltern. Und Thies, natürlich.»

«Hat er es noch jemandem gesagt?»

«Ich glaube nicht. Aber die Tür ist ja schon lange kaputt», sagte Geesa Frerichs kleinlaut.

«Hier könnte also quasi jeder so hereinspazieren?», fragte Tomma.

Da es im Haus mittlerweile still war, klang ihre Stimme unnatürlich laut. Vom Erdgeschoss drang lediglich noch ein leises Brummen nach oben, offenbar war Spandorff ein Kinderlied eingefallen, das er Tim nun zum Besten gab.

«Ganz so einfach ist es nicht», sagte Geesa Frerichs schnell. «Man muss schon genau wissen, wie es geht. Außerdem wohnen wir auf dem Land, hier ist noch nie etwas weggekommen. Bei uns gibt es ja auch nichts zu holen. Wer sollte schon hier einbrechen?»

Nicht zu fassen! Tomma fuhr sich sich durch die Haare. Auch wenn Fedderwardersiel ein Dorf war, sollte man doch zumindest seine eigenen vier Wände abschließen!

«Okay, wenn aber nun tatsächlich jemand im Haus war und den Schreibtisch aufgebrochen hat», sagte sie bemüht ruhig. «Was könnte derjenige dann gesucht haben?»

«Keine Ahnung.» Geesa Frerichs zuckte mit den Schultern.

«Denken Sie nach, das ist wichtig!»

«Ich weiß es nicht!», rief Geesa Frerichs leicht panisch. «Wir besitzen doch nichts Wertvolles!»

Wo steckte der Kerl bloß?

«Entweder ist Herr Knappeck zusammen mit unserem Ingenieur zur Windpark-Plattform aufgebrochen», hatte seine Sekretärin erklärt, «da hat er dann eventuell keinen Empfang, oder er ist bereits auf dem Weg zurück ins Büro. In diesem Fall müssten Sie ihn mobil erreichen.»

Genau das klappte aber nicht. Bestimmt zehnmal hatte Spandorff die Nummer jetzt schon eingetippt, und jedes Mal hatte sich die Stimme der Mailbox gemeldet mit dem Hinweis, man könne gerne eine Nachricht hinterlassen, der Teilnehmer werde so bald wie möglich zurückrufen.

«Mich mit Sicherheit nicht», murmelte Spandorff und

und knallte den Hörer auf den Apparat.

Abrupt stand er von seinem Schreibtisch auf, ging zum Fenster und öffnete es. Dann zündete er sich eine Zigarette an, ließ Schachtel und Feuerzeug wieder in der Tasche seines Jacketts verschwinden und nahm einen tiefen Zug. Wenigstens war keiner da, der ihn maßregeln oder strafend angucken konnte, dachte Spandorff.

Jurek war unterwegs, um Tenambergens Alibi zu überprüfen, und die Petersen gurkte noch in Butjadingen herum. Vermutlich war sie schon auf dem Weg zu ihrem nächsten Opfer. Spandorff nahm einen weiteren tiefen Zug, setzte sich wieder und legte die Füße auf den Schreibtisch.

KHK Petersen – die ging ihm langsam richtig auf die Nüsse!

Erst hatte sie ihn vor der Haustür der Frerichs' angezickt, weil er das Aufnahmegerät vergessen hatte, und dann durfte er bei der Befragung der Witwe erst den Sekretär und dann den Babysitter spielen. Was für eine Karriere!

Er tat einen weiteren Zug an der Marlboro.

Natürlich hatte er gesagt, dass er Notizen machen würde. Aber das erledigte er grundsätzlich *nach* dem Gespräch und nie währenddessen! Bei einer Befragung musste man alle Antennen ausfahren, auf die kleinsten

Details achten und sich auf jeden Halbsatz konzentrieren. Da durfte man doch nicht hektisch eine Aussage auf den Block kritzeln, während man den nächsten, vielleicht entscheidenden Satz verpasste!

Noch ein tiefer Zug von der Zigarette.

Spandorff hatte schließlich nachgegeben, weil er keine Lust hatte auf ihre giftigen Blicke. Jetzt ärgerte er sich darüber. Hätte sie das Gespräch nicht auch mit ihrem Handy aufnehmen können? Sie besaß doch so viel technisches Spielzeug … Die Frage hatte die Petersen für einen Moment aus dem Konzept gebracht. Spandorff grinste bei dem Gedanken daran. Aber das Ding, das sie ständig mit sich herumschleppte, war schließlich das MacGyver-Utensil des modernen Zeitalters, damit konnte man doch mit Sicherheit auch Gespräche aufzeichnen! Die Petersen hatte bestimmt einfach nicht daran gedacht!

Ein letzter Zug, dann drückte er die Zigarette aus und ließ die Kippe in einer leeren Cola-Dose verschwinden.

Okay, zurück zum Fall!, befahl er sich. Reibereien zwischen den Ermittlern waren eine Sache, ein brutaler Mord eine andere. Sie durften das Wesentliche nicht aus den Augen verlieren!

Spandorff überlegte gerade, was der Einbrecher bei der Witwe wohl gesucht haben könnte, als Jan Blankerts den Kopf durch die Tür steckte.

«Hey, Spandorff, alles okay bei dir?»

«So weit ja.» Er sortierte schnell ein paar Zettel auf seinem Schreibtisch. «Auf dem Weg zu Geesa Frerichs?»

Blankerts nickte. «Das Equipment liegt schon im Kofferraum.» Er sah sich suchend um. «Ist Tomma nicht da?»

Spandorff hob irritiert die Augenbrauen. Tomma? Das klang aber ziemlich vertraut. Wenn er es sich genau überlegte, tauchte der Kollege von der Spurensicherung in letzter Zeit ungewöhnlich oft bei ihnen im Büro auf. Früher hatte er ihn fast nur am Tatort oder bei der Analyse irgendwelcher Beweismittel in seinem hochtechnisierten Kabuff gesehen … Lief da was zwischen den beiden?

«Die ist unterwegs. Soll ich was ausrichten?»

«Nicht nötig, ich ruf sie später an.» Blankerts hielt kurz inne. «Sag mal, hast du hier geraucht?»

«Ich? Nö.»

Blankerts grinste. «Okay, bis später dann!»

Spandorff hörte, wie Blankerts draußen ein paar Worte mit jemandem wechselte, dann bog auch schon der Polizeidirektor um die Ecke.

«Moin!» Begrüßungen in normaler Zimmerlautstärke gehörten eindeutig nicht zu Sturms Stärken.

«Moin, Chef.»

«Ist die Petersen nicht da?»

Verdammt, dachte Spandorff, wollten denn jetzt alle nur noch mit KHK Petersen sprechen? Doch bevor er antworten konnte, fragte Sturm auch schon: «Habt ihr mit den Auswertungen der Telefondaten was anfangen können?»

Spandorff nickte und berichtete von dem Gespräch mit Geesa Frerichs.

Sturm machte einen zufriedenen Eindruck. «Und wie sehen die nächsten Schritte aus?»

«KHK Petersen ist auf dem Weg zum alten Theurer, um herauszufinden, ob sich Eric und Thies vielleicht doch besser kannten als bisher angenommen. Und ich fahre zu Knappeck …» Wenn ich ihn denn mal erreiche, fügte Spandorff noch in Gedanken hinzu.

«Sehr gut, es geht ja voran!» Plötzlich sog Sturm tief

Luft ein. «Was ist denn das für ein Geruch? Haben Sie im Büro geraucht?»

«Ich? Nö.»

Sturm sah nicht wirklich überzeugt aus, verschwand aber kurz darauf wieder, um seine Runde fortzusetzen. Natürlich nicht ohne Spandorff vorher noch wertvolle Ermittlungsratschläge mit auf den Weg zu geben.

Genervt wandte sich Spandorff dem Telefon zu und wählte ein weiteres Mal Knappecks Nummer. Wieder landete er nur auf der Mailbox.

Gut, dachte Spandorff, dann würde er es drauf ankommen lassen und in Knappecks Oldenburger Büro auf ihn warten. Irgendwann musste er ja dort auftauchen. Spandorff nahm seine Wetterjacke vom Kleiderhaken, schloss das Fenster und verließ die Dienststelle.

Rund vierzig Minuten später betrat Spandorff das Gebäude der NR GmbH.

Hier gab es viel Glas, viel Holz, viel Licht, aber wenig Möbel. Der Eingangsbereich bestand aus einem schlichten Empfangstresen vor einem großen Firmenlogo aus Holz. Daneben plätscherte ein Brunnen in einem Kubus aus Schiefer. In einer Sitzgruppe aus schwarzem Leder saßen ein paar Asiaten und blätterten in Hochglanzbroschüren. Als sich die Tür zu einem Besprechungsraum öffnete, flogen ihre Köpfe gleichzeitig hoch. Dann herrschte wieder eine beinah klinische Ruhe.

Die umliegenden Büros waren durch Milchglasscheiben voneinander getrennt, gedämpfte Gesprächsfetzen vermischten sich mit leisem Telefonklingeln, irgendwo lachte jemand.

«Kann ich Ihnen helfen?» Die Frau hinter dem Empfangstresen war höchstens zwanzig. Ihre weizenblonden Haare hatte sie zu einem strengen Zopf frisiert. Mit ihrem verbindlichen Lächeln, der blauen Bluse und dem roten Tuch, das sie locker um den Hals gewickelt trug, hätte Spandorff sie eher bei der Lufthansa vermutet als in einem Unternehmen für regenerative Energien.

«Ulrich Spandorff von der Kripo Nordenham.» Er zeigte seine Dienstmarke. «Ich möchte zu Herrn Knappeck.»

Sollte sie der Ausweis irritiert haben, ließ sie es sich nicht anmerken. «Das tut mir leid, Herr Spandorff, Herr Knappeck ist derzeit aufgrund eines Termins außer Haus. Ich bringe aber gerne bei Frau Hasselroth für Sie in Erfahrung, wann er zurückerwartet wird. Bitte nehmen Sie doch so lange in unserer Sitzgruppe Platz.» Sie lächelte schwach. «Kann ich Ihnen etwas anbieten? Einen Kaffee vielleicht oder ein Glas Wasser?»

Spandorff verneinte. Mitarbeiter, die sich verhielten wie frisch nach einem Telefontraining, machten ihn immer stutzig. Erwartete man das etwa heutzutage von seinen Angestellten? Wurde er einfach älter und verstand die neuen Spielregeln des Arbeitsmarktes nicht mehr?

Spandorff sah sich um. «Ganz schön viel Betrieb für einen Samstag.»

Die Mitarbeiterin lächelte. «Sonne, Wasser und Wind haben auch kein Wochenende.»

«Aha.» Spandorff blieb die Spucke weg. Wurden die Mitarbeiter hier etwa einer Gehirnwäsche unterzogen?

Da die Asiaten mittlerweile mit ihren Rollkoffern in einen Besprechungsraum gewechselt waren, machte er es sich in einem Ledersessel bequem und nahm eine der Broschüren zur Hand.

Nach zehn Minuten war er bestens über sämtliche Formen der Wind- und Wasserenergie sowie der Photovoltaik informiert. Von Knappeck fehlte noch immer jede Spur.

«Herr Spandorff?»

«Mmh?» Er sah hoch von einer Fotografie, die den Firmenchef vor einem riesigen Windrad zeigte, und blickte direkt in das freundliche Gesicht der Assistentin.

«Herr Knappeck wird nach seinem Termin leider nicht mehr in der Firma vorbeischauen, sondern direkt nach Hause fahren. Er hat aber angeboten, dass Sie ihn dort treffen können.»

Wie gnädig, dachte Spandorff und kramte in der Innentasche seines Jacketts nach dem Notizblock. «Haben Sie die Adresse?»

«Selbstverständlich.» Sie nannte ihm eine Straße im feinen Oldenburger Dobbenviertel.

«Wie komme ich denn dahin?»

Für einen Moment warf die Frau ihm einen irritierten Blick zu. Wahrscheinlich hatte sie in ihrem jungen Leben noch nie jemanden getroffen, der nicht über ein Navigationsgerät verfügte, dachte Spandorff.

Aber sie fing sich wieder und beschrieb ihm die Route inklusive möglicher Unbequemlichkeiten durch Einbahnstraßen.

«Herzlichen Dank.» Spandorff erhob sich schwerfällig. «Eine Frage noch: Wo finde ich die Toilette?»

«Hier den Gang runter und dann die zweite rechts.» Sie lächelte ihn noch einmal freundlich an und verschwand dann wieder hinter ihrem Tresen.

Spandorff schlenderte den Gang entlang und warf einen Blick auf die blankgeputzten Namensschilder neben den Türen. Er wollte sich doch zumindest noch ein bisschen umsehen, bevor er sich auf den Weg zu Knappecks Adresse machte.

Hinter dem letzten Büro lag eine Art Teeküche, in der gerade zwei Mitarbeiter vor einer zischenden Espressomaschine standen und sich unterhielten. Das Ende des Flurs gab den Blick frei auf einen begrünten Innenhof. Neben dem bodentiefen Panoramafenster befand sich eine Tür, auf der ein schlichtes Zigarettensymbol montiert war.

Na, das ist doch mal etwas anderes als die üblichen

Raucherkabuffs, dachte Spandorff. Er drückte die Klinke und trat ins Freie.

Der Innenhof war wie ein kleiner Park angelegt, mit Holzbänken, Sträuchern und Beeten, auf denen irgendein Grünzeug wuchs, das Spandorff nicht identifizieren konnte. Er steckte sich eine Zigarette an und inhalierte tief. Suchend sah er sich nach einem Aschenbecher um, fand schließlich einen bei einer Gruppe junger Leute, die ebenfalls eine Raucherpause eingelegt hatten. Der trichterförmige Behälter aus Edelstahl sah aus, als habe er bestimmt schon mal einen Designerpreis gewonnen.

Als Spandorff näher trat, lächelte ihn eine Frau in Rock und Bluse kurz an, lenkte ihre Aufmerksamkeit dann aber wieder auf ihr Handy, das so ähnlich aussah wie das von der Petersen. Die Zigarette im Mundwinkel eingeklemmt, kniff sie die Augen zusammen und bearbeitete das Display mit ihrem Daumen in einer Schnelligkeit, bei der Spandorff schwindelig wurde.

«Ey, du hast mich immer noch nicht auf Facebook geaddet», beschwerte sich ein Kollege in blauem Karo-Hemd bei der jungen Frau.

Sie schob ihn weg und widmete sich wieder ihrem Gerät.

Es waren Momente wie diese, in denen sich Spandorff wie ein Dinosaurier fühlte. Das letzte Mal hatte er dieses Gefühl bei der Dienstbesprechung gehabt, als Jurek sie über seine Internetrecherchen in Kenntnis gesetzt hatten. Da war auch von diesem *Facebook* die Rede gewesen, und die Petersen hatte so getan, als wüsste sie genau Bescheid. Überhaupt verstanden sich Jurek und sie offenbar blendend, und Spandorff war nicht entgangen, dass man bereits zum vertraulichen «Du» übergegangen war. Die Chefin und der Pole hatten sich die Bälle zugespielt: Ob die schwedische Unternehmensberaterin vielleicht bei *Facebook* eine Firmenseite habe? Bei *Xing* und *Linked in* habe sich Juliana Olsson jedenfalls nicht registriert. Ob man andere *Social Media*-Aktivitäten überprüfen könne …

Spandorff hatte nur mit den Schultern gezuckt, ihm war es egal, ob die Hauptgeldgeberin des Windpark-Konsortiums oder Knappeck oder sonst jemand im Internet unterwegs war. Zugegeben, bei seinen eigenen Töchtern interessierte es ihn natürlich schon. Er war ja nicht blöd und hatte von den Gefahren der virtuellen Welt gehört. Vielleicht sollte er mit Sarah und Kristin mal über diese ganze Facebook-Sache reden, dachte Spandorff, obwohl er keine Ahnung hatte, worum es sich dabei wirklich handelte.

«Kein Scheiß, ey!» Der junge Mann mit dem Karo-Hemd riss ihn aus seinen Gedanken. «Der Chef, schnieke im Anzug, mit Ray-Ban und wie immer voll im Stress, fällt aus der Rolle und langt ihm eine, aber so richtig!» Er schnippte seine Zigarette ins Gebüsch.

«Und wie hat Frerichs reagiert?», fragte ein großer Typ mit schwarzem Sakko.

Spandorff horchte auf. Redeten die beiden etwa über

Thies Frerichs? Unauffällig trat er näher und drückte seine Zigarette im Aschenbecher aus.

Mittlerweile standen nur noch die beiden Männer im Hof. Die junge Frau hatte ihre Rauchpause offensichtlich schon beendet.

«Kannst du dir ja vorstellen», erwiderte der Mann im Karo-Hemd und lachte verhalten. «Er hat zurückgeschlagen.»

«Verarsch mich nicht!»

«Doch, ich hab die Story von Sabrina. Sie hat der Chef nämlich gefragt, ob wir irgendwo Pflaster haben. Wollte wohl mit so einer Riesenschramme nicht ins Meeting. Der Schlag hat ihm jedenfalls sein schönes Lacoste-Hemd versaut.»

«Hat er das zu ihr gesagt? Dass es Frerichs war?»

«Nee, natürlich nicht», kam es gedämpft zurück, «aber Sabrina hat mitbekommen, wie er die Geschichte seiner Frau am Telefon erzählt hat. Offenbar war Madame mal wieder unterwegs, auf Geschäftsreise.»

Na, da hatte sich der Abstecher doch schon gelohnt! Spandorff kratzte sich am Hinterkopf und zündete sich eine neue Zigarette an.

Der Mann im Karo-Hemd kicherte albern. «Na ja, was zu viel ist, ist zu viel.»

«Aber hallo!», erwiderte der Große im Sakko. «Frerichs geht mir jetzt schon seit Monaten auf den Sack! Wie oft hat Sabrina den zu mir durchgestellt, wenn der Chef mal wieder nicht da war. Und er hat mir jedes Mal die Ohren damit vollgejault, dass wir den Park nicht bauen sollen. Okay, dass es ihn jetzt so böse erwischt hat, ist natürlich schon schräg.» Er machte eine kurze Pause und sah gedankenverloren dem Zigarettenrauch nach. Dann straffte er die Schultern und wandte sich wieder dem Tagesgeschäft zu: «Apropos auf den Sack gehen: Hast du schon das Dossier für Quarterline Five fertig?» Er drückte seine Zigarette aus und deutete mit dem Kopf Richtung Tür.

«Ist in der Pipeline», sagte der Mann im Karo-Hemd, steckte die Zigarettenschachtel in seine Brusttasche und wandte sich ebenfalls zum Gehen.

«Gut, denn einmal kann Sabrina die vielleicht noch abwimmeln. Dann müssen wir die Karten auf den Tisch legen.»

Was der andere erwiderte, bekam Spandorff nicht mehr mit. Aber er hatte genug gehört. Kaum waren die beiden Männer verschwunden, machte er sich auf den Weg zu seinem Wagen.

Wie gut, wenn man seinen Lastern treu bleibt, dachte Spandorff und konnte sich ein Grinsen nicht verkneifen.

Die Beschreibung der Empfangsmitarbeiterin war tadellos. Spandorff fand Knappecks Haus auf Anhieb und hielt nur zehn Minuten später vor einem gepflegten Anwesen. Es war ein Kubus aus Beton und Glas, der gut zum Gebäude der NR GmbH passte. Nur die große Eingangstür schien aus einem edlen Holz zu sein.

Mit regenerativen Energien konnte man offensichtlich viel Geld verdienen, stellte Spandorff fest und überlegte im selben Moment, warum ihn das irritierte. Vielleicht weil er bisher immer der Meinung gewesen war, dass in dieser Branche nur langhaarige Ökos an der Weltrettung arbeiteten?

Er parkte vor dem Haus, stieg aus und klingelte. Als die schwere Holztür geöffnet wurde, stand eine schlanke Frau in den Dreißigern vor ihm.

«Ja, bitte?» Sie trug einen Hosenanzug und flache Lederschuhe.

«Ulrich Spandorff von der Kripo Nordenham. Ich möchte zu Herrn Knappeck.»

«Zu meinem Mann?» Überrascht blickte sie unter einem blonden Pony hervor, der aussah wie mit dem Lineal gezogen. «Äh … Der ist gerade erst … Aber bitte, kommen Sie doch herein!»

Sie zog die Tür auf und führte Spandorff in ein geräumiges Wohnzimmer, in dem ein Mann im Anzug auf einer schwarzen Ledercouch saß und telefonierte.

Dasselbe Design wie in der Firma, stellte Spandorff fest. Viel Holz, viel Glas, nicht ganz so viel Licht, aber genauso wenig Möbel.

Knappeck klappte sein Mobiltelefon zu, stand auf und gab Spandorff die Hand. «Hat Ihre Kollegin sich von dem Schreck neulich erholt?», begann der Unternehmer im lockeren Plauderton, nachdem seine Frau den Besucher vorgestellt hatte.

Interessant, dachte Spandorff, von welchem Schreck denn? Offenbar erzählte die Petersen längst nicht alles, was während der Ermittlungen vor sich ging.

«Ja, äh … das hat sie», antwortete er lapidar. «Ist schon wieder ganz die Alte.»

«Gut», erklärte Knappeck und nickte seiner Frau zu, die daraufhin das Zimmer verließ. Er deutete auf das Sofa, und sie setzten sich. «Störfälle gibt es im Hafen immer mal wieder, das bleibt gar nicht aus. Aber deswegen sind Sie ja sicher nicht hier. Wie kann ich Ihnen weiterhelfen?»

«Es geht noch einmal um Thies Frerichs.»

Verständnisvolles Nicken.

«Sie haben uns neulich nicht die ganze Wahrheit gesagt»,

eröffnete Spandorff das Gespräch. Er hatte beschlossen, mit seinen neuen Informationen auf volles Risiko zu gehen. «Sie und Frerichs sind aufeinander losgegangen und haben sich geprügelt.»

Knappeck hielt seinem Blick stand. «Wer behauptet denn so was?»

«Unwichtig. Warum haben Sie uns angelogen?»

Knappecks Ehefrau kam zurück ins Wohnzimmer und stellte zwei Espressotassen auf den Couchtisch. Der teure Stoff ihres Anzugs raschelte.

Elegant und kühl, dachte Spandorff unvermittelt, genau wie dieses Haus.

«Danke, Liebes», sagte Knappeck und wartete, bis seine Frau den Raum wieder verlassen hatte. «Tja, wo soll ich anfangen?»

«Am besten von vorne.»

«Es stimmt, Thies und ich – wir hatten eine Auseinandersetzung, bei der es auch zu einer kleinen Handgreiflichkeit gekommen ist.» Er sah Spandorff verschwörerisch an. «Aber er ging mir so auf die Nerven, und das seit Monaten! Er rief an, tauchte in der Firma auf, kam sogar unangemeldet bei mir zu Hause vorbei.»

«So wie ich …» Spandorff ließ den Satz in der Luft hängen und nahm einen Schluck Espresso. Dann räusperte er sich und fügte hinzu. «Was wollte er denn?»

«Na, dass ich den Windpark stoppe! Aber das habe ich Ihnen doch schon gesagt!» Knappeck fuhr sich durch die Haare. «Ich habe gebetsmühlenartig immer wieder das Gleiche erklärt: dass der Park sowieso gebaut wird, dass damit sogar schon begonnen wurde. Und dass ich es nicht in der Hand habe, weil die Finanzierung nicht in meinen Händen liegt.»

«Aber das wollte er Ihnen partout nicht glauben.»

Knappeck schüttelte mit dem Kopf. «Er hatte ein schlichtes Weltbild und eine völlig naive Vorstellung davon, wie Geschäfte gemacht werden. Solche Projekte realisiert man ja nicht alleine!»

«Und dann?»

«Irgendwie hat sich die Situation zugespitzt. Thies war wieder mal auf hundertachtzig. Er hat mich bedrängt, und da ist irgendwann einfach eine Sicherung bei mir durchgeknallt. Mir ist quasi die Hand ausgerutscht.»

«Wann war das?»

«Äh … Das weiß ich nicht mehr genau. Vor einer Woche etwa.»

«Und wo hat sich der Vorfall ereignet?»

«Wo?», fragte Knappeck und schien für einen Moment aus dem Konzept gebracht.

«Ja, wo haben Sie sich geprügelt? Es wird ja kaum in der Firma gewesen sein», setzte Spandorff nach.

«In Fedderwardersiel. Am Hafen.»

«Was haben Sie denn da gemacht?»

«Äh … Ich war mit Thies verabredet.» Knappecks Augen flackerten nervös.

«Sie waren mit Thies Frerichs verabredet, obwohl Sie nur Gegenwind zu erwarten hatten? Und sind dafür extra von Oldenburg nach Butjadingen gefahren? Warum?»

Knappeck rührte in seiner Espressotasse und nahm sich viel Zeit für einen Schluck des pechschwarzen Gebräus. «Ich hatte dort zu tun. Ich hatte einen Termin.»

«Bei wem?»

«Tja, das kann ich Ihnen so nicht mehr sagen, dazu müsste ich in meinem Organizer nachschlagen. Und der ist im Büro.»

Knappecks Stirn glänzte. Entweder hatte der Espresso für den Hitzeschub gesorgt, oder er wurde nervös, dachte Spandorff.

«Wie? Das ist eine Woche her, und Sie können sich nicht mehr genau daran erinnern?»

«Ich habe sehr viele Termine. Bin laufend unterwegs.»

«Okay, dann sehen Sie in Ihrem Kalender nach, wir werden die Angaben überprüfen.» Spandorff rutschte auf dem Sofa nach vorn. «Wieso erzählen Sie das eigentlich erst jetzt? Warum haben Sie verschwiegen, dass es eine Prügelei gab?»

«Na ja, ich dachte, dass es mich nicht besonders gut dastehen lässt und eventuell ein falsches Licht auf die ganze Angelegenheit werfen könnte.»

«Aha.» Spandorff beobachtete sein Gegenüber genau. «Wissen Sie, was ich mich außerdem die ganze Zeit frage?»

«Nein.» Knappeck setzte einen unschuldigen, aber wachsamen Blick auf.

«Ich frage mich, ob Frerichs nicht etwas gegen Sie in der Hand hatte. Ob er Sie vielleicht erpresst hat.»

Knappeck lachte betont locker. «Das hat Ihre Kollegin auch schon vermutet.»

«Ich weiß, und Sie haben das natürlich abgestritten. Aber ich glaube, dass Sie lügen.»

«Oh, da muss ich Sie enttäuschen, das ist die Wahrheit.» Knappeck hob abwehrend die Hände. «Ich habe alle Karten auf den Tisch gelegt. Thies und ich hatten unterschiedliche Interessen, und ich bedauere den kleinen Zwischenfall außerordentlich. Aber ich habe nichts, aber auch gar nichts mit seinem Tod zu tun.»

«Wissen Sie eigentlich, dass bei Frau Frerichs eingebrochen wurde?»

«Bei Geesa?» Wurde Knappecks Gesicht eine Spur weißer? Spandorff war sich nicht sicher. «Aber das ist ja furchtbar», fuhr der Unternehmer fort. «Ich hoffe, es wurde nichts gestohlen. Sie hat ohnehin schon eine schwere Zeit.»

Spandorff schwieg eine Weile. Dann stand er auf und ging in Gedanken versunken zum Fenster und sah in den weitläufigen Garten, der genauso rechtwinklig und akkurat gestaltet war wie das Haus. «Haben Sie eigentlich noch

Kontakt zu dem dritten Mitglied der Likedeeler?»

«Der Likedeeler?» Knappeck sah ihn verständnislos an.

«Ja, zu Florian Tenambergen.» Spandorff ärgerte sich. Wollte der Mann ihn verarschen? «Er wohnt doch auch in Butjadingen, vielleicht hatten Sie ja bei ihm einen Termin.»

Spandorff sah, wie der Unternehmer schluckte. «Nein, hatte ich nicht. Wir sind uns seit Jahren nicht über den Weg gelaufen.»

«Weshalb ist Ihre Freundschaft damals eigentlich zerbrochen?»

«Das klingt jetzt so dramatisch … Wir haben uns einfach in unterschiedliche Richtungen entwickelt, uns auseinandergelebt. Wir waren Schulfreunde, die nach dem Abi ihre eigenen Wege gegangen sind. Ich denke, das ist ganz normal.»

«Eigenartig.» Spandorff drehte sich um und sah Knappeck direkt in die Augen. «Genau das Gleiche hat Florian Tenambergen auch gesagt. Man könnte fast meinen, Sie hätten sich abgesprochen.»

Stille.

Nur das Ticken der Uhr war zu hören.

«Außerdem stimmt das nicht ganz», setzte Spandorff

nach. «Ihre Wege haben sich nicht *nach*, sondern bereits *vor* dem Abitur getrennt, ein paar Wochen vor den Abi-Prüfungen.»

«Ja? Ach, das ist schon so lange her.» Knappeck lachte eine Spur zu laut. «Da kann ich mich gar nicht mehr genau dran erinnern.»

«Ich helfe Ihrer Erinnerung gerne auf die Sprünge.» Spandorff trat näher ans Sofa. «Anfang 95 war plötzlich Schluss mit den Treueschwüren der Likedeeler.»

«Na, wenn Sie das sagen.» Knappeck rutschte auf dem Sofa hin und her, sein Blick wanderte unruhig durch den Raum.

«Das sage nicht ich, sondern das haben mehrere Personen bestätigt, mit denen wir gesprochen haben. Kurz vorher hat sich übrigens ein tragischer Unfall im Haus Ihres Schuldirektors ereignet.»

Knappeck trommelte mit seinen Fingern auf der Lehne der Couch.

«Susanne Ballhaus», half Spandorff dem Mann auf die Sprünge, «seine Tochter, ist ertrunken. Erinnern Sie sich?»

Knappeck war aufgesprungen und tigerte durch den Raum. «Ja, richtig, die Susanne! Ganz schlimme Sache, hat den ganzen Abi-Jahrgang richtig mitgenommen. Deshalb fielen auch viele der Feierlichkeiten aus, uns war einfach nicht der Sinn danach.»

«Wie gut kannten Sie Susanne denn?»

«Nicht besonders gut. Wir haben uns gegrüßt, auf Jahrgangsfeten auch miteinander gequatscht. Aber wir waren nicht befreundet.»

«Waren Sie mal bei den Ballhaus' zu Hause?»

«Nein, nie. Das hätte der Alte auch sicherlich nicht

zugelassen. Der war uns verständlicherweise nicht gerade wohlgesinnt.»

Langsam verlor Spandorff die Geduld. Sie standen sich jetzt direkt gegenüber.

«Herr Knappeck, wo waren Sie am vergangenen Dienstagabend?»

«Am Dienstag …», echote der Unternehmer.

«Wollen Sie vielleicht erst in Ihrem Organizer nachsehen?»

Knappeck warf ihm einen unsicheren Blick zu, als wüsste er nicht, wie er den Einwand einordnen sollte. «Nein, das brauche ich nicht. Ich war hier, zu Hause.»

«Kann das jemand bestätigen?»

«Ja sicher, meine Frau.» Er machte keine Anstalten, das Wohnzimmer zu verlassen.

«Dann holen Sie sie doch bitte kurz her», bat Spandorff und musste sich zusammenreißen, um nicht ausfällig zu werden.

Knappeck seufzte, verschwand dann aber in den Nebenraum, um seine Frau zu suchen. Spandorff konnte hören, dass sie leise miteinander sprachen. Schließlich erschien das Ehepaar im Türrahmen.

«Juliana, kannst du dem Herrn von der Kripo bitte bestätigen, dass ich am Dienstag den ganzen Abend hier im Haus war?»

Seine Frau sah erst ihren Mann, dann Spandorff aus eiskalten Augen an. «Das stimmt.»

«Wann kam er denn nach Hause?», wollte Spandorff wissen.

«Kurz nach sechs.» Sie verzog keine Miene und verschränkte ihre Arme vor der Brust.

«Woher wissen Sie das denn so genau?»

«Ich habe gerade die Nachrichten gehört, als mein Mann die Tür aufgeschlossen hat.» Sie wich seinem Blick nicht aus.

«Und er hat danach nicht mehr das Haus verlassen?»

Kopfschütteln.

«Vielen Dank, Frau Knappeck, das war's schon.» Spandorff wandte sich an den Unternehmer. «Sie denken an den Termin und rufen mich morgen früh an? Ich finde alleine zur Tür. Schönen Abend noch!»

Mit einem Knall fiel die Tür ins Schloss.

Spandorff wusste, dass er das Gespräch abrupt beendet hatte und der Unternehmer und seine kühl-elegante Frau jetzt wahrscheinlich wie angewurzelt im Wohnzimmer standen. Das sollte ihm recht sein. Er hatte die Daumenschrauben anziehen und ihnen zeigen wollen, dass die Kripo durchaus in der Lage war, die richtigen Zusammenhänge herzustellen. Und das dürften sie eindeutig begriffen haben.

Jetzt hatten die beiden bestimmt einiges zu besprechen. Spandorff grinste.

Draußen vor seinem Auto warf er noch einen Blick zum Haus zurück. Dann schloss er den Wagen auf, klemmte sich hinters Steuer und öffnete das Fenster.

Mit dem guten Gefühl, auf der richtigen Spur zu sein, lenkte er seine alte Karre durch die Straßen des Dobbenviertels und ließ die prächtigen Villen und säuberlich gestutzten Vorgärten hinter sich.

Knappeck log wie gedruckt, da war sich Spandorff sicher. Sein Pech war nur, dass er darin nicht so gut war wie seine Frau. Eine Hausdurchsuchung würde die beiden zusätzlich unter Druck setzen, völlig egal, ob die Kollegen etwas finden würden oder nicht.

Spandorff beschloss, den Antrag umgehend auf den Weg zu bringen. Es mussten endlich Beweise her, und zwar bald!

Geesa Frerichs stemmte sich gegen den Wind und schloss das Gatter, das den Deich von der Straße trennte. Mit festen Schritten näherte sie sich der Bank, auf der ein Mann saß, der unruhig mit dem Fuß wippte.

Der Deich, die Schafe und ein Blick bis zum Horizont – sie hatte sich für diesen neutralen Ort zwischen Fedderwardersiel und Burhave entschieden statt für ein Treffen in ihren eigenen vier Wänden. Hier konnte sie zwar jeder sehen, aber das war immer noch besser als sein Auto vor ihrem Haus und das Getuschel der Nachbarn.

Sie war nervös, das Herz schlug ihr bis zum Hals. Ein paar Schritte noch, dann hatte sie ihn erreicht. Er war aufgestanden, ging zögernd auf sie zu, die Hände in den Hosentaschen vergraben, so als wüsste er nicht, was er mit ihnen anstellen sollte. Sie wusste es auch nicht. Sollten sie sich umarmen? Sich die Hand geben? Lächerlich! Sie liebte diesen Mann doch, wollte mit ihm eine gemeinsame Zukunft planen, da würde doch wohl ein normales Gespräch möglich sein.

«Hallo», sagte sie, und es klang fast ein wenig schüchtern. «Wartest du schon lange?»

Er schüttelte den Kopf.

Blass sah er aus, dachte Geesa, und schmaler als beim letzten Mal. Er trug eine verblichene Jeans, ein blaues Hemd und ein Jackett, das zu dünn war für die Jahreszeit und nicht zu einem Treffen auf dem Deich passte.

Zum ersten Mal überlegte sie, ob die Situation für ihn wohl genauso schwierig war wie für sie. Bisher hatte sie nur an sich gedacht und war so damit beschäftigt gewesen, ihren Alltag irgendwie auf die Reihe zu kriegen, dass sie den Kopf nicht frei gehabt hatte für etwas anderes.

«Setzen wir uns?» Seine sonst so feste Stimme klang rau.

Geesa nickte, froh darüber, sich ausruhen zu können. Durch die Schwangerschaft war sie dauernd müde. Und Thies' Tod hatte ihr auch noch die restliche Energie abgezapft. Der Versuch, die Spuren der Müdigkeit mit Make-up abzudecken, war ihr leider nicht besonders gut gelungen, dachte Geesa.

«Kaputt siehst du aus», sagte er, als hätte er ihre Gedanken erraten.

«Sehr freundlich, danke, Thomas», erwiderte sie, pampiger als beabsichtigt.

«Komm, leg nicht jedes Wort auf die Goldwaage. Du weißt, wie ich das meine. Wie geht's dem Baby? Ist alles in Ordnung?»

Geesa nickte.

«Wo ist Timmi?»

«Bei meinen Eltern. Sie helfen mir zurzeit viel, ich wüsste nicht, wie ich das sonst alles schaffen sollte.» Es klang wie ein Vorwurf, auch wenn sie das nicht geplant hatte.

«Ich habe dir doch auch Hilfe angeboten!», verteidigte er sich. «Ich hab immer wieder versucht, mit dir zu reden. Aber du bist abgetaucht, hast mich behandelt wie einen Aussätzigen!» Seine Stimme klang brüchig. «Weißt du, ich habe in den vergangenen Tagen gelebt wie in einem luftleeren Raum. Ich komme nicht vorwärts und kann nicht zurück.» Er holte tief Luft und wandte den Blick zum Meer. «Meine Frau weiß Bescheid», sagte er plötzlich.

Geesa warf ihm einen überraschten Blick zu. «Du hast es ihr gesagt?»

«Ja, weil ich es nicht mehr ausgehalten habe. Das Kapitel ist für mich abgeschlossen. Egal ...», er stockte kurz, «... egal, wie es jetzt mit uns weitergeht.»

«Wie hat sie reagiert?»

«Wütend! Sie hat getobt, mich angebrüllt. Sie hat

gesagt, dass sie es schon länger ahnte, und mir Vorwürfe gemacht, weil ich sie so lange belogen habe. Ich hab versucht, ihr zu erklären, dass unsere kaputte Ehe nichts mit dir zu tun hat. Dass du einfach da warst und es passiert ist. Dass unsere Ehe –»

«So siehst du mich?»

«Geesa, ich ...»

«Als jemand, der zufällig gerade da war?» Sie starrte ihn an.

«Herrgott, so habe ich das doch nicht gemeint!» Thomas strich sich nervös übers Kinn.

«Wie denn dann?»

«Ich liebe dich, du bist eine tolle Frau. Ich hab mich genauso in die Situation fallen lassen wie du, und ich bereu das nicht!» Er sah sie wieder an, unter seinen Augen lagen dunkle Schatten.

«Wie beruhigend!» Geesa fuhr sich durch die Haare. «Weiß sie, wer ich bin?»

«Ja. Saskia hat mir seit Wochen nachgestellt, meine Taschen durchsucht und die Nachrichten auf meinem Handy gelesen.»

Dann waren die Anrufe also von Thomas' Frau gewesen, dachte Geesa, und zunächst schien der Gedanke etwas Beruhigendes zu haben. Sie hatte sich sonst was ausgemalt, hatte sich bedroht gefühlt. Und jetzt gab es diese ganz einfache Erklärung: Eine eifersüchtige Ehefrau rief ihre Nebenbuhlerin an.

Geesa kam sich plötzlich schäbig vor. Sie war nicht besser als Thies. Da lag diese hochnäsige Kommissarin, die den Eindruck machte, als könnte sie nichts aus der Bahn werfen, eigentlich gar nicht so falsch. Ihre Affäre war nichts Besonderes, Außergewöhnliches, sondern ganz und gar durchschnittlich. Das hatte Thomas eben selbst gesagt: Wäre es nicht mir ihr passiert, dann eben mit einer anderen Frau. Und Geesa erkannte, dass er recht hatte.

Diese Einsicht tat weh, fühlte sich an wie ein Stachel im Fleisch. «Hat sich die Polizei schon bei dir gemeldet?», wollte sie wissen.

«Nein, wieso?»

«Die wissen, dass wir ein Verhältnis haben. Sie werden nach deinem Alibi fragen.»

Thomas lachte trocken und fuhr sich durch die blonden Haare. Wahrscheinlich überlegte er, wie er in diese Situation geraten war. Dann nickte er. «Okay, ich stelle mich darauf ein.»

«Willst du mir sonst noch irgendetwas sagen?» Geesa hoffte, dass er die Angst, die mit der Frage mitschwang, nicht hörte.

Er erwiderte nichts.

«Thomas?»

«Nein.»

Geesa warf ihm einen ängstlichen Seitenblick zu und wartete, ob er noch weitersprechen und irgendetwas sagen würde, aber er blickte nur stumm aufs Wasser.

Einen Moment waren beide still, sie hörten den Wind

und die Möwen, die über ihren Kopf kreisten. Geesa wollte ein Stück an ihn ranrücken, sich anlehnen, um seine Nähe zu spüren, doch sie ließ es bleiben. Er sah so abweisend aus, so geschäftsmäßig, dass es ihr unpassend erschien.

«Reicht dir die Auszeit, die du dir genommen hast?», riss er sie plötzlich aus ihren Überlegungen. «Hast du über alles nachgedacht?»

Oh ja, das hatte sie. Ihr Kopf war so voll mit Gedanken und Entscheidungen, dass sie manchmal das Gefühl hatte, er müsste platzen. Während sie tagsüber versuchte zu funktionieren, wälzte sie sich nachts von einer Seite auf die andere und fand keinen Schlaf.

«Mehr, als mir zurzeit guttut», erwiderte sie knapp.

«Und? Hast du dich entschieden?» Er knetete seine Hände. «Was willst du jetzt machen?»

Sie lehnte sich zurück und spürte die harte Bank im Rücken. Ihr Blick blieb an einem Paar hängen, das mit einem kleinen Jungen einen Drachen steigen ließ. Mit einem kräftigen Ruck hob der Wind die bunte Raute hoch in den Himmel und zerrte mit so viel Kraft an dem Spielzeug, dass der Kleine es fast nicht mehr halten konnte. Als die Eltern seine Schwierigkeiten bemerkten, fassten sie nach den Griffen und hielten den Drachen gemeinsam.

Eine ganz normale Familie, dachte Geesa. Genau das hatte sie immer gewollt.

Plötzlich stand ihre Entscheidung fest. Sie würde sich nicht mehr irgendwelchen Vorstellungen beugen und ihre Bedürfnisse verleugnen. Sie wollte, dass sich jemand für sie entschied, weil er mit ihr zusammenleben mochte. Nicht weil sie gerade zum richtigen Zeitpunkt in der Nähe gewesen war und man wegen eines unbedachten Moments nun Verantwortung zeigen und zusammenbleiben musste. War der Wunsch, aus der Ehe mit Thies wegzukommen, so stark gewesen, dass ihr das erst jetzt klarwurde?

Vielleicht musste man manchmal Umwege gehen, um sein Ziel zu erreichen, dachte Geesa.

Und wennschon. Sie hatte sich verändert in der letzten Zeit, war stärker geworden. Sie hatte einen langen Atem.

Tomma hätte den Mann, der ihr die Tür öffnete, fast nicht wiedererkannt.

«Herr Theurer?», fragte sie skeptisch.

«Ja?»

«Petersen, von der Kripo Nordenham. Sie erinnern sich? Ich habe noch ein paar Fragen zu Ihrem verstorbenen Sohn.»

Eric Theurers Vater war im Zeitraffer gealtert. Sein Blick wirkte leer, seine Haltung gebückt. Durch sein wettergegerbtes Gesicht zogen sich unzählige Linien, auf seinen Wangen lagen graue Bartschatten. Er trug eine abgenutzte Cordhose und einen alten Pullover.

«Kommen Sie rein.» Sein Händedruck war überraschend fest. «Was wollen Sie wissen?»

Tomma erklärte, dass sie sich gerne im Zimmer seines Sohnes umsehen würde.

Der Alte schien nicht begeistert und führte sie eher widerwillig ins obere Stockwerk des Hauses. «Ihre Kollegen haben schon alles genau unter die Lupe genommen», sagte er und öffnete die Tür.

«Ich weiß, aber das war *vor* dem Mord an Thies Frerichs», erklärte Tomma und trat ein. «Damals haben wir vor allem nach einem Abschiedsbrief gesucht.»

«Und jetzt?» Theurers Blick war mit einem Mal erstaunlich wachsam.

«Ich möchte wissen, ob es nicht doch eine engere Verbindung zwischen Ihrem Sohn und Frerichs gab, als wir bisher angenommen haben.»

«Sie hatten nicht viel miteinander zu tun. Eric mochte Frerichs nicht besonders.»

«Nun, davon würde ich mich gerne selbst überzeugen, wenn Sie erlauben.»

Tomma sah sich in dem muffigen, vielleicht fünfzehn Quadratmeter großen Raum um und rümpfte die Nase. Theurer bemerkte das, ging zum Fenster und öffnete es.

«Warum wohnte Eric eigentlich noch zu Hause?» Tomma setzte sich auf einen Drehstuhl, der vor dem Schreibtisch stand, und stellte den alten PC an.

Theurer zuckte mit den Schultern. «Wir kamen gut miteinander aus, außerdem war es so günstiger für ihn. Er half mir viel auf dem Schiff, und zum Hafen ist es von hier aus nicht weit.» Er machte eine unbestimmte Geste Richtung Fenster. «Eric wollte Geld sparen und in eine eigene Wohnung ziehen, wenn er den Kutter übernommen hatte.»

«Seit seinem Tod haben Sie in diesem Raum nichts verändert, oder?»

«Nein, meine Frau wollte es so.» Theurer seufzte. «Es geht ihr nicht besonders gut, sie hat nach Erics Tod kaum ihr Zimmer verlassen.»

Tomma warf einen Blick auf den Bildschirm des Computers. «War Eric Mitglied in irgendwelchen Foren oder Chats?»

«Was soll das denn sein?»

«Hat er sich öfter über den Computer mit anderen verabredet?»

«Nicht dass ich wüsste.»

«Also hatte er hauptsächlich Kontakt zu den anderen Fischern?»

«Ja, wie ich den Beamten bereits gesagt habe: Er hatte noch zwei, drei Kumpel, aber mit denen haben Ihre Kollegen ja auch schon gesprochen.»

«Danke, Herr Theurer. Ich komme dann runter, wenn ich fertig bin!»

Der Alte zögerte, ganz offensichtlich wollte er sie nur ungern allein in Erics Zimmer zurücklassen. Schließlich ging er hinaus, ließ die Tür jedoch offen.

Okay, wo sollte sie anfangen?, überlegte Tomma. Wenn sie ehrlich war, wusste sie gar nicht genau, wonach sie suchte. Sie war vielmehr ihrem Gefühl gefolgt, als sie zum Haus der Theurers gefahren war. Wenn es eine Verbindung zwischen den beiden Todesfällen gab, dann musste es doch irgendwo Hinweise darauf geben!

Sie zog ihr BlackBerry aus der Innentasche ihrer Lederjacke und rief Jurek an.

«Polizeiinspektion Cuxhaven Wesermarsch, Dienststelle Nordenham, mein Name ist –»

«Ich bin's», kürzte sie seine lange Begrüßungsformel ab, «kannst du bitte die Zugangsdaten zu Eric Theurers Mail-Account raussuchen? Ich bin bei den Theurers.»

«Mach ich, ich meld mich gleich wieder!»

Die nächsten Minuten nutzte Tomma, um sich in Erics Zimmer umzusehen.

An den Wänden hingen Poster und Konzertplakate, auf dem grauen Teppich stapelten sich Angelzeitschriften. Außerdem gab es eine Bücherwand mit ein paar dicken

Schinken, ein Regal mit CDs und ein schlichtes Holzbett. Es war eher ein Jugendzimmer als ein Raum für einen erwachsenen Mann, dachte Tomma.

Nichts deutete auf einen Zusammenhang mit Frerichs hin. Zugegeben, sie hatte auch nicht damit gerechnet, dass sie gemeinsame Fotos oder Briefe finden würde. Wenn es was Interessantes gab, dann vielleicht auf dem Computer.

Ihr Handy meldete sich.

«Ja?»

«So, jetzt hab ich die Infos», erklärte Jurek. «Hast du was zu schreiben?»

Tomma notierte sich die Yahoo-ID und das Passwort, bedankte sich und wollte das Gespräch gerade beenden, als Jurek rief: «Halt, ich hab noch was!»

«So, was denn?»

«Ein Zeuge will in der Mordnacht, also am Dienstag, einen verdächtigen Mann gesehen haben, in der Nähe der Pütten bei den Salzwiesen.»

Tomma runzelte die Stirn. «Und warum meldet er sich erst jetzt?»

«Reinhard Goldberg sagt, er war auf Geschäftsreise in … in Asien. Angeblich hat er von dem Mord bisher nichts mitbekommen. Heute sprach er dann mit seiner Schwester am Telefon, und die hat ihm die ganze Geschichte erzählt.»

«Gut, dann soll er sich so schnell wie möglich mit einem Phantomzeichner zusammensetzen, vielleicht kommt ja was Brauchbares dabei heraus.»

«Der Mann ist zurzeit noch in Frankfurt, sitzt aber morgen früh um halb zehn hier auf der Matte.»

«Steht, nicht sitzt», korrigierte Tomma.

«Was?»

«Egal, und weiter?»

«Äh … Ich hab dem LKA schon Bescheid gesagt, die schicken jemanden vorbei.» Jurek versuchte, seiner Stimme einen möglichst gleichgültigen Ton zu verleihen, doch Tomma hörte heraus, wie stolz er darüber war, die Ermittlungen nach vorne bringen zu können.

«Sehr gut, dann hast du ja alles im Griff», lobte sie. «Wir sehen uns morgen!»

Sie ließ das BlackBerry wieder in ihrer Tasche verschwinden und drehte sich zum Computer. Sie rief die Yahoo-Seite auf, gab Kenn- und Passwort ein und wartete, bis sich der Mail-Account öffnete.

Zwei neue Mails und zehn Nachrichten im Spam-Ordner. Tomma klickte die Mails des Spam-Ordners an, fand jedoch nichts Interessantes. Eric hatte Werbung von einem Angler-Magazin bekommen und von einem Online-Bootshandel.

Auch die beiden neuen Mails in seinem Posteingang schienen nicht viel interessanter. Eine alte Freundin, die offenbar nicht mehr in Deutschland wohnte, hatte einen geschäftlichen Termin in Bremen und wollte sich mit Eric treffen. Nachdem sie offensichtlich keine Antwort erhalten hatte, schrieb sie ihm in einer zweiten Mail ihre Handynummer mit der Bemerkung, es sei schade, dass er sich nicht gemeldet habe, aber er könne sie gerne spontan anrufen.

Konzentriert ging Tomma die alten Mails durch, die vor Erics Tod in seinem Posteingang gelandet waren. Auch hier nichts von Thies Frerichs. Ein paar Nachrichten kamen von einem gewissen Jo, offenbar ein Kumpel, mit dem Eric sich gelegentlich auf ein Bier verabredete. Tomma machte sich eine gedankliche Notiz, Jurek auf diesen Kontakt anzusetzen.

Neben einigen Rechnungen und Bestellbestätigungen für Bootszubehör stieß Tomma auch auf Nachrichten mit dem Absender Fed42. Sie klickte eine Mail an und überflog den Text. Es ging um einen Flachbildschirm, den Eric offenbar an Bord des Kutters einbauen wollte.

War es ihm auf den längeren Törns also so langweilig?, fragte sich Tomma. Und was hielt wohl sein Vater davon?

Der Absender der Mail gab Eric Tipps, wo er das Gerät günstig bekommen konnte, unterschrieben war die Mail mit THF.

THF? Fed42? Tomma überlegte. Sie hatte im Hafen gesehen, dass die Kutter durchnummeriert waren und die Bezeichnungen grundsätzlich mit der Abkürzung «Fed» für Fedderwardersiel begannen. Der Absender, THF, könnte also der Inhaber des Schiffes «Fed42» sein. TH für Thies und F für Frerichs? Oder Thies H. Frerichs?

Tomma wählte erneut Jureks Nummer.

«Ja?», kam es vom anderen Ende der Leitung. Offenbar hatte er ihre Nummer im Display gesehen und sparte sich deshalb seinen langen Text dieses Mal.

«Kannst du noch mal einen Blick in Frerichs Personalien werfen? Hat Thies einen Zweitnamen?»

«Ja, hat er. Da brauche ich gar nicht nachzusehen, das weiß ich auch so.» Jurek machte eine Pause und schien seinen Triumph zu genießen.

«Und wie lautet der?», setzte Tomma ungeduldig nach.

«Hauke.»

«Bist du sicher?»

«Klar, Schimmelreiter.»

«Wie bitte?»

«Ich kann mich deshalb so gut daran erinnern, weil ich

dachte, dass es ein sehr eigenartiger Name ist. So wie die Figur im Schimmelreiter, weißt du?»

Tomma sparte sich die Frage, wieso Jurek mit dem Inhalt von Theodor Storms Novelle vertraut war, und schob direkt die nächste Frage hinterher: «Wissen wir, welche Nummer der Kutter von Thies Frerichs hat?»

«Welche Nummer?» Jurek stutzte. «Ach, die Schiffe sind nummeriert?»

«Ja, sie tragen neben ihrem regulären Namen noch die Abkürzung des Hafens mit einer Zahl dahinter.» Parallel zu ihren Ausführungen wandte sich Tomma schon wieder dem Computer zu. «Frag mal bei Geesa Frerichs nach. Und wenn du die nicht erwischst, ruf in der Fischereigenossenschaft an.»

«Meinst du, dass da heute jemand ist?»

«Falls nicht, melde dich bei dem Geschäftsführer privat. Vielleicht steht was auf der Homepage. Es gibt auch bestimmt nur einen Eintrag, so groß ist Fedderwardersiel ja nicht ...»

«Geht klar!» Jurek schob noch ein geschäftiges «War's das?» hinterher. Dann klickte es in der Leitung.

Okay, dachte Tomma, THF war also wahrscheinlich Thies Hauke Frerichs. Die beiden hatten also zumindest Kontakt per Mail. Vermutlich wusste Erics Vater auch gar nichts davon. Tomma war neugierig zu sehen, ob sich die beiden Fischer häufiger geschrieben hatten. Sorgfältig klickte sie sich durch die vergangenen Wochen und Monate. Und tatsächlich hatte es einen regelmäßigeren Austausch zwischen den beiden gegeben. Sie las alle Mails, Zeile für Zeile. Und da Eric es mit dem Löschen und Verwalten der Nachrichten nicht so genau genommen hatte, dauerte es eine ganze Weile.

Die Texte waren oft belanglos und in weiten Teilen Alltagsgeplänkel. Dennoch bekam Tomma den Eindruck, dass sich die beiden mochten. Eric fragte Frerichs oft um Rat, berichtete ihm von seinen Bemühungen, das Patent für Küstenfischerei abzulegen, und beklagte sich über die hohen Erwartungen seines Vaters. Offensichtlich hatte er großen Bammel, wie er es nannte, bald allein für den Kutter verantwortlich zu sein. Auch die hohen Betriebskosten lagen ihm im Magen.

«Wir verbrauchen fast hunderttausend Liter Diesel im Jahr», schrieb er im März vergangenen Jahres, «und der Sprit wird immer teurer. Wo sollen wir die Kohle dafür bloß hernehmen? Bald verdienen wir gar nichts mehr an der Krabbe.»

Tomma fiel auf, dass sich im Laufe der Monate die Stimmung geändert hatte. Während Eric in den letzten Mails vor allem besorgte Fragen stellte und wissen wollte, wie viel Geld er für den Umbau des Kutters in die Hand nehmen müsse und was genau mit dieser oder jener EU-Richtlinie gemeint war, wirkte der Ton in den früheren Nachrichten optimistischer, unbeschwerter. In einer Mail von vor einem Jahr berichtete er beispielsweise, dass sein Vater und er in einer Stunde mehr als fünfhundert Kilo Krabben an Bord gezogen hatten. «Ein Rekord!», jubelte Eric, auf das ein knappes «Glückwunsch! – THF» folgte.

Überhaupt waren Frerichs Mails meist sehr kurz, oft schickte er nur einen oder zwei Sätze. In vielen Mails schimpfte er außerdem auf die Bürokratie, auf die Großhändler, die die Preise immer weiter drückten, und auf den geplanten Windpark.

Eric schien sich anfangs dennoch auf seine berufliche Zukunft auf See gefreut zu haben. Er berichtete, dass die

Lehre als Fischwirt damals «ein Klacks» gewesen sei und dass er froh darüber sei, nun auch sein Patent in der Tasche zu haben, um endlich als Steuermann mitfahren zu dürfen.

Tommas BlackBerry meldete sich mit einer SMS von Jurek. Sie hatte den simplen Text «Fed42».

Sehr gut, dachte Tomma, dann war der Absender der Mails also definitiv Thies Frerichs. Sie klickte sich weiter und kam schließlich bei der allerersten Mail an. Ein Blick auf das Sendedatum verriet, dass sie im Februar vor zwei Jahren abgeschickt worden war.

Einen Moment blieb Tomma noch vor dem Computer sitzen, bevor sie ihn runterfuhr. Die Mails hatten zwar keine brisanten Geheimnisse zutage gefördert oder gar ein Mordmotiv offenbart, aber sie hatten eines gezeigt: Eric Theurer und Thies Frerichs kannten sich deutlich besser, als sie bisher angenommen hatten.

Eine Frage blieb jedoch noch offen: Warum hatten alle Befragten – abgesehen von Geesa Frerichs – unisono erklärt, dass die beiden sich eher aus dem Weg gegangen seien? Wussten sie es nicht besser, oder hatten sie absichtlich gelogen?

Mit Schwung öffnete Tomma die Tür und stieß dabei fast mit einer jungen Frau zusammen, die ein Tablett schmutziges Geschirr balancierte. Am Empfangstresen nahm Tomma eine Chipkarte entgegen und sah sich suchend um.

Sie mochte das *Vapiano* und kam regelmäßig hierher. Nudeln und Pizzen wurden wie in einer Kantine direkt bei den Köchen bestellt, bevor man sich mit dem vollen Tablett auf den Weg zu einem der langen Eichenholztische machte. Ein Duft von Tomatensoße, gebratenem Gemüse und frischen Kräutern zog durch den Raum. Der Laden war voll, die Gäste unterhielten sich laut und lachten, im Hintergrund waren entspannte Jazzklänge zu hören – eine perfekte Atmosphäre für eine unverbindliche Verabredung zum Essen.

Tomma entdeckte Jan an einem Tisch in der Nähe eines knorrigen Olivenbaums, dessen sattgrüne Krone fast an

die Decke stieß. Sie winkte und hängte ihre Jacke auf, bevor sie zu ihm trat.

«Wartest du schon lange?»

«Nee, bin gerade erst gekommen.» Dunkle Jeans, weißes Shirt, schwarze Lederjacke. In puncto Bekleidungsfragen hatte er einen bemerkenswert sicheren Geschmack.

Eigentlich hatte Tomma sich gar nicht mit Jan treffen wollen. Ihr Kopf war voll mit anderen Dingen, weshalb sie sich auch nicht auf einen Kino- oder Konzertbesuch eingelassen hätte. Als Jan das *Vapiano* vorschlug, schickte er gleich noch die nüchterne Feststellung hinterher: «Essen musst du ja sowieso. Können wir also genauso gut zusammen machen.»

Auch wieder wahr.

«Alles okay mit dir?» Er sah sie verunsichert an.

«Klar!» Tomma setzte sich auf einen Holzhocker, schob zwei kleine Töpfe mit Kräutern beiseite und angelte sich die Speisekarte. «Weißt du schon, was du willst?»

«Ja, kann ich dir was mitbringen?»

«Nee, danke. Ich guck erst.»

«Gut, ich bestell schon mal. Nach der Aktion in Geesa Frerichs Haus habe ich richtig Kohldampf.»

Tomma lächelte. Typisch Mann, dachte sie. Während

Frauen ihre komplizierte Lage analysierten und sich tausend Gedanken machten, konzentrierten Männer sich erst mal auf das Wesentliche: essen und ein bisschen über den aktuellen Fall schnacken – das war wahrscheinlich sogar wirklich alles, was Jan von ihr wollte.

Kurz darauf hatten beide Teller mit dampfender Pasta vor sich. Tomma nahm einen großen Schluck Johannisbeersaft und begann ihre Ravioli mit Ricotta zu essen.

«Und, wie war die Durchsuchung?», fragte sie.

«Abwarten.» Jan rupfte ein paar Blätter Basilikum aus einem der Kräutertöpfe und verteilte sie auf seiner Bolognesesoße. «Wir haben das ganze Haus auf den Kopf gestellt, irgendetwas Brauchbares wird schon dabei sein. Morgen geht's weiter. Ich habe den Jungs schon gesagt, dass sie sich das Wochenende abschminken können.»

«Die reagieren sicher ähnlich begeistert wie Spandorff. Ich bin gespannt, ob er noch beleidigt ist.» Tomma spießte zwei Ravioli auf und schob sie sich genüsslich in den Mund.

«Immer noch Zickenkrieg?» Jan griff zur Pfeffermühle. Als sein rechtes Knie Tommas Bein berührte, zog sie es schnell zurück.

«Wieso Zickenkrieg? Er fängt doch immer an!» Energisch zerteilte sie ein paar Rukolablätter und hob sie unter die Nudeln.

«Worum ging's denn dieses Mal?»

«Ach, bei der Befragung von Geesa Frerichs hatte er das Aufnahmegerät vergessen und dann auch nicht – wie vereinbart – Protokoll geführt, sondern lieber den Keksbestand im Hause Frerichs dezimiert.» Ein weiterer Schluck Johannisbeersaft.

«Das macht er, so weit ich weiß, doch immer nachher. Also das Protokoll, meine ich.» Jan nahm ein Stück Brot.

«Na klar, das offizielle Protokoll schreibt man natürlich erst im Büro. Aber da helfen ein paar Notizen während des Gesprächs doch ungemein weiter, oder?»

Jan schüttelte den Kopf und zeigte mit der Gabel in ihre Richtung. «Hattest du dein Handy nicht dabei? Damit geht's doch auch. Das Aufnehmen, meine ich.»

«Das ist doch jetzt gar nicht das Thema.» Tomma legte die Serviette auf den Teller. Klar ging es auch mit dem Handy, allerdings hatte sie daran in der Hektik überhaupt

nicht gedacht. Aber das würde sie jetzt auf keinen Fall erwähnen. «Es geht darum, dass Spandorff sich meinen Anweisungen widersetzt und Absprachen nicht einhält!»

Jan warf ihr einen komischen Blick zu. «Ihr müsst eure Rollen eben erst noch finden.» Er schob sich das letzte Stück Brot in den Mund. «Wollen wir mal das Thema wechseln?»

«Nein, das diskutieren wir jetzt aus! Ich bin halt mit der Gesamtsituation unzufrieden!» Tomma grinste, als sie Jans irritiertes Gesicht sah. «Kleiner Scherz.»

«Witzig!» Er lächelte schwach. «Ich hole mir noch einen Espresso, für dich auch?»

Tomma nickte und sah Jan nach, wie er auf die Bar zusteuerte. Er gab bei einer jungen Frau seine Bestellung auf und zeigte auf einen großen Schokoladenkuchen in einer Glasvitrine. Während der Espresso aufgebrüht wurde, sagte er etwas zu der blonden Bedienung, die daraufhin lachend ihren Kopf zurückwarf und sich mit der Hand durch die Haare fuhr.

Tomma schüttelte den Kopf. Der Husky-Blick! Der Trick zog also auch bei anderen. Wahrscheinlich übte Jan ihn zu Hause vor dem Spiegel.

Kurz darauf kam er mit zwei Espressotassen und Nachtisch zurück. «Okay, zum Stichwort Themawechsel ...» Jan gab Zucker in seine Tasse und machte eine kurze Pause, bevor er fortfuhr. «Irgendwie habe ich den Eindruck, dass du mir ausweichst.»

Tomma warf ihm einen überraschten Blick zu. «Wieso das denn?»

«Na ja, du bist reserviert, redest dich mit der Arbeit heraus ... Wolltest dich heute eigentlich nicht mir mir treffen.»

«Ich stecke bis zum Hals in einem ziemlich komplizierten Mordfall.» Tomma bemühte sich um einen möglichst neutralen Tonfall.

«Aber da bist du ja nicht die Einzige. Wir schieben alle Überstunden!»

«Ja, aber ich stehe ganz vorne. Und wenn wir was übersehen, dann bin *ich* einen Kopf kürzer und nicht ihr.»

«Kann sein.» Noch eine Pause. «Ich will die Sache auch nicht unnötig kompliziert machen, das liegt mir nicht, aber ...» Er sah sie an. «Ich fand unsere Nacht neulich schön.»

Da war er wieder, der direkte Blick aus eisblauen Augen. Tomma schluckte.

«Vielleicht war es ja eine einmalige Sache», fuhr er fort, «vielleicht aber auch nicht. Und um das rauszufinden, würde ich dich gerne besser kennenlernen – ganz einfach.»

Ein warmes Gefühl durchströmte ihren Körper, und sie musste sich zusammenreißen, um nicht wie ein Honigkuchenpferd zu grinsen. Doch schon im nächsten Moment zog sich ihr Magen zusammen – ein Gefühl, das sie mittlerweile gut kannte. Es überfiel sie immer dann, wenn es ernster wurde. Verbindlicher.

Plötzlich kam ihr der Raum wärmer und voller vor, die Menschen um sie herum lauter, die Jazzmusik machte sie jetzt aggressiv. Verdammt, was war nur mit ihr los?

Jan war lässig, intelligent und hatte Humor. Er trug keine albernen Klamotten. Er war ein guter Tennisspieler. Und fair. Sie hatte ihn in der Mordkommission als Teamplayer erlebt, der sauber und gewissenhaft arbeitete. Sie fand ihn anziehend, und er schien ein guter Kerl zu sein.

Was wollte sie mehr?

Doch Tomma wusste, dass es ein Automatismus war. Als hätte man einen Schalter umgelegt. Unwillkürlich wanderten ihre Gedanken zu ihrem letzten «Mitbewohner», zu dem grünen Badeschaum, den er in der Wohnung vergessen hatte.

Ein Jahr war es jetzt her. Eine lange Zeit, wenn man sich das Knie aufgeschürft oder ein Bein gebrochen hatte. Eine verdammt kurze Zeit, wenn einem der Boden unter den Füßen weggezogen worden war. Nie wieder, das hatte sie sich damals fest vorgenommen, würde sie so verletzt werden!

Sie sah Jan ebenfalls direkt in die Augen. «Ich glaube, das ist keine gute Idee.»

Tomma hörte, dass ihre Stimme hölzern klang und reserviert. Trotzdem fuhr sie fort: «Der neue Job, der Mordfall – ich werde die nächsten Wochen wenig Zeit für mein Privatleben haben.»

«Wir müssen ja nicht –»

«Es hat nichts mit dir zu tun», unterbrach sie ihn. «Ich mag dich. Du bist ein …» Sie wich seinem Blick aus. «… toller Kerl. Ich will einfach nur den Kopf frei haben.»

«Was hat denn das eine mit dem anderen zu tun?»

«Eine Menge.»

Er warf ihr einen forschenden Blick zu. «Nämlich?»

«Jan, ich habe zurzeit einfach kein Interesse!»

«Wir könnten doch ab und zu Zeit miteinander verbringen. Und abwarten, was passiert.»

«Wie gesagt, ich halte das für keine gute Idee», erklärte sie und trank ihren Espresso. «Außerdem sehen wir uns ja jeden Tag in der Dienststelle. Wir sind in den nächsten Jahren darauf angewiesen, effektiv zusammenzuarbeiten. Da ist eine professionelle Basis wichtig.» Den letzten Satz hätte Sturm sicher nicht besser formulieren können.

«Bist du sicher, dass die Gründe nicht vielleicht woanders liegen?»

«Absolut.» Tomma schob die leere Tasse von sich. «Was für Gründe sollten das denn auch sein?» Wehe, er fing jetzt an nachzubohren, dachte sie.

«Bist du gerade in einer Beziehung?»

Tomma schüttelte energisch den Kopf.

«Vielleicht warst du in einer anderen Beziehung und bist –»

Okay, das reichte. «Hör mal», unterbrach sie ihn erneut, «ich finde es schön, dass du dich für mich interessierst. Es schmeichelt mir. Und es freut mich, dass du über ein so gesundes Selbstbewusstsein verfügst, dass du eine Abfuhr nicht nachvollziehen kannst. Aber ich meine es ernst, ich möchte es so!»

«Wenn du meinst …» Er sah ehrlich enttäuscht aus.

Tomma wusste, dass ihr Verhalten auf Jan wie eine sprunghafte Kehrtwendung wirken musste. Aber sie wusste auch, dass sie sich schützen musste. Es war eine Sache, mit jemandem im Bett zu landen und danach ein aufgeregtes Magenkribbeln zu haben. Aber eine ganz andere, sich auf jemanden einzulassen und dabei zu riskieren, erneut verletzt zu werden. Und wenn sie mehr Zeit benötigte als ein Jahr, dann war es eben so. Lange hatte sie gegen ihre Charaktereigenschaften angekämpft, bevor sie erkannte, dass es verschwendete Energie war.

Jan warf ihr einen unschlüssigen Blick zu, den sie nicht richtig deuten konnte. Wartete er noch auf etwas? Glaubte er, sie könne ihre Meinung noch mal ändern?

Zügig zog sie die Jacke über, schulterte ihre Tasche und stand auf. «Es tut mir leid.» Sie schob den Hocker unter den Tisch und fühlte sich plötzlich hundemüde. Sie wollte nur noch nach Hause. «Okay, wollen wir los?», fragte sie.

Hoffentlich würde ihre Situation die Arbeit nicht noch komplizierter machen. Bei den Ermittlungen war sie darauf angewiesen, dass jeder im Team mitzog. Alleingänge oder Reibereien konnte sie nicht gebrauchen.

Langsam zog auch Jan sich die Jacke über und streifte dabei für einen Moment ihren Arm. Eigentlich machte er nicht den Eindruck, als würde er sich aus verletztem Stolz gegen sie stellen können. Oder mit ihrer Bettgeschichte prahlen, so wie Tomma es in der Vergangenheit bei einigen Kollegen mitbekommen hatte. Aber kannte sie ihn überhaupt gut genug, um das beurteilen zu können?

Eilig wischte sie den Gedanken beiseite und schnappte sich die beiden Chipkarten, die noch auf den Tabletts lagen. «Das geht auf mich», erklärte sie.

«Quatsch, du musst doch nicht …»

Jan wollte ebenfalls danach greifen, doch Tomma war schneller und zog ihre Hand schon wieder zurück.

Am Empfangstresen gab sie die Chipkarten ab und zahlte für beide. Wenn Jan schon eine Abfuhr kassiert hatte, sollte er wenigstens nicht auch noch dafür bezahlen müssen.

Sonntag, 27. März
Hochwasser: 7:17 Uhr/19:33 Uhr

Als Spandorff auf dem Parkplatz der Polizeiinspektion eintraf, fühlte er sich erstaunlich ausgeschlafen und erholt. Eigentlich hatte er sich gestern nach seinem Gespräch mit Knappeck noch auf ein paar kühle Blonde und ein paar Jubi in der *Fischerstube* gefreut, aber die Kneipe war wegen eines Trauerfalls geschlossen gewesen. Also war er ins alte Hafenmeisterhaus gegangen, hatte den Fernseher eingeschaltet und war bei den Tagesthemen eingenickt.

Spandorff schloss den Wagen ab und genoss die klare Luft, bevor er die Tür der Dienstsstelle öffnete.

Als er das Büro betrat, merkte er, dass er der Erste war. Irritiert warf er einen Blick auf die Uhr. Acht Uhr vierzig. Die Petersen hatte die Besprechung um neun angesetzt, er hatte also noch Zeit.

Wann war er eigentlich das letzte Mal so früh in der Dienststelle erschienen? Er dachte angestrengt nach, konnte sich aber beim besten Willen nicht erinnern. In diesem Fall hatte ihn weniger die Notwendigkeit, pünktlich zur Besprechung zu erscheinen, aus den Federn getrieben als vielmehr seine Hartnäckigkeit. Er wollte den Mörder von Thies Frerichs überführen. Je eher, desto besser.

Spandorff setzte seine Brille auf und fuhr den Computer hoch. Er hasste das Ding, aber auch einem Technikmuffel wie ihm leuchteten die Vorzüge mittlerweile ein. Nachdem sich der Rechner blinkend bei ihm gemeldet und er sein Passwort eingegeben hatte, klickte er den Browser an und rief die Seite der Google-Suchmaschine auf. Was seine Töchter konnten, konnte er auch.

Das Wort Browser hatte er gestern Abend gelernt. Sarah hatte ihm während des rund halbstündigen Telefongesprächs geduldig und Schritt für Schritt die Funktionsweise des Netzes erklärt.

«Und was ist Xing? Und Linketed Inn?», hatte er seine Tochter gefragt.

Auf der anderen Seite der Leitung war es kurz still gewesen. Dann hatte sie ihm so langsam, als spräche sie mit einem Kind statt mit einem erwachsenen Kommissar, erläutert: «Du meinst *Linked in*, Papa. Also, Xing ist ein soziales Netzwerk für berufliche Kontakte. Und Linked in ebenfalls, dort sind hauptsächlich Amerikaner registriert. Googel es morgen doch mal und guck es dir an!»

Googeln. Auch das war neu. Aber genau das tat er jetzt. Mit zwei Fingern suchte er im Schneckentempo die richtigen Buchstaben auf der Tastatur und beobachtete, wie sich kurz darauf ein Fenster öffnete. Eine brünette Dame, die ihre Profession als HR & Recruitment Manager angab, pries verbindlich lächelnd die Vorteile des Netzwerkes. Spandorff seufzte. Dass er sich mit diesem Internet-Mist auseinandersetzen musste, wenn er noch einige Jahre in der Dienststelle verbringen wollte – geschenkt. Dass sämtliche Berufsbezeichnungen jedoch nur noch auf Englisch existierten und so selbst ein Hausmeister zum Facility Manager wurde, daran würde er sich nie gewöhnen. Und er würde nicht aufhören, sich darüber aufzuregen, auch wenn er registrierte, dass jüngere Kollegen die Augen verdrehten. Aber nur weil man älter wurde, bedeutete das doch nicht, dass man jeden Schwachsinn akzeptieren musste.

Ob Evelyn auch in diesem Netzwerk registriert war? Sarah hatte erzählt, dass sie wieder in einer Anwaltskanzlei arbeitete. Da war Netzwerken übers Internet bestimmt an der Tagesordnung, dachte Spandorff. Sollte er ihren Namen einfach mal eingeben?

Er kratze sich am Hinterkopf. Oder sah sie dann, dass er nach ihr gesucht hatte? Seine Tochter hatte ihm erzählt,
dass die Kanzlei hauptsächlich Fälle von sozial schwachen Klienten übernahm. Leute also, die zwar wenig auf der hohen Kante, jedoch einiges auf dem Kerbholz hatten. Aber er wollte nicht darüber urteilen, die Probleme waren sicher vielfältig.

Spandorff grinste. Evelyn hatte schon immer eine soziale Ader und einen ausgeprägten Gerechtigkeitssinn gehabt. Das war ihnen damals gemeinsam gewesen, in der Anfangszeit ihrer Ehe. Bevor zankende Kinder, die tägliche Routine und seine häufigen Nachtschichten aus ihnen gereizte Menschen gemacht hatten, die schließlich einsehen mussten, dass sie alleine besser dran waren als zu zweit.

Ob Evelyn wohl wieder einen Partner hatte?

Sarah wollte sich dazu nicht äußern. «Sprich selbst mit ihr», hatte sie erklärt. «Ruf Mama doch mal an, die Telefonnummer hast du doch!»

Aber das würde er natürlich nicht tun, auch wenn die Frage sich in den letzten Monaten häufiger in seine Gedanken einschlich. Eine Tatsache, die ihn durchaus irritierte, denn in den ersten Jahren nach der Trennung hatte ihn das Liebesleben seiner Exfrau nicht interessiert.

Warum auch? Es war nicht gutgegangen zwischen ihnen, also mussten sie die Konsequenzen tragen – so einfach war das. Sie hatten eine saubere Trennung vollzogen. Aber nun ertappte Spandorff sich dabei, dass er sich zunehmend unbequeme Fragen stellte, zum Beispiel die nach einem Partner für Evelyn. Was würde der Neue wohl für ein Mensch sein? Ein piekfeiner Anwalt in Schlips und Anzug? Ein Schöngeist mit wehendem Schal, der mit ihr in Ausstellungen und in die Oper ging – etwas, wogegen er sich immer erfolgreich gewehrt hatte?

«Guten Morgen!», riss ihn eine überraschte Stimme aus seinen Überlegungen. «Sie ... schon hier?»

Jurek zog die Stöpsel aus dem Ohr und ließ seinen MP3-Player, ohne den laut Sarah heute kein vernünftiger Mensch mehr einen Schritt vor die Tür machte, in der Hosentasche verschwinden. Seine Augen wanderten zu der runden Wanduhr. «Bin ich zu spät?»

Spandorff warf ihm über den Rand seiner Brille einen mürrischen Blick zu. «Nein. Ich bin zu früh.»

«Ach so.» Jurek lächelte erleichtert, legte seinen Leinenrucksack unter dem Schreibtisch ab und fuhr ebenfalls seinen Rechner hoch.

Irgendwas war anders an ihm, dachte Spandorff, konnte aber nicht recht ausmachen, was ihn irritierte.

«Morgen, Boss!», rief er in Richtung Tür, in der jetzt auch die Petersen auftauchte.

Ziemlich abgespannt sieht sie aus, dachte Spandorff, als die Chefin ihre schwarze Sonnenbrille abnahm. Das Gesicht war noch blasser als üblich, außerdem hatte sie dunkle Augenringe – man konnte deutlich sehen, dass ihr die Ermittlungen in den Knochen steckten. Tja, so ein Mordfall war eben was anderes als ein Fallbeispiel auf der

Polizeiakademie, dachte Spandorff und widmete sich wieder seinem Computer. Er registrierte dabei sehr wohl, dass Petersen und Jurek sich hinter seinem Rücken über sein Verhalten wunderten. Ihm war das egal. Es gab hier einen wichigen Fall zu lösen!

«Okay, dann fassen wir zusammen, was wir bisher haben», ergriff Tomma Petersen ein paar Minuten später das Wort. «Da die telefonische Kommunikation ja zum Teil etwas schwierig ist …» – strafender Blick in seine Richtung – «… sollten wir sehen, dass jeder auf dem aktuellen Stand der Ermittlungen ist.»

Trotzig hielt Spandorff dem Blick stand und setzte eine unbeteiligte Miene auf, als sie Jurek von dem Einbruch in Geesa Frerichs' Haus berichtete und hinzufügte, dass offenbar jeder Hinz und Kunz durch die Terrassentür einsteigen konnte.

«Ich habe eine Liste mit Namen der Personen, die von dem Defekt wussten», erklärte die Petersen dienstbeflissen. «Außerdem waren die Kollegen der Spurensicherung gestern da und haben das Haus auf den Kopf gestellt. Sie sollten alles sicherstellen, was im Zusammenhang mit dem Einbruch stehen könnte. Irgendwas müssen die Einbrecher dort gesucht haben!»

… und eventuell auch gefunden haben, fügte Spandorff in Gedanken hinzu, verkniff sich aber jeden Kommentar.

«Die Kollegen haben Briefe, Rechnungen, Unterlagen, alte Zeitungen, DVDs und CDs mitgenommen. Den Computer haben sie ebenfalls einkassiert.» Petersen verschränkte die Arme. «Alles wird untersucht und ausgewertet, ich rechne heute Nachmittag mit ersten Ergebnissen.»

«Sicher? Heute ist Sonntag», warf Spandorff ein.

«Das ist mir klar, aber ich habe die Dringlichkeit der

Angelegenheit deutlich gemacht. Kollege Blankerts wird uns später berichten.»

«Der hängt sich ja ziemlich rein in letzter Zeit ...»

Die Bemerkung schien die Petersen für einen Moment aus dem Konzept zu bringen, und Spandorff beobachtete amüsiert, wie eine leichte Röte über ihr Gesicht zog. Doch dann hatte sie sich wieder im Griff.

«Ich habe ihn gebeten, sich sofort an die Auswertung zu machen. Es gibt jede Menge Finger- und Fußabdrücke, die auf die Auswertung warten. Da sitzen Jan und – ähh ... Herr Blankerts und sein Team zurzeit dran.»

«Aha.»

«Was haben Sie denn gestern bei Knappeck erfahren?»

Ihr Tonfall war unnötig spitz, dachte Spandorff, aber gut, dass sie fragte. Denn wenn er ehrlich war, hatte er sich richtig darauf gefreut, seine neuen Ergebnisse zu präsentieren. Also berichtete er von seiner Raucherpause bei der NR GmbH, der Prügelei zwischen Frerichs und Knappeck und den halbherzigen Erklärungen des Unternehmers. Seine feste Absicht, Knappeck mit einer Hausdurchsuchung weiter unter Druck zu setzen, erwähnte er ebenfalls. «Er lügt und steckt tiefer drin, als er zugibt», schloss er seinen Bericht.

«Haben Sie bei Sturm schon eine Hausdurchsuchung angefordert?»

«Ja, das Ganze liegt bereits beim Staatsanwalt, der kümmert sich um den Kontakt zum Richter.»

Petersen warf einen Blick auf den Kalender. «Da werden wir wohl bis morgen Nachmittag warten müssen.»

«Kommt darauf an», erwiderte er.

«Worauf denn?» Jurek hing gespannt an seinen Lippen. Endlich nahm man ihn ernst.

«Ob er seine geplanten Termine einhält. Die beiden sind heute noch zum Golf verabredet. Und wenn der Herr Richter so freundlich ist, nach dem Turnier noch mal ganz kurz im Büro vorbeizufahren, haben wir den Durchsuchungsbeschluss schon eher.»

«Woher wissen Sie das denn?» Die Petersen schien ehrlich überrascht zu sein.

«Vom Herrn Staatsanwalt höchstpersönlich! Er hat mir selbst gesagt, dass er es über den kleinen Dienstweg laufen lassen will. Außerdem hat er gewitzelt, dass der Weg in diesem Fall sogar besonders klein sei, weil die beiden heute noch gemeinsam ihr Handycap verbessern wollen.»

«Sehr gut.» Die Petersen sah zufrieden aus, und auf ihr blasses Gesicht kehrte ein bisschen Farbe zurück. Resolut strich sie sich eine schwarze Haarsträhne aus dem Gesicht und befestigte sie wieder in ihrem Zopf, der heute nicht ganz so ordentlich aussah wie sonst.

Dann berichtete sie von den Mails auf Eric Theurers Computer, und Spandorff musste zugeben, dass sie ihren Job gut gemacht hatte, auch wenn er nicht richtig verstand, wie sie das weiterbringen sollte. Dann waren der junge und der alte Fischer eben befreundet, na und? Es musste aber noch einen Dritten geben, der zumindest Frerichs umgebracht hatte. Florian Tenambergen?

Spandorff wollte gerade nach ihm fragen, als die Petersen sich an Jurek wandte und ihm zuvorkam.

«Was macht eigentlich das Alibi von Florian Tenambergen?»

«Das scheint zu stimmen.» Jurek setzte sich gerade hin und räusperte sich. «Ich habe mit den Nachbarn gesprochen, und die bestätigen, dass es bis kurz vor Mitternacht ziemlich laut in der Werkstatt gewesen war.»

«Woher wissen sie denn so genau, dass es so spät war?»

«Frau Gernerkamp sagte, dass es sie eigentlich nicht stört, wenn in der Werkstatt auch spät abends noch gearbeitet wird.» Jurek blätterte in seinen Notizen. «Aber an jenem Abend hatte sie bereits den Fernseher eingeschaltet, um das Nacktjournal zu sehen und –»

«Was hat sie sich angesehen?», warf Spandorff ein.

Jurek hob irritiert den Kopf.

«Meinst du das *Nacht*journal? Auf RTL?», fragte die

Petersen, die nur mit Mühe ein Grinsen unterdrücken konnte.

«Äh … ja, genau.» Jurek nahm den Faden wieder auf. «Also jedenfalls war es schon nach Mitternacht, und Frau Gernerkamp wurde ein bisschen sauer.»

«Ist sie rübergegangen und hat sich beschwert?», wollte Petersen wissen.

«Nein, das war ihr dann wohl doch zu mühselig.»

«Und was hast du im Hafen erfahren?»

«Nicht viel.» Jurek schüttelte betrübt seine Locken, und jetzt wusste Spandorff auch, was ihn an dem jungen Burschen heute so irritierte. Er trug keinen Hut! Dafür hatte er sich ein Shirt mit auffälligem Printaufdruck übergezogen, das so aussah, als hätte es ein Hobbykünstler auf Gomera nach zwei Joints gebatikt. Vielleicht war das sein Verständnis von angemessener Freizeitkleidung an einem Sonntag?

«Ein Gespräch oder gar eine Auseinandersetzung zwischen Frerichs und Tenambergen hat dort keiner mitbekommen.»

Tomma Petersen erhob sich. «Gut, dann gehst du jetzt rüber und unterstützt die Kollegen bei der Durchsicht der Sachen aus Frerichs' Haus. Nimm dir als Erstes den PC vor, ja? Und wenn ihr irgendwas Interessantes entdeckt, sag sofort Bescheid.»

«Okay!» Jurek sprang von seinem quietschenden Stuhl auf, schulterte seinen Rucksack und verließ das Büro.

Spandorff war gespannt, welche Mission die Petersen für ihn vorgesehen hatte.

«Und wir beide ...» Er bemerkte, dass sie ein Gähnen unterdrückte. «... kümmern uns um den Zeugen, der in der Tatnacht eine verdächtige Person bei den Salzwiesen gesehen hat. Der Mann kommt in ca. 20 Minuten.» Nach einer kurzen Pause fügte sie hinzu: «Ich geh noch mal kurz zum Bäcker und hole mir was zum Frühstück. Ich komme dann gleich dazu.» Sie schnappte sich die braune Ledertasche, griff ihren Schlüsselbund und verschwand durch die Tür.

Spandorff sah ihr nach. Ganz so taff, wie sie immer vorgab, schien Sturms Allzweckwaffe doch nicht zu sein.

Der Duft von ofenfrischen Brötchen und gemahlenen Kaffeebohnen stieg ihr in die Nase, als sie die Bäckerei betrat. Tomma gab ihre Bestellung auf, lächelte einem kleinen Mädchen zu, das in einem Buggy zufrieden vor sich hin summte, und kramte nach ihrem Portemonnaie.

Ihre Laune besserte sich etwas. Vielleicht hatte ihre Mutter ja recht, und sie sollte alles etwas leichter nehmen.

Nachdem sie gestern Abend nach Hause gekommen war, hatte sie Helma angerufen und ihr bei einem Glas Rotwein ausführlich ihr Leid geklagt. Nur ihr berufliches natürlich, die melancholischen Songs von Brian Ferry hatten dazu im Hintergrund gesäuselt.

Das Gefühl, in den Ermittlungen nicht die richtigen Fragen zu stellen und vielleicht auf falsche Wege abzubiegen, hatte sich in den letzten Tagen verstärkt. Die Suche nach Thies Frerichs' Mörder lag mittlerweile wie eine schwere Last auf ihren Schultern. Wenn sie den Schuldigen nicht finden würden, war es ganz allein ihre Schuld – diese Gedanken jagten ihr immer wieder durch den Kopf.

Als sie ihrer Mutter von den Sorgen berichtete, war sie jedoch auf Unverständnis gestoßen. «Tomma, du spinnst

doch!», hatte Helma geschimpft. «Du hattest keine Gelegenheit, dich einzuarbeiten. Ich meine, das ist doch dein allererster Fall, und du willst ihn gleich blitzartig lösen? Das ist verrückt! Wenn du nicht aufpasst, macht dich dein Perfektionismus noch kaputt!»

Dann hatte sie abrupt das Thema gewechselt, als sollte man beruflichen Schwierigkeiten nicht mehr Platz im Leben einräumen als unbedingt nötig, und hatte wissen wollen: «Wer war denn eigentlich der attraktive Kerl, mit dem du neulich Tennis gespielt hast?»

Tomma sparte sich die Rückfrage, woher Helma von ihrem Match mit Jan Blankerts wusste – ihre Mutter hatte ein vitales Sozialleben, und ihre Spione saßen überall. Das anfängliche Interesse ihrer Mutter war allerdings schlagartig erloschen, als Tomma ihr erzählte, dass er ein Kollege aus der Spurensicherung war.

«Er ist auch Bulle?» Sie hatte den Satz so laut ausgerufen, dass Tomma kurz den Hörer vom Ohr nehmen musste. «Kannst du dich nicht mal mit normalen Leuten treffen? Einem Lehrer oder einem Informatiker oder meinetwegen auch wieder mit einem Bankfuzzi?»

Nein, konnte sie nicht. Mit den Bankfuzzis war sie erst mal durch.

Tomma zahlte, verstaute die Brötchentüte in ihrem Lederbeutel, griff sich den Pappbecher mit ihrem Kaffee und verließ das Geschäft. Sie war die kurze Strecke mit dem Auto gefahren und hatte direkt vor der Bäckerei geparkt. Im Wagen trank sie erst mal genüsslich einen Schluck duftenden Kaffee und blieb noch einen Moment still sitzen.

Wenn sie ehrlich war, musste sie zugeben, dass ihre Mutter in einem Punkt recht hatte: Sie hatte schon immer sehr hohe Anforderungen an sich gestellt und sich damit selbst unter Druck gesetzt. Wann hatte ihr Ehrgeiz, besser sein zu müssen als andere, eigentlich angefangen?, fragte sich Tomma und nahm noch einen Schluck. In der Schule? Oder noch früher? Schon im Kindergarten war sie sich vorgekommen wie eine Außenseiterin, nicht dazugehörig, von allen bestaunt. Die mandelförmigen Augen, ihre glatten schwarzen Haare, der helle Teint – sie hatte anders ausgesehen als die anderen, und das ließen sie Tomma nicht selten spüren.

Tomma konnte sich noch genau daran erinnern, wie sie einmal heulend nach Hause gekommen war, weil jemand sie auf dem Schulhof als «Schlitzauge» beschimpft hatte. Helma hatte ihr die Rotznase abgewischt, ihre Haare ordentlich zu einem Zopf geflochten und ihr Lieblingsessen gekocht. Noch heute konnte Tomma den Kirschpudding schmecken. «Wie langweilig wäre es denn, wenn jeder gleich aussehen würde?», hatte ihre Mutter gesagt. «Wenn jeder das Gleiche denken würde, dieselben Hobbys hätte? Hast du darüber schon mal nachgedacht? Die Vielfalt ist schön, Tomma, nicht das Einheitliche, nicht das Angepasste!»

Das mochte ihre Mutter so sehen, aber mit dieser Einsicht konnte man keine unglückliche Siebenjährige trösten. Vielleicht hätte ihr Vater mehr Verständnis für sie gehabt? Vielleicht waren sie sich sogar vom Charakter her ähnlich?

«Von mir hast du den Ehrgeiz nicht», hatte Helma gelegentlich angemerkt und überrascht den Kopf geschüttelt, wenn im Zeugnis ihrer Tochter wieder einmal nur Einsen standen.

Nein, von ihrer Mutter hatte Tomma überhaupt sehr wenig. Nicht die blondgelockten Haare, nicht die blauen Augen und auch nicht die unbeschwerte Fröhlichkeit, mit der Helma auf andere Menschen zuging und sich überall wie ein Fisch im Wasser bewegte. Stattdessen hatte Tomma bis heute dieses Gefühl, besser sein zu müssen als die anderen. Und den Wunsch, dazuzugehören und sich an vorhandene Strukturen anzupassen, ebenfalls – auch wenn sie weiterhin eine Einzelgängerin war.

Der Schritt, zur Polizei zu gehen und dort Karriere zu machen, war Tomma als ganz natürlich erschienen. Und die Entscheidung, sich für den kriminalpolizeilichen Ermittlungsdienst zu melden, auch. Für Helma war dieser Schritt so etwas wie Hochverrat, denn sie lehnte jegliche Konformität ab. Deshalb waren sie auch mehr als einmal aneinandergeraten. Aber warum sollte Tomma ausgerechnet in diesem Punkt mit ihrer Mutter einer Meinung sein, wenn sie auch sonst so wenig gemeinsam hatten?

Tomma schob den Gedanken beiseite und leerte ihren Kaffee.

Sie musste sich auf ihren Fall konzentrieren! Jetzt kam es vor allem darauf an, die Puzzleteile zusammenzusetzen und die richtigen Schlüsse zu ziehen. Und genau das würde sie heute tun – das konnte sie spüren.

Schnell legte sie den leeren Kaffeebecher zur Seite und ließ den Wagen an.

Wenige Minuten später erreichte Tomma das Gebäude der Polizeidienststelle, parkte und steuerte das Büro an, in dem der Phantomzeichner vom LKA sitzen würde. Tomma fragte sich, ob es jemand sein würde, den sie kannte.

Als sie eintrat, saßen bereits drei Männer im Raum: Spandorff, Stefan Börnsen vom LKA, mit dem sie tatsächlich schon ein paarmal zusammengearbeitet hatte, sowie ein Mann um die fünfzig.

Börnsen starrte bereits konzentriert auf einen Bildschirm, lächelte sie aber kurz freundlich an und hob zum Gruß die Hand. Neben ihm saß der Zeuge, Reinhard Goldberg. Kurze graue Haare, Leinenhose, dunkelrotes Poloshirt, Typ gepflegter Geschäftsmann.

Tomma nickte Spandorff zu, der es sich auf der anderen Seite bequem gemacht hatte, und stellte sich dem Zeugen vor.

«Tomma Petersen, ich leite die Ermittlungen. Danke, dass Sie so kurzfristig kommen konnten, Herr Goldberg. Sie haben am Dienstagabend also eine verdächtige Person im Hafenbereich in Fedderwardersiel gesehen?»

«Ja, er kam mir sofort eigenartig vor.»

«Wieso?»

«Na, der Kerl war stockbetrunken und wirkte irgendwie unheimlich.»

Tomma waren die Auskünfte viel zu schwammig, sie hatte gehofft, eindeutigere Hinweise zu bekommen. «Und wann war das ungefähr?»

Reinhard Goldberg zuckte mit den Achseln. «Schwer zu sagen. Vielleicht zehn, halb elf. So um den Dreh.»

«Und was haben Sie um die Zeit dort gemacht?»

«Ich war zu Besuch bei meiner Schwester.» Er sprach ganz ruhig, als hätte er schon tausendmal bei der Polizei ein Phantombild erstellen lassen. «Wir waren an dem Abend zuerst im Restaurant *Nordseeblick* essen. Später sind wir dann noch was trinken gegangen. Tja, und da bekam ich dann einige Anrufe ... also, geschäftliche Anrufe, und weil es in der *Fischerstube* so laut war, bin ich rausgegangen.»

«Und bei der Gelegenheit haben Sie den Mann gesehen?», fragte Tomma. «Wo genau?»

Stefan Börnsen hatte in der Zwischenzeit einen Ausschnitt des Hafenbereichs bei Google Earth aufgerufen und erläuterte ihrem Gast die eingezeichneten Orte: «Hier ist das Restaurant *Nordseeblick*, hier der Hafen. Dort, auf der anderen Seite des Beckens, schließen sich die Pütten und die Salzwiesen an.»

Reinhard Goldberg beugte sich vor und sah konzentriert auf den Bildschirm. «Etwa hier, glaube ich.» Seine leicht gebräunte Hand wies auf einen Bereich zu Beginn der Schafsweide.

«So weit haben Sie sich von der Kneipe entfernt?», fragte Spandorff verwundert.

«Nun, das Gespräch dauerte einige Zeit, und dabei bin ich wohl, ohne es zu merken, immer weitergeschlendert. Schließlich sah ich diesen Kerl, der schwankend, fast taumelnd in der Dunkelheit auftauchte.»

«Wie sah er aus?»

Er überlegte. «Groß, kompakt, mit dunklem Haar.»

«Wir benötigen gleich so viele Details wie möglich», erklärte Tomma mit Blick auf Börnsen. «Mein Kollege wird die Infos dann direkt zu einem Bild zusammensetzen.

Aber noch mal zurück zu dem Abend: Was für einen Eindruck machte der Mann auf Sie?»

«Einen etwas eigenartigen. Er wankte auf mich zu und fluchte, allerdings schien er mich erst gar nicht zu bemerken. Als er mich bemerkte, versteckte er etwas unter seiner Jacke, so kam es mir zumindest vor.»

«Haben Sie mit ihm gesprochen?»

Kopfschütteln. «Nein, ich war ja im Gespräch mit meinem Geschäftspartner. Wissen Sie, ich wollte am nächsten Tag –»

«Wieso haben Sie eigentlich nicht sofort die Polizei gerufen», unterbrach ihn Tomma, «wo er doch so einen eigenartigen Eindruck auf Sie machte?»

«Na ja, man ruft doch nicht sofort die Polizei, wenn man einen Betrunkenen sieht. Wissen Sie, ich wohne in Hamburg und habe einige Jahre auf St. Pauli gelebt. Da kümmert man sich auch nicht sonderlich darum, was die anderen machen.»

«Aber dann haben Sie sich doch gemeldet.»

«Ja, als Gabi, meine Schwester, mir gestern von dem Mord berichtet hat, habe ich mich sofort gemeldet.»

Tomma nickte. «Haben wir Ihre Personalien und persönlichen Angaben bereits aufgenommen?», fragte sie mit einem Seitenblick auf Spandorff.

«Ist erledigt», kam es knapp zurück.

«Gut, dann beschreiben Sie meinem Kollegen jetzt bitte so genau wie möglich, wie der Mann ausgesehen hat.»

Tomma ging zum Fenster und öffnete es, um Sauerstoff in den Raum zu lassen. Dann zog sie einen Stuhl zum Rechner. Als sie neben Spandorff Platz nahm, fiel ihr auf, dass der Kollege heute entgegen seinen sonstigen

Gewohnheiten ganz passabel aussah. Er war offenbar beim Friseur gewesen, hatte seinen ausgebeulten Pullover gegen ein blaues Hemd eingetauscht und schien frisch geduscht zu sein.

Spandorff nahm ihren irritierten Blick wahr. «Ist irgendwas?»

«Nein, alles in Ordnung.» Tomma räusperte sich. «Kann losgehen.»

Der Phantomzeichner startete das Programm. «Okay, der Mann hatte also dunkle Haare. So etwa?»

Konzentriert sah Reinhard Goldberg die verschiedenen Farbstufen auf dem Bildschirm. «Ein bisschen heller. Ja, ungefähr so.»

«Was hatte er für eine Frisur? Waren die Haare kurz oder länger?»

«Etwas länger, mit Seitenscheitel. Noch einen Tick länger … Ja, so in etwa.» Die Arbeit schien ihm zu gefallen. «Und er trug Gel oder so was Ähnliches.»

«Und die Augenfarbe?»

«Schlecht zu sagen, es war ja schon dunkel. Aber ich glaube: braun.»

«Standen die Augen eher zusammen oder auseinander?»

«Weiter auseinander.» Goldberg lehnte sich ein wenig zurück, während der LKA-Mann auf der Tastatur klackerte. «Stopp. So in etwa.»

«Und die Nase?»

Der Mann seufzte. «Die war ziemlich normal.»

Tomma musste sich ein Grinsen verkneifen. Sie hatte schon oft die Erfahrung gemacht, dass sich Zeugen an erstaunlich wenig erinnerten, wenn sie vor dem Rechner saßen und genaue Angaben machen sollten. Aber Reinhard Goldberg machte eigentlich eine ganz gute Figur.

Mit etwas Glück würde das Ergebnis zumindest vage Ähnlichkeiten mit der Person aufweisen, die tatsächlich an dem Abend dort gewesen war. Ob derjenige dann auch etwas mit ihrem Fall zu tun hatte, stand noch auf einem ganz anderen Blatt.

In der nächsten Stunde arbeitete Stefan Börnsen geduldig und hochkonzentriert an der Phantomzeichnung. Er setzte diverse Merkmale ein und löschte sie wieder, bis Reinhard Goldberg mit den Ergebnissen zufrieden war. Wie von Geisterhand entstand so Stück für Stück das Bild eines Mannes.

«Na, hallo», sagte Spandorff plötzlich und beugte sich zu Tomma hinüber. «Der Kerl hat aber starke Ähnlichkeit mit jemandem, den wir gut kennen.» Seine Stimme war mehr ein Flüstern.

Tomma hielt den Atem an. Jetzt sah sie es auch. Doch sie wagte nicht, etwas zu sagen, aus Sorge, den Zeugen zu beeinflussen. Aber sie gab Spandorff recht: Mit jedem Klick wurde die Ähnlichkeit deutlicher. Die Genauigkeit der Angaben war entgegen ihren ersten Befürchtungen geradezu frappierend.

Als Börnsen so weit alle Optionen durchgegangen war, rieb er sich die Oberschenkel. «Und go!», sagte er und druckte das Ergebnis aus. Mit unverhohlenem Stolz überreichte er Tomma die Seite.

Tomma nahm das Bild, hielt es hoch und warf Spandorff einen schnellen Blick zu. «Wir fahren hin, und zwar sofort.»

«Mit *einem* Wagen oder mit Verstärkung?»

«Ein Fahrzeug reicht, denke ich. Wir nehmen ihn mit und befragen ihn hier.» Wieder sah sie auf den Ausdruck. «Ich bin gespannt, wie er sich rausreden wird.»

Eilig bedankten sie sich bei Reinhard Goldberg und Stefan Börnsen vom LKA, schnappten ihre Jacken und wollten gerade das Zimmer verlassen, als ein brauner Lockenkopf im Türrahmen erschien.

«Ich hab was gefunden.» Jureks Miene war ernst, aus seinem Gesicht war die Farbe gewichen. «Ich glaube, das solltet ihr euch ansehen. Und zwar sofort.»

Der Raum war miefig und dunkel, lediglich ein Bildschirm flackerte und warf verzerrte Lichtfetzen an die Wand.

«Okay, ich habe mir den Rechner von Frerichs vorgenommen.» Jurek warf einen Blick zu Tomma Petersen. «Das sollte ich ja tun, richtig?»

Die Chefin nickte kurz und trank einen schnellen Schluck aus ihrem Plastikbecher. Spandorff setzte seine Brille auf und trat zu den anderen beiden an den Bildschirm.

«Ich habe mir die Mails angesehen», erklärte Jurek. «Fehlanzeige. Ich habe die Bilderordner durchsucht – Fehlanzeige. Ich habe mir die Word-Dokumente vorgenommen – Fehlanzeige. Ich habe ...»

«Können wir die Geschichte abkürzen und direkt zum relevanten Part kommen?» Spandorff merkte, dass sein Einwurf schroffer klang als beabsichtigt, aber es war wichtig, dass sie jetzt zu Potte kamen. Er spürte das Adrenalin in seinem Körper und wollte los, um den Kerl zur Rede zu stellen. Jetzt.

Jurek zuckte zusammen, nickte dann aber. «Ein Film ...», sagte er leise, «ich habe einen Film gefunden.

Zuerst habe ich ihn nicht für wichtig gehalten und hätte die Datei fast wieder geschlossen. Aber dann, im Schnelldurchlauf, hab ich die Traggröße erkannt.»

Trag*weite*, verbesserte Spandorff in Gedanken, sagte aber nichts. Der Junge leistete gute Arbeit, das musste er anerkennen, und er hatte kein Recht, seine Nervosität an ihm auszulassen.

«Lass sehen, Jurek!», kam es von der Petersen.

Der Film startete mit einem Klacken. Zuerst erkannte man gar nichts. Ein Rauschen, zwei unscharfe Figuren hinter einer Scheibe, dichter Nebel.

Die Petersen hatte sich weit vorgelehnt und fragte fast flüsternd: «Was ist das?»

«Ein Schwimmbad.» Jurek sprach noch immer genauso leise, sein Blick klebte am Monitor. «Die Qualität ist nicht besonders gut. Ich schätze, dass die Datei digital gesichert worden ist, ohne sie zu bearbeiten. Vielleicht von einer DVD. Oder sogar von einer alten Videokassette.» Er straffte die Schultern. «Jetzt kommt die Sequenz ...»

Spandorff sah zwei Schatten. Einen Mann, nein, es war eher ein Junge, ein schlaksiger Strich in der Landschaft, und ein junges Mädchen in einem Kleid.

Atemlos beobachtete er, wie sich die beiden erst hin und her schubsten. Dann stieß der Junge das Mädchen plötzlich ins Wasser und verschwand aus dem Blickfeld.

«Gibt es keinen Ton?», brummte Spandorff.

Kopfschütteln.

Lautlos wirbelte das Wasser auf. Man sah die Arme und Beine des Mädchens, die aus dem Wasser ragten. Ihr Kopf tauchte auf und wieder unter. Schließlich war es still, das Wasser beruhigte sich, der Körper bewegte sich nicht mehr. Das Bild riss ab.

Stille.

Einen Moment lang standen sie regungslos in dem kleinen Raum und starrten gebannt auf den Bildschirm. Spandorffs Gedanken rasten. Wo hatte er diesen schlaksigen Kerl, diesen ungelenken Jugendlichen nur schon mal gesehen?

Die Petersen fing sich als Erste. Sie schaltete das Licht an und sah die Kollegen an. Ihr Gesicht war gerötet, ihr Blick entschlossen. «Was bitte war das denn?», fragte sie fast tonlos.

«Ein Mord. Oder zumindest unterlassene Hilfeleistung.» Spandorff kratzte sich am Hinterkopf.

«An Susanne Ballhaus?»

Spandorff nickte. «Vermutlich.»

«Wer nimmt so eine grausame Tat auf?»

«Frerichs?», kam es leise von Jurek, der immer noch ausdruckslos auf den flimmernden Rechner starrte.

«Nehmen wir doch mal an, dass es tatsächlich ein Unfall war …» Spandorff schob seine Brille auf die Nasenwurzel. «Dann –»

«Wie soll das denn abgelaufen sein?», unterbrach die Petersen ihn barsch. «Er hat sie absichtlich ins Wasser gestoßen! Das haben wir doch gerade gesehen!» Aufgebracht wies sie auf den Bildschirm.

«War nicht eine Menge Alkohol im Spiel?», verteidigte sich Spandorff.

«Ballhaus hat zu Protokoll gegeben, dass seine Tochter keinen Alkohol trank.»

«Wer's glaubt …» Spandorff war genervt. Er wollte jetzt endlich seinen Gedanken zu Ende bringen. «Vielleicht haben sie laute Musik abgespielt, und er hat ihre Schreie gar nicht gehört.»

«Sie meinen, dass der Junge gar nicht wusste, dass sie nicht schwimmen konnte?»

Er nickte. «Mal ehrlich: Wie viele Personen kennen Sie, die nicht schwimmen können?»

Petersen sagte nichts.

«Also ... ich kenne niemanden», kam es ein wenig schüchtern von Jurek.

«Nehmen wir also mal an», fuhr Spandorff fort und sah die Petersen über seine Lesebrille hinweg streng an, «dass sie sich heimlich verabredet haben. Ohne dass ihre Eltern davon wussten», sagte Spandorff. «Sie haben Musik gehört, getrunken, herumgealbert. Und plötzlich wurde aus Spaß Ernst und ...»

«... das Ganze wurde von einer dritten Person gefilmt.»

«Genau, dann gibt es einen Zeugen!»

«Oder mehrere», warf Jurek ein.

«Die Kamera hat jedenfalls im Garten, auf der anderen Seite der Scheibe, gestanden.» Petersen kaute auf ihrer Unterlippe. «Vielleicht wollte derjenige ja zunächst gar nicht den Unfall aufnehmen. Vielleicht war es eine Mutprobe. Der Likedeeler ...», überlegte sie weiter.

«Aber wo ist der Nervenkitzel? Worin genau besteht die Mutprobe?», überlegte Spandorff laut.

«Mmh ... Susanne war das Wichtigste für ihren Vater. Durch sie könnte man dem Direktor – und damit der Schule – am meisten schaden», sponn Petersen den Faden weiter. «Die Likedeeler wollten sich doch stets auflehnen, etwas Verwegenes tun.» Sie machte eine kurze Pause. «Dieser Kerl lässt sich also mit den Likedeelern ein, verabredet sich mit Susanne Ballhaus und stimmt zu, dass das Ganze aufgenommen wird. Vielleicht wollte er in den Kreis der Gleichteiler aufgenommen werden. Für die

Jungs sollte es eigentlich nur eine weitere Trophäe werden. Doch die Situation eskaliert.»

In dem stickigen Raum war es still, keiner sagte ein Wort.

Schließlich räusperte sich Spandorff. «Der Streifen wäre eine hervorragende Grundlage für eine Erpressung.»

Die Petersen hob den Kopf. «Dann ist der Kerl auf dem Band also …»

In diesem Moment fiel Spandorff ein, wo er den Jungen schon mal gesehen hatte. Wieso war er nicht gleich darauf

gekommen?

Der Druck auf ihren Ohren nahm zu, das Chlor ätzte in ihrer Nase. Schnell drückte sie sich mit den Beinen vom Boden ab und tauchte wieder auf. Über der Wasseroberfläche schnappte sie nach Luft, prustete und rieb sich die brennenden Augen.

«Noch mal!» Tim platschte vergnügt neben ihr, seine orangefarbenen Schwimmflügel leuchteten in dem satten Türkis des Wassers.

«Das wäre dann das sechste Tauchmanöver», erklärte Geesa Frerichs schnaufend.

«Noch maaal!»

Kinder können unbarmherzig sein, dachte sie, besonders wenn sie ausgelassen sind. Sie holte tief Luft, tauchte erneut unter und atmete aus, so dass auf der Wasseroberfläche viele kleine Bläschen sprudelten. Dann drückte sie sich wieder vom Boden hoch, spreizte die Arme vom Körper und tauchte so schnell auf, dass das Wasser wie eine Fontäne auf ihren Sohn niederprasselte.

Tim kreischte vor Vergnügen. Im Gegensatz zu ihr

schien ihm das Chlor nichts auszumachen. Vergnügt paddelte er mit seinen Schwimmhilfen umher.

Geesa lächelte. Lange hatte sie ihren Sohn nicht mehr so glücklich gesehen. Sie war froh, kurz entschlossen die Schwimmtasche gepackt zu haben und mit Timmi zum Schwimmbad gefahren zu sein. Genau so hatte sie sich den Besuch im Schwimmbad vorgestellt! Sie brauchte dringend einen Tapetenwechsel, besonders nach der gestrigen Aktion. Das gesamte Haus hatten die Kriminaltechniker auf den Kopf gestellt. Geesa verspürte ein mulmiges Gefühl, als sie daran zurückdachte. Es war mehr als unangenehm, fremde Menschen in den privaten Habseligkeiten wühlen zu sehen.

Von Fedderwardersiel zum Schwimmbad in Varel war es zwar eine ganz schöne Strecke, aber das war es wert. Sie hatte sich nicht getraut, das Bad in Tossens zu nutzen. Zu groß war die Gefahr, dort auf Bekannte zu treffen, die sie mit aufeinandergepressten Lippen beobachtet hätten. Sie konnte das Getuschel förmlich hören: Ihr Mann war noch nicht mal unter der Erde, und sie vergnügte sich im Spaßbad!

«Und wennschon», sagte Geesa, aber der Satz wurde vom Kreischen der tobenden Kinder verschluckt. Als sie sich umsah, entdeckte sie kein Gesicht, das ihr bekannt vorkam, und entspannte sich.

«Rauf!», brüllte Tim und zeigte mit seinem dünnen Ärmchen auf eine riesige aufgeblasene Plastikkrake, die der Bademeister ins Wasser geworfen hatte.

«Wir können es ja mal probieren.» Vorsichtig schob Geesa ihren Sohn auf einen flachen Arm des Ungetüms. Timmi jauchzte vor Vergnügen und strahlte übers ganze Gesicht. Geschickt krabbelte er ein Stück höher, schaffte es irgendwie, die Balance zu halten, und riss wie ein Box-Champion die Arme hoch.

«Toll! Aber pass auf, dass du nicht runterfällst!» Geesa legte sich auf den Rücken und genoss es, fast schwerelos im warmen Wasser zu liegen. Auch wenn es furchtbar voll war und offenbar sämtliche Familien in Norddeutschland beschlossen hatten, an diesem Sonntag schwimmen zu gehen. Timmi hatte ein Recht auf ein bisschen Spaß.

Für einen Moment schloss Geesa die Augen und ließ sich im Wasser treiben. Nun kam es nur darauf an, ihr Leben wieder in geordnete Bahnen zu lenken. Ihr war klar, dass sie das nicht alleine schaffen würde, aber sie wusste, dass sie auf Unterstützung zählen konnte. Außerdem war da noch die Lebensversicherung. Von deren Existenz hatte sie bis vor kurzem zwar nichts gewusst, umso größer aber war ihre Erleichterung darüber, dass sie nun ein finanzielles Polster hatte. So schnell es ging, wollte sie auf eigenen Beinen stehen. Aber sie würde nicht jeden Job annehmen müssen, sondern konnte sich für eine Tätigkeit entscheiden, die sie gut mit den Kindern vereinbaren konnte.

Also alles auf Anfang. Zurück auf Los. Bei dem Gedanken verspürte Geesa so etwas wie Vorfreude, aber auch eine leichte Panik. Sie hatte keine gute Ehe geführt und war in den letzten Jahren sehr unglücklich gewesen. In all den Jahren mit Thies hatte sie Dinge über ihn erfahren, mit denen eine Ehefrau nicht konfrontiert werden sollte. Kurz dachte sie an die Affären, die Lügen. Und an diese erniedrigenden Videokassetten, die ihr irgendwann beim Aufräumen durch Zufall in die Hände gefallen waren. *Melinda* – nie wieder würde sie den Namen hören oder lesen können, ohne dass vor ihrem inneren Auge der Film ablief.

Letztlich war ihr die Kassette schon damals ein Beleg

dafür gewesen, dass Thies sie nicht nur nicht mehr liebte, sondern sie im Grunde verachtete. Wenn für ihn irgendetwas auf dem Spiel gestanden hätte, wenn er sich Sorgen um ihre Reaktion hätte machen müssen, dann hätte er sie besser versteckt. Aber er war sich ihrer sicher gewesen. Und damit hatte er ja auch recht gehabt.

Ja, sie hatte Fehler gemacht, deren Konsequenzen sie jetzt tragen musste. Einige waren schwerer zu schultern, andere brachten trotz aller Tragik auch etwas Schönes mit sich. Lächelnd strich sie sich über den Bauch.

Alles auf Anfang.

Das bedeutete aber auch, dass sie mit Timmi weggehen musste. Diesen Entschluss hatte sie mittlerweile gefasst. In Butjadingen würde die Vergangenheit sie wie ein enges Korsett einschnüren, sie hätte keinen Raum für eine neue Zukunft.

Das ist doch die Witwe vom Frerichs, würde es stets heißen. Weißt du noch, damals? Brutal erstochen worden ist er, draußen bei den Salzwiesen …

Die Geschichte würde auch in vielen Jahren noch Stoff für Dorftratsch bieten, und Geesa mochte das Tuscheln hinter ihrem Rücken nicht mehr hören.

Sie öffnete die Augen. Suchend tastete ihr Blick das Wasser ab – bis sie Timmi entdeckte und sich wieder entspannte.

Die erste Zeit in einer neuen Umgebung würde verdammt hart werden, darüber war sie sich im Klaren. Aber es würde sich lohnen! Und vielleicht war das ja ihre Chance auf ein selbstbestimmtes Leben. Die Möglichkeit zu zeigen, dass viel mehr in ihr steckte, als sie in den letzten Jahren gezeigt hatte.

Geesa beobachtete Timmi, der sich immer noch wacker

auf der Plastikkrake hielt und einem Jungen zuwinkte, der in seine Richtung schwamm. Ungeschickt versuchte er, seinem neuen Freund auf die Krake zu helfen, was natürlich misslang. Schließlich landeten beide kreischend im Wasser.

Geesa lächelte. Timmi war zwar ungestüm, aber er würde ein guter Bruder sein. Es war wichtig für ihn, dass so schnell wie möglich ein geregelter Alltag einkehrte. Allein wie verängstigt er gestern auf die Männer von der Spurensicherung reagiert hatte! Keinen Schritt war er ihr von der Seite gewichen.

Unwillkürlich wanderten ihre Gedanken zu der aufgebrochenen Schublade und zu den Polizisten, die alle Räume gründlich auf den Kopf gestellt hatten. Ob die Beamten etwas fanden, das sie in dem Fall weiterbrachte?

Als die Kommissarin ihre Kollegen angewiesen hatte, die Räume zu durchsuchen, hatte Geesa nichts dagegen gehabt. Im Gegenteil, sie war selbst schockiert darüber, dass ein Fremder in ihrem Haus gewesen sein musste. Sie wollte ebenfalls wissen, was er gesucht hatte. Doch nun war sie sich da nicht mehr so sicher.

Geesa winkte Timmi zu. Dann holte sie noch einmal tief Luft, schloss die Augen und ließ sich langsam ins Wasser sinken. Sie verharrte einige Sekunden in der Schwerelosigkeit, bevor sie wieder auftauchte.

Auch ein Ausflug ins Schwimmbad konnte einen Gedanken nicht verdrängen, der Geesa hartnäckig verfolgte: Würden die Polizisten etwas finden, das sie in Bedrängnis brachte?

Er spürte Julianas Blick im Rücken, als er mit den Beamten zum Streifenwagen ging.

«Es wird sich alles aufklären, Schatz. Wir sehen uns nachher!», rief er ihr zu und versuchte, dabei einen ruhigen Eindruck zu machen.

Seine Frau erwidert nichts, schickte nur die Zwillinge aufs Zimmer und sah ihm wortlos nach.

Die Kommissarin, die neulich nur knapp dem Unfall am Hafen entgangen war, hielt ihm die Autotür auf und wies auf die Rückbank. Abscheu lag in ihrem Blick, oder bildete er sich das nur ein?

Funkgeräte knackten. Der zweite Kommissar sprach mit der Leitstelle und nickte ihm kurz zu. Es ging um die Durchsuchung eines Hauses, nein ... um die Durchsuchung *seines* Hauses!

Man werde seine Frau darüber in Kenntnis setzen, sagte der Kommissar zu ihm gewandt. Die Kollegen seien bereits unterwegs und würden in Kürze eintreffen.

Türen schlugen zu, der Motor wurde angelassen.

Aus den Augenwinkeln sah er, dass Juliana immer noch regungslos vor dem Haus stand. Er lächelte müde.

Die Fahrt zum Revier kam Jochen Knappeck wie eine Ewigkeit vor. Erst fuhren sie durch die Stadt, dann ein Stück Autobahn, schließlich plattes Land. Wann würde er diese Strecke das nächste Mal wieder fahren können? Was erwartete ihn auf dem Revier?

Die Kommissarin hatte auf seine Nachfragen geschwiegen. Sie hatte ihn nur knapp darüber informiert, dass er unter dringendem Verdacht stehe, Thies Frerichs ermordet zu haben.

Grüne Wiesen flogen an ihm vorbei, rechts erkannte er die Umrisse des Atomkraftwerks in Stadland.

Wenn sich seine Windparks durchsetzten, dachte Knappeck, waren Giftschleudern wie diese überflüssig. Als dieser Gedanke kurz aufblitzte, verspürte er einen gewissen Stolz auf seine Arbeit.

Die Kommissare fuhren schweigend, auch er verhielt sich ruhig. Was gab es schon zu sagen?

Das Auto bog rechts ab, dann einmal links. Knappeck sah, dass einige Passanten neugierige Blicke in den Wagen warfen. Schließlich hielten sie vor einem roten Klinkergebäude, neben dem zwei weitere Streifenwagen standen.

«Wir sind da», erklärte die Kommissarin, deren Name ihm partout nicht mehr einfallen wollte.

«Schon?», hatte er fragen wollen, denn er fürchtete sich vor dem, was jetzt kam, und wollte das Prozedere so weit herauszögern, wie es nur ging. Doch er löste nur wortlos den Gurt und schälte sich aus seinem Sitz. Dann folgte er der Kommissarin, die ihn am Arm gefasst hatte, in das Gebäude hinein. Sie schob ihn durch die Tür und durch etliche Flure, bis sie schließlich einen Raum erreichten, eine Art Besprechungszimmer mit einem langen Tisch und altmodischen Holzstühlen. Man bot ihm Kaffee an und ein Glas Wasser, beides nahm er an. Jetzt erinnerte er sich auch an den Namen der Kommissarin: Tomma Petersen. Er war ihm auf dem ganzen Weg nicht eingefallen, vielleicht war er zu nervös gewesen.

«Herr Knappeck, Sie wissen, warum Sie hier sind?», fragte sie, nachdem sie und ihr großer Kollege sich ebenfalls gesetzt hatten.

«Sie werden es mir sicherlich gleich sagen.»

Es herrschte einen Moment lang Stille, als würden die Beamten ihr Gegenüber abschätzen, seine Strategie verstehen wollen. Die Wahrheit war, dass er keine hatte, er spielte nur auf Zeit.

«Ein Zeuge hat sie am Dienstagabend in der Nähe des Hafens gesehen. Dort, wo Thies Frerichs umgebracht worden ist.» Die Frau sah ihn aus ihren mandelförmigen Augen streng an.

«Das kann nicht sein. Ich war den ganzen Abend zu Hause, bei meiner Frau. Das hat sie Ihnen doch auch schon gesagt.» Er verschränkte die Arme vor der Brust.

Es klopfte, und eine Beamtin erschien mit einem Glas Wasser und einem Pappbecher mit dampfendem Kaffee. Sie stellte ihm beides hin, dann verschwand sie wieder.

«Wieso machen Sie es sich so schwer?» Knappeck glaubte, die Stimme des Kommissars zum ersten Mal zu hören. «Wieso erzählen Sie nicht einfach, was passiert ist an dem Abend?» Der Mann klang ruhig und beherrscht, als sei es nur noch eine Frage der Zeit, bis er die gewünschten Informationen bekommen würde.

«An dem Abend ist gar nichts passiert», sagte Knappeck, nun eine Spur lauter. «Ich bin nach Hause gekommen, meine Frau war bereits da. Wir haben die Kinder ins Bett gebracht, noch ein bisschen ferngesehen und sind etwa um halb elf ins Bett gegangen.» Hastig nahm er einen Schluck aus dem Pappbecher. Doch der Kaffee war noch viel zu heiß, er verbrühte sich und fluchte.

Die Kommissarin sah ihn ausdruckslos an und schien geduldig zu warten. Er wich ihrem Blick nicht aus und war zufrieden, wie beherrscht und souverän es bis hierher gelaufen war.

Dann wandte die Frau den Blick abrupt ab und klappte einen Laptop auf. Mit Schwung drehte sie das Gerät zu ihm und drückte die Enter-Taste.

«Kommt Ihnen dieser Film bekannt vor?»

Knappeck sah auf den Bildschirm. Zunächst war nichts zu hören außer dem Summen des grellen Neonlichts im Raum, das ihm schon die ganze Zeit auf die Augen drückte.

«Sehen Sie genau hin!»

Plötzlich musste Knappeck schlucken. Er sah den Jungen. Das Mädchen. Das Wasser.

«Wo haben Sie das her?», fragte er fast tonlos.

«Von Thies Frerichs' Rechner.» Die Kommissarin fuhr sich durch die Haare. «Er hat Sie damit erpresst, nicht wahr?» Als Knappeck beharrlich schwieg, fuhr sie fort: «Deshalb sind Sie bei Geesa Frerichs eingebrochen und haben das Haus nach dem Band durchsucht. Sie wussten, dass der Einstieg über die Terrasse ganz leicht möglich war, schließlich waren Sie früher gut mit Thies Frerichs befreundet gewesen. Sie haben vielleicht sogar Bänder oder DVDs mitgenommen und womöglich entsorgt. Falls nicht, werden die Kollegen sie finden. Aber Sie haben in jedem Fall nicht damit gerechnet, dass Frerichs den Film zusätzlich auf seinem Computer gesichert hat.» Die Stimme der Kommissarin dröhnte in seinen Ohren.

«Nein, ich habe nicht ...»

«Hören Sie auf, Knappeck! Wir werden in dem Haus Spuren von Ihnen finden. Fingerabdrücke, ein Haar, Hautschuppen ... Irgendein klitzekleines Detail wird Sie verraten!»

Er sagte nichts, drehte nur stumm den heißen Kaffeebecher in seinen Händen.

«Frerichs hat Sie mit dem Film unter Druck gesetzt», schaltete sich der Kommissar ein. «Er tauchte bei Ihnen auf, grub die alte Sache aus und versuchte, Sie damit zu erpressen. Sie haben das Mädchen auf dem Gewissen. Es ist lange her, sicher, aber Mord verjährt nicht! Das wissen Sie.»

«Nein, so war es nicht!» Knappeck wurde panisch. Ob die Hitze, die in ihm hochstieg, vom Kaffee kam?

Das Handy der Kommissarin klingelte. Nach einem kurzen Blick aufs Display stand sie auf und nahm das Gespräch in einer Ecke des Raums an.

«Er hat Ihnen die Pistole auf die Brust gesetzt», spekulierte ihr Kollege weiter. «Entweder stoppst du den Windpark, oder ich veröffentliche das Band. Damit wären Sie erledigt gewesen, und zwar auf einen Schlag.»

«Aber der Windpark wäre sowieso gebaut worden!», rief Knappeck. «Auch die Finanzierung ist längst geregelt und hat nichts mit mir zu tun. Thies wusste das, und ich dachte, er hätte es verstanden. Die Geldgeber …»

Mit einem Mal fuhr die Kommissarin herum und funkelte ihn wütend an. «Die Geldgeber, lieber Herr Knappeck, sitzen in Ihren eigenen vier Wänden!» Sie steckte ihr Handy weg. «Die Kollegen, die gerade Ihr Haus auseinandernehmen, haben einige interessante Unterlagen entdeckt. Unter anderem Briefe an Juliana Olsson, die größte Anteilseignerin des Konsortiums. Während wir Frau Olsson immer in Schweden vermutet haben, lebt sie seit Jahren in Oldenburg – als Ihre Ehefrau!» Die beiden Kommissare wechselten einen vielsagenden Blick. Dann fuhr Petersen fort: «Lediglich bei ihren Geschäften hat sie immer ihren Mädchennamen angegeben. Irgendwie muss Frerichs davon Wind bekommen haben, und ihm war klar, dass Sie sehr wohl die Möglichkeit hatten, den Park zu stoppen!»

«Nein, so war es nicht.» Knappeck ärgerte sich, dass

seine Stimme so schwach klang, aber er wusste nicht, wie er daran etwas ändern konnte.

«Am Dienstagabend waren Sie mit Frerichs verabredet.» Die Kommissarin hatte sich wieder an den Tisch gesetzt. «Er hat Sie unter Druck gesetzt, Ihnen ein Ultimatum gestellt. Die Zeit drängte, der Startschuss für den Windpark stand unmittelbar bevor. Die Plattform war bereits errichtet, nun sollte die Montage der Windräder beginnen. Vermutlich hat er Ihnen gedroht, das

Band am nächsten Tag zu veröffentlichen. Sie fühlten sich in die Enge getrieben, bei Ihnen brannte eine Sicherung durch. Und dann haben Sie zugestochen, immer und immer wieder, bis Frerichs an seinen Verletzungen gestorben ist.»

«Nein, so war es nicht!» Seine Stimme überschlug sich.

«Wie war es dann?», brüllte die Kommissarin.

Die nackte Panik kroch in ihm hoch. Wie hatte es nur so weit kommen können? Wenn er seine Seele jetzt noch retten wollte, musste er die Wahrheit erzählen. Doch wie sollte er etwas erklären, das so verworren, so kompliziert war, dass er es selbst kaum verstand?

«Wie war es dann, Herr Knappeck?», fragte die Kommissarin wieder, dieses Mal etwas ruhiger.

Das Neonlicht ließ ihre Gesichtszüge bleich und müde aussehen. In ihren fremdartigen Augen blitzte es jedoch, und Knappeck war klar, dass sie ihn nicht mehr vom Haken lassen würde.

«Wir ... wir waren an dem Abend verabredet», begann er zögernd. Er überlegte, suchte nach den richtigen Worten, aber eigentlich wusste er, dass es die nicht gab. «Thies lag mir seit Wochen mit dem Park in den Ohren. Dabei wurde er immer dreister und aggressiver.»

«Wusste er, dass Ihre Frau die meisten Anteile an dem Konsortium besaß?», hakte die Kommissarin nach.

Knappeck nickte. «Als er sie kennengelernt hat, waren wir noch nicht verheiratet und …»

«Wann und wie hat Frerichs sie denn kennengelernt?», unterbrach sie ihn.

Er zuckte mit den Achseln. «Das war noch vor unserer Verlobung. Wir haben uns zufällig in einer Kneipe getroffen, und ich habe die beiden einander vorgestellt. Juliana ist sehr attraktiv, und Thies war ziemlich angetan von ihr. Er hat sich an dem Abend länger mit ihr unterhalten.»

Die Kommissarin nickte. «Okay, wie ging es weiter?»

«Als Thies ihren Namen dann in einem Zeitungsartikel über die geplante Anlage fand, hat er vermutlich eins und eins zusammengezählt. Frerichs war ja nicht blöd.»

«Und dann?» Die Kommissarin ließ ihn nicht aus den Augen.

«Dann wurden seine Anrufe und Belästigungen noch massiver. Offenbar war er der Meinung, dass ihm diese Information weiterhelfen würde. Schließlich rief er mehrmals in der Woche an und tauchte unangemeldet bei uns zu Hause auf. Er war wie ein Schatten, der mir permanent folgte.» Knappeck kratzte sich am Kopf. «Ich konnte das Haus nicht mehr verlassen, ohne ihn im Nacken zu haben. Das ging über Wochen, fast Monate so.»

«Das war sicher zermürbend.»

Knappeck war sich nicht sicher, ob ihr Kommentar wirklich mitfühlend gemeint war. «Irgendwann war ich am Ende», erklärte er seufzend. «Ich habe Thies angebrüllt, dass er mich und meine Familie in Ruhe lassen soll, ansonsten würde ich die Polizei einschalten. Da hat er seinen Trumpf aus der Tasche gezogen.»

«Das Band …»

Er fühlte, dass die Energie aus seinem Körper wich und dass er schwach und immer mutloser wurde.

«Herr Knappeck?»

«Ja, das Band … den Film.» Knappeck nickte gedankenverloren. «Er hat gedroht, damit an die Öffentlichkeit zu gehen und mich mit einem Schlag zu erledigen. Dass er dann ebenfalls in Schwierigkeiten geraten könnte, das war ihm völlig egal. Thies war ein guter Lügner, er konnte charmant sein. Ganz bestimmt hätte er seine Sicht der Dinge dargelegt und es geschafft, seinen Namen irgendwie aus der Sache rauszuhalten.»

«Was ist denn *Ihre* Sicht der Dinge? Was ist damals passiert?», fragte die Kommissarin.

Knappeck hatte einen Kloß im Hals, seine Augen brannten. Er wusste, dass er jetzt die Wahrheit sagen musste.

So viele Jahre war er vor den Erinnerungen an jenen Abend weggerannt, hatte versucht, sie zu verdrängen, aber es war ihm nicht gelungen. Die Vergangenheit saß ihm immer im Nacken. Wenn sie ihn tagsüber nicht quälte, holte sie ihn nachts ein, in seinen Träumen. Aber vielleicht würde wenigstens das aufhören, wenn er jetzt reinen Tisch machte.

Stockend begann er zu erzählen. Er berichtete von der Verabredung mit Susanne und von Thies' Idee, das Ganze zu filmen, ohne zunächst genau zu wissen, wofür man die Aufnahmen gebrauchen könnte. Er erwähnte auch, dass Thies begeistert gewesen war über die Möglichkeit, sich Zutritt zum Haus des verhassten Direx zu verschaffen.

«Warum haben Sie da mitgemacht?», fragte die Kommissarin.

Knappeck zuckte mit den Schultern. «Ich war achtzehn, habe für Susanne geschwärmt. Ich wusste zwar, dass sie mit Florian zusammen war, aber ich fühlte mich geschmeichelt, dass sie sich trotzdem mit mir verabredet hatte.» Er sah die Kommissarin mitleiderheischend an. «Thies und Flori, die beiden galten damals als cool. Sie hatten dauernd Freundinnen. Ich war der Dritte im Bunde, aber ich lief mehr so mit. Hier bot sich die Chance zu zeigen, dass ich auch was draufhatte.»

«Woher hatten Sie die Kamera?», mischte sich jetzt der Kommissar ein und wippte nervös mit dem Fuß. «Heute filmt jeder mit seinem Handy, aber damals war die Situation etwas anders.»

«Von Florian.»

«Tenambergen?»

«Ja. Seine Eltern hatten ein Elektrogeschäft, Florian war immer mit der neusten Technik ausgestattet. Manchmal hat er einen Discman oder eine neue Kamera zu unseren Treffen mitgebracht. Wir haben sie dann ausgetestet, und er hat sie nach ein paar Tagen wieder zurückgegeben. Das war nichts Ungewöhnliches.»

«Okay, Sie waren also alleine mit Susanne im Haus, es ging um eine weitere Mutprobe. Aber das Ganze lief aus dem Ruder», sagte der Kommissar.

Knappeck nickte. Mit zitternden Händen nahm er den Pappbecher und trank einen Schluck des inzwischen nur noch lauwarmen Kaffees. Der Stuhl war unbequem, und er lehnte sich zurück, um seinen Rücken zu entlasten.

«Was passierte dann?», setzte die Kommissarin nach.

«Wir tranken Wodka. Ich mehr als Susanne, wohl um mir Mut anzutrinken und meine Nervosität abzubauen. Dann hatte ich die Idee mit dem Schwimmbad. Es kam mir so ungeheuer luxuriös vor. Ich meine, wer hatte denn damals schon einen eigenen Pool im Haus? Den Gedanken, dass ich heimlich ein paar Bahnen durch den Pool des blöden Direx ziehen konnte, fand ich plötzlich ungeheuer cool. Susanne wollte nicht, gab aber schließlich nach, und so sind wir vom Wohnzimmer in den Anbau.»

«Hatte Frerichs Sie beide auch im Wohnzimmer gefilmt?», setzte sie nach.

Er nickte. «Das große Fenster geht direkt in den Garten hinaus. Thies musste seine Kamera nur ein paar Meter verrücken.»

Die Kommissarin räusperte sich. «Wie ging es dann weiter?»

«Ich war betrunken und habe nicht verstanden, warum Susanne nicht schwimmen wollte. Ich meine – was war denn schon dabei? Ich fand sie toll, anziehend. Sie roch so gut an dem Abend, und schließlich schubste ich sie einfach ins Wasser.»

Der Kommissar hörte auf, mit dem Fuß zu wippen und warf ihm über den Rand seiner Brillengläser einen scharfen Blick zu. «Die Kleine rief um Hilfe, und Sie verließen in aller Seelenruhe das Schwimmbad, während sie ertrank?»

«Nein, so war es nicht!» Knappeck hörte, wie seine Stimme sich erneut überschlug. «Ich dachte, sie beschwert sich wie die anderen Mädchen auch. Mehr aus Jux, nicht ernsthaft! Wie hätte ich denn …» Er raufte sich die Haare. Jetzt kam der Punkt über den er all die Jahre nicht hinweggekommen war. «… wie hätte ich denn wissen sollen, dass sie nicht schwimmen kann? Ich meine, wie absurd ist es denn, einen Pool im Haus zu haben, wenn man sich nicht mal über Wasser halten kann? Sie hat mir vorher kein

Wort gesagt! Ich konnte doch nicht ...» Verzweifelt schüttelte er den Kopf und vergrub sein Gesicht in den Handflächen.

«Aber Sie haben den Raum verlassen!» Das Urteil des Kommissars klang bitter.

Knappeck fuhr sich erneut durch die Haare. Die Situation machte ihn wahnsinnig. «Ich war ... Ich war so betrunken wie selten zuvor in meinem Leben. Ich hatte etliche Biere getrunken und dann mit Susanne den ganzen Wodka. Ich musste auf die Toilette, Herrgott noch mal! Und dazu musste ich raus durchs Wohnzimmer und einmal quer durch diese Scheiß-Riesenvilla und zur anderen Seite des Gebäudes. Ich weiß nicht mehr, wie lange ich weg war.» Nach einer kurzen Pause fügte er hinzu: «Und als ich wiederkam, war es zu spät.»

«Und Sie haben ihre Rufe nicht gehört?» Die Kommissarin hatte sich vorgebeugt. «Sie wollen nicht gehört haben, wie Susanne Ballhaus um ihr Leben geschrieen hat?»

Er sah sie aus müden Augen an. «Wissen Sie, wie oft ich mir diese Frage gestellt habe? Wie oft der Abend vor meinem inneren Augen abgelaufen ist, wieder und wieder?» Er ballte seine Hände zu Fäusten und begann, sie rhythmisch gegen seine Stirn zu drücken.

«Welche Rolle hat Frerichs dabei gespielt?» Die tiefe Stimme des Kommissars riss ihn aus seinem Schmerz. «Hat er das Band einfach weiterlaufen lassen? Ohne einzugreifen? Was wollte er mit der Aufnahme ihres Todeskampfes bezwecken?»

Knappeck lachte trocken auf. «Thies war ein Arschloch, so viel sollten Sie mittlerweile herausbekommen haben. Er behauptete, er habe gerade eine Zigarette geraucht, die Kamera laufen gelassen und sei durch den Garten gegangen, als es passiert ist. Damals habe ich ihm das abgenommen. Heute bin ich mir da nicht mehr so sicher.»

«Wie hat er reagiert?» Der Kommissar fixierte ihn genau.

«Es war seine Idee, die Spuren zu verwischen und die Sache unter den Teppich zu kehren. Ich wollte zur Polizei und alles erzählen, wollte erklären, dass es ein Unfall war.

Thies meinte, dass ich das lassen sollte. Ich hab mich schließlich überreden lassen, ich wollte ja nicht lebenslang im Knast sitzen.» Knappeck seufzte. «Er war eben ein großer Manipulator und hat ja letztlich auch Florian und mich gegeneinander ausgespielt.»

«Wusste Florian Tenambergen von der Verabredung mit Susanne?»

Knappeck schüttelte den Kopf. «Natürlich nicht. Er war an dem Wochenende nicht da. Aber er hätte es sicher niemals zugelassen. Er war ja damals mit Susanne zusammen … Als er von ihrem Tod erfuhr, war er am Boden zerstört. Florian hat gemerkt, dass etwas vorgefallen war. Kurz darauf zerbrachen die Likedeeler, und er hat sich immer weiter zurückgezogen. Vielleicht ahnte er, dass der Unfall irgendwie mit uns zusammenhing, ich weiß es nicht. Auch Thies und ich haben darüber kein Wort mehr verloren.»

«Tenambergen hat also auch nie von dem Film erfahren?», fragte die Kommissarin.

«Von mir jedenfalls nicht. Ich dachte außerdem, Thies hätte den Film gelöscht.»

«Hatte er aber nicht», kam es heiser von der Kommissarin zurück. «Er hatte das Band die ganze Zeit in der

Schublade, und dann holt er es irgendwann raus, um Sie zu erpressen.» Sie machte eine kurze Pause und fuhr sich mit der rechten Hand durch ihr glattes schwarzes Haar. Dann sah sie Knappeck eindringlich an. «Was passierte am Dienstagabend?»

Knappeck trank den letzten Schluck kalten Kaffee. «Ich habe Thies Geld angeboten, denn darum ging es ihm doch wohl, oder? Kohle, mit der er seine Familie über Wasser halten konnte, mit der er den Kutter abbezahlen und die teuren Nachrüstungen wie dieses dämliche elektronische Logbuch finanzieren konnte.»

«Wie viel?»

Knappeck sah auf. «Fünfzigtausend.»

«Aber das reichte ihm nicht?»

«Thies war an Geld nicht interessiert, können Sie sich das vorstellen? Er sagte, dass die Nordsee den Fischern gehört, dass man sie immer mehr verdrängt und dass er das nicht mehr mitmachen würde. Also habe ich ihm einen noch höheren Betrag angeboten, aber er hat mich ausgelacht und gesagt, dass er an meinem schmutzigen Geld kein Interesse hat.» Wut stieg in ihm auf. «Aus der Hand geschlagen hat er mir die Scheine! Auf allen vieren habe ich im Dreck gewühlt und sie wieder eingesammelt.»

«Und dann?»

Knappeck richtete sich auf. «Schließlich hat er sich umgedreht, um zu gehen. Er sagte, dass ich meine Chance gehabt hätte und dass er mit dem Band gleich am nächsten Morgen zur Polizei gehen würde ...»

Knappeck machte eine Pause und sah die Szene wieder vor sich. Er hörte Thies' Stimme, sein widerliches Lachen, das vom Wind verschluckt wurde. Er schmeckte das Salz auf den Lippen und spürte, wie seine Panik von Sekunde zu Sekunde wuchs. Er erinnerte sich daran, wie seine rechte Hand in seine Hosentasche glitt und einen kalten, schweren Gegenstand ertastete.

«Herr Knappeck, wie ging es dann weiter?» Wie durch Watte vernahm er die Stimme der Kommissarin.

«Ich … ich kniete auf der Wiese, mit den Geldscheinen in der Hand», sagte er leise, «und wollte gerade aufstehen, als ich mein Taschenmesser in meiner rechten Hosentasche spürte. Thies stand immer noch vor mir, sah aufs

Meer und hörte nicht auf zu lachen. Ohne zu überlegen, habe ich das Messer aus der Tasche gezogen, die Klinge aufspringen lassen und zugestochen.» Knappecks Augen waren starr geradeaus gerichtet. «Ich wollte, dass er aufhört mit seinem Gelächter, mit seiner selbstsicheren, arroganten Art. Er sollte ruhig sein, einfach nur die Klappe halten! Ich weiß nicht mehr, wie oft ich auf ihn eingestochen habe, vielleicht drei- bis viermal? Thies brüllte wie am Spieß, er blutete und ging zu Boden. Ich hatte ihn an der Wade erwischt und am Oberschenkel.» Knappeck atmete langsam aus. «Als mir klarwurde, was ich getan hatte, habe ich Panik bekommen. Ich habe meine Geldscheine in die Jacke gestopft und bin weggerannt.»

«Aber vorher sind Sie noch sichergegangen, dass er Ihren Angriff nicht überleben würde», meldete sich der Kommissar wieder zu Wort, «und haben auf seinen Oberkörper eingestochen.»

Überrascht hob Knappeck den Blick. «Was? … Nein!»

«Doch!», fuhr der Beamte fort. «Und Sie verletzten ihn dort so stark, dass seine Lunge schließlich nicht mehr arbeiten konnte und er elendig verreckte!»

«Was erzählen Sie denn da?» Knappeck sprang auf. «Ich habe ihn nur an den Beinen erwischt!»

«Hören Sie auf, uns anzulügen!» Die Kommissarin sah ihn streng an.

«Das ist die Wahrheit, das müssen Sie mir glauben! Ich … Er …» Knappeck war außer sich. Erschöpft ließ er sich wieder auf den Stuhl fallen. Dann keimte plötzlich ein Funke Hoffnung in ihm auf. «Ist er nicht verblutet?» Er bemerkte, wie die beiden Kommissare sich einen kurzen Blick zuwarfen. «Ist Thies etwa an Lungenversagen gestorben?»

Stumm saßen sie in ihrem Büro und starrten die Wand an, jeder hing seinen Gedanken nach.

Eben während des Verhörs war Spandorff noch hellwach gewesen, umso zerschlagener fühlte er sich jetzt, nachdem es vorbei war. Er hatte das schon oft erlebt und war daher nicht überrascht, dass er nun so müde war, als hätte er tagelang nicht geschlafen.

«Glauben Sie ihm?», ergriff die Petersen das Wort.

Er sah auf und blickte erst zu Jurek, der wie ein Schluck Wasser in der Kurve auf seinem Stuhl hing, und dann zur Chefin. «Sie nicht?»

Die Petersen seufzte. «Knappecks Aussagen passen zu Berschats Bericht. Die Verletzungen an den Beinen stammen von der spitzen Klinge eines Messers.»

«Andererseits hat Berschat von zwei Tatwaffen gesprochen», gab Spandorff zu bedenken. «Die Wunden im Oberkörper stammen von einem zweiten Täter.»

«Aber vielleicht ist es ja auch gar nicht so, wie es aussieht.» Petersen machte eine kurze Pause. «Wäre es nicht möglich, dass Frerichs sich verteidigen wollte … mit einem Gegenstand, den er zufällig dabeihatte? Berschat beschrieb die Waffe als eine Art Dorn. Vielleicht hat er einen großen Dorn gefunden oder so. Und Knappeck hat ihm die Waffe dann abgenommen und ihn schließlich damit erstochen ...»

Spandorff warf ihr einen zweifelnden Blick zu. «Bei aller Phantasie – das halte ich für eher unwahrscheinlich.»

Die Petersen machte ein resigniertes Gesicht, wahrscheinlich hielt sie den Tathergang selbst nicht für besonders realistisch. «Das würde bedeuten, dass der eigentliche Mörder weiterhin frei herumläuft.» Sie raufte sich die Haare. «Verdammt, was ist genau an dem Abend passiert? Wer hat Frerichs so gehasst, dass er ihn erstochen hat, als er bereits blutend auf dem Boden lag?» Sie biss sich auf die Unterlippe und sah aus dem Fenster. Draußen wurde es dunkel, durchs Fenster hörte man vorbeifahrende Autos.

«Da gibt es verschiedene Möglichkeiten.» Ohne sich darum zu kümmern, dass er nicht alleine im Raum war, legte Spandorff die Füße auf den Tisch und verschränkte die Arme hinter dem Kopf. Er war seit mehr als zehn Stunden im Dienst, da hatte man das Recht auf eine bequeme Sitzposition.

Die Petersen warf zwar einen missbilligenden Blick auf seine dreckigen Schuhe, enthielt sich aber jeglichen Kommentars. Sie stand auf und ging zur Pinnwand. Gedankenverloren beobachtete Spandorff, wie sie ihren grauen Schal lockerte, der so ähnlich aussah wie der von seiner Tochter Sarah, und auf die angehefteten Fotografien starrte.

«Wir werden uns morgen noch mal Geesa Frerichs vornehmen», erklärte sie. «Ist bei der Hausdurchsuchung bisher irgendetwas herausgekommen, das sie zusätzlich belastet?»

Jurek, der sich mittlerweile kaum noch auf den Beinen halten konnte, schüttelte den Kopf. «Wir haben die Telefonverbindungen, eine Lebensversicherung und die Kontoauszüge mit den Überweisungen von ihren Eltern und kleineren Beträgen von ihrem Liebhaber – das war's.»

«Reicht das für einen Mord?», fragte Spandorff.

Die Petersen zuckte ratlos mit den Schultern. «Der Liebhaber, dieser Thomas …»

«… Westerdom.» Jurek war bemüht, sich die Erschöpfung nicht anmerken zu lassen.

«… der hat wirklich ein wasserdichtes Alibi?»

Eifriges Kopfnicken. «Er war auf einer Fortbildung.»

«Hast du das mehrmals gegengecheckt?»

«Sicher.» Jurek klang beleidigt. «Wir haben Tankstellenquittungen, zwei Restaurantrechnungen, und ich habe mit dem Seminarleiter gesprochen. Außerdem ist Westerdom an dem Abend geblitzt worden. In der Dortmunder Innenstadt.»

«Okay, was ist mit Tenambergen? Könnte es sein, dass er irgendwie erfahren hat, dass Knappeck und Thies damals gemeinsame Sache gemacht haben und schuld sind am Tod seiner Freundin? Könnte er Thies vorgeworfen haben, sie nicht gerettet, sondern ihren Todeskampf mit der Kamera festgehalten zu haben?»

Spandorff überlegte und wippte mit dem Fuß. «Durchaus möglich. Dann stellt sich allerdings die Frage, warum die Geschichte gerade jetzt hochgekommen ist.»

Petersens Blick klebte immer noch auf der Pinnwand, als würde sie dort die Lösung entdecken, wenn sie nur lange genug daraufstarrte. «Könnte es außerdem sein, dass noch eine andere Person an dem Unfall im Schwimmbad beteiligt war? Jemand, den wir bisher gar nicht auf dem Zettel hatten?»

Jurek riss die Augen auf und schien seine Müdigkeit für einen Augenblick zu vergessen. «Ein weiterer Zeuge?»

Die Petersen zuckte mit den Schultern. «Wär doch möglich … Wir sollten Knappeck mit der Vermutung konfrontieren und sehen, wie er reagiert.» Sie machte eine kurze Pause. «Und schließlich frage ich mich, welche Rolle die Eltern von Eric Theurer spielen.»

Spandorff runzelte die Stirn. «Inwiefern?»

«Der alte Theurer hat mir nicht die Wahrheit gesagt, als es um das Verhältnis von seinem Sohn zu Frerichs ging. Er hat behauptet, dass sie kaum Kontakt hatten und sein Sohn Frerichs nicht besonders mochte. Nun, das stimmte eindeutig nicht.»

«Vielleicht wusste er es nicht besser?» Spandorff kratzte sich am Kopf. «Viele Eltern haben keine Ahnung, was im Leben ihrer Kinder vor sich geht.» Ich auch nicht, ergänzte er in Gedanken.

«Schon möglich», kam es gedehnt von der Petersen zurück. «Aber vielleicht steckt noch etwas anderes dahinter.»

Im Raum wurde es wieder still. Jureks Augen waren nur noch halb geöffnet, die Petersen trommelte mit den Fingern auf ihrem Schreibtisch, und Spandorff wippte immer noch mit dem Fuß.

«Okay, Schluss für heute!» Die Chefin fuhr den PC herunter, schnappte sich ihren riesigen Lederbeutel und klimperte mit dem Schlüsselbund. «Morgen geht's weiter, und zwar frisch und ausgeruht!»

Spandorff registrierte, dass Jurek ihr einen dankbaren

Blick zuwarf und blitzschnell seine Sachen zusammenpackte. Ein paar Minuten später waren sie durch die Tür verschwunden, und er saß alleine im Büro.

Froh, endlich seine Ruhe zu haben, warf er einen Blick auf die Uhr. Halb neun. Sollte er auch den Laden dichtmachen? Und dann? Noch auf ein paar Bier in die *Fischerstube*?

Unentschlossen wanderte sein Blick über den Schreibtisch und blieb schließlich an den Berichten aus der Rechtsmedizin und der Spurensicherung hängen. Ohne richtige Lust angelte er sich die Unterlagen und begann, die Seiten durchzublättern. Vielleicht hatten sie ja irgendein Detail übersehen, das jetzt, nach Knappecks Vernehmung, eine neue Bedeutung bekam.

Spandorff legte die Beine wieder hoch und begann zu lesen. Berschat hatte den rechtsmedizinischen Bericht gewohnt gründlich geschrieben, daher dauerte es eine Weile, bis er zum interessanten Teil vorstieß.

Die Messerstiche an Frerichs' Waden und Oberschenkeln waren angeblich von einem recht scharfen Messer verursacht worden. Die Tatwaffe befand sich nach Knappecks Darstellung noch im Haus, würde also bei der Durchsuchung sichergestellt werden.

Die Stichwunden im Oberkörper der Leiche wiesen andere Eigenschaften auf. Es waren rundliche, ovale Einstiche und damit keine «klassischen» Messerstichverletzungen. Wurden sie also von jemandem zugefügt, der an dem Abend mit der Absicht zu töten Richtung Salzwiesen ging? Aber woher wusste der Täter dann, dass Frerichs sich dort aufhalten würde? Und wenn es doch eine Affekthandlung gewesen war, wenn Frerichs also zufällig auf seinen Mörder gestoßen war … wer trägt so einen seltsamen

Gegenstand, einen Dorn oder eine Art Rundfeile, bei sich?

Es war zum Lesen schon fast zu dunkel im Büro, also knipste Spandorff die Schreibtischlampe an. Konzentriert las er den Bericht zu Ende, konnte aber nichts finden, was ihn weitergebracht hätte. Schließlich blätterte er in seinen eigenen Notizen und rief sich sämtliche Gespräche in Erinnerung, die er während der Ermittlungen geführt hatte.

Plötzlich stutzte er.

Erneut blätterte er in den Notizen und nahm noch einmal Berschats Bericht zur Hand. Ganz langsam begann sich eine Möglichkeit in seinem Kopf zu formen. Fieberhaft überlegte er, ob er auf der richtigen Spur sein konnte. Auch die Petersen war vorhin gedanklich in diese Richtung marschiert – zu Recht!

Spandorff richtete sich auf. Hektisch suchte er sein Adressbuch, nahm den Hörer ab und wählte ihre Handynummer. Das Klingelzeichen ertönte, schließlich ging die Mailbox ran. Normalerweise sprach er nie auf diese Dinger, er hasste seine Stimme auf Band wie die Pest, aber heute machte er eine Ausnahme.

«Spandorff hier. 'n Abend Frau Petersen.» Er hatte einen Frosch im Hals und musste sich räuspern. «Äh … Rufen Sie bitte kurz zurück, ich bin noch im Büro. Ich habe was, das wir direkt besprechen sollten!»

Er legte auf, fischte nach seinen Zigaretten und seinem Feuerzeug und ging zum Fenster. Mittlerweile war es pechschwarz draußen, nur die Laternen warfen helle Kegel auf den Bürgersteig. Spandorff öffnete das Fenster.

«Scheiß drauf», murmelte er, zündete sich eine Zigarette an und inhalierte tief. Vielleicht half das Nikotin, die losen Fäden des Falles zusammenzuführen. Je länger er darüber nachdachte, desto klarer wurde ihm die Lösung. Wieso war er nicht eher darauf gekommen?

Eine ganze Weile stand er am Fenster und blickte immer wieder verstohlen auf das Telefon. Schließlich ging er zurück zu seinem Schreibtisch und wählte erneut Petersens Nummer.

Fehlanzeige, wieder nur die Ansage.

Spandorff überlegte. Die Chefin war doch mit ihrem elektronischen Ding verheiratet, er hatte noch nie erlebt, dass sie nicht sofort erreichbar war.

Verdammt, warum ging sie ausgerechnet jetzt nicht ran?

«Ja?»

Die Frau, die Tomma die Tür öffnete, trug ihre Haare straff nach hinten gekämmt. Ihr Gesicht war grau und faltig, sie ging gebückt und blickte abweisend zu der fremden Besucherin hoch.

«Tomma Petersen, Kripo Nordenham. Kann ich Ihren Mann sprechen?»

«Der ist im Hafen. Will raus auf Krabbenfang.»

«Um diese Zeit?»

Die Frau lachte kurz auf. «Das Hochwasser kümmert sich nicht um normale Arbeitszeiten. Man geht auf Fang, wenn man es kann.» Sie warf Tomma einen abschätzigen Blick zu. «Was wollen Sie denn von ihm?»

Tomma ignorierte die Frage. «Wann hat Ihr Mann denn das Haus verlassen?»

Die Frau zuckte mit den Schultern. «Vielleicht vor

zehn, zwanzig Minuten. Wenn Sie Glück haben, erwischen Sie ihn noch. Worum geht es denn?»

Tomma bedankte sich, machte auf dem Absatz kehrt und lief zurück zu ihrem Wagen. Sie wusste nicht, ob sie mit dieser spontanen Aktion Erfolg haben würde, sie wusste nur, dass sie an diesem Abend nicht seelenruhig nach Hause fahren konnte. Ihre Finger kribbelten, und sie spürte, dass die Lösung des Falls ganz nah war. So nah, dass vielleicht nur noch ein einziges Gespräch nötig war, um das fehlende Puzzleteil zu ergänzen.

Als sie vorhin die Polizeidienststelle verlassen hatte, war sie von einer seltsamen Unruhe erfasst worden. Sie wollte nicht bis zum nächsten Tag warten, um die Spur weiterzuverfolgen. Gewohnt zügig hatte sie die Nordenhamer Innenstadt hinter sich gelassen und war vom Mittelweg in die Großensieler Straße abgebogen. Als es links nach Oldenburg ging und rechts zu den Küstenorten, hatte sie einen Moment lang gezögert. Schließlich hatte sie den Blinker gesetzt und war zwanzig Minuten später in Fedderwardersiel eingetroffen.

Als sie jetzt in die Einfahrt zum Hafen fuhr, war sie jedoch nicht mehr so sicher, dass es eine gute Idee gewesen war. Menschenleer lag der Hafen vor ihr, die Konturen der Gebäude wurden bereits von der Dunkelheit verschluckt. Sie fuhr den Golf auf den einsamen Parkplatz, gab sich einen Ruck, schnappte sich ihre Tasche und stieg aus.

Draußen schlug ihr eine kalte Brise entgegen. Tomma richtete den Kragen ihres Mantels auf und marschierte in Richtung Anleger. Ein einziges Schiff lag noch dort. Mit schnellen Schritten ging Tomma zu dem Kutter und sah einen Mann an Deck, der an einem Tau zog.

«Herr Theurer?»

Der Mann drehte sich um. Als er die Kommissarin erkannte, verdüsterte sich seine Miene. «Ja?»

«Ich habe noch ein paar Fragen an Sie.»

Ohne sie eines weiteren Blickes zu würdigen, wandte er sich wieder dem Tau zu, rollte es zusammen und warf es mit Schwung auf den Boden. «Das wird ja wohl Zeit bis morgen haben. Ich bin spät dran.»

Tomma räusperte sich. «Nein, hat es leider nicht. Wir ermitteln in einem Mordfall, und ich entscheide, zu welchem Zeitpunkt ich die Fragen stelle.»

Um ihrer Aussage Nachdruck zu verleihen, trat sie näher und berührte mit einer Hand den Bug. Der Kutter schwankte, und das dunkle Wasser gluckste unter ihr an die Hafenmauer.

Theurer sah sie überrascht an. Er war nur noch ein paar Meter von ihr entfernt. «Ich würde ja gerne länger mit Ihnen plaudern, aber irgendjemand muss schließlich das Geld verdienen. Durch diese ganze … Sache … bin ich weit hinter meinem Pensum zurück. Ich kann mir weitere Ausfälle einfach nicht leisten.» Seelenruhig fuhr er mit seiner Arbeit fort und machte sich zum Ablegen bereit.

Der Kerl hatte echt Nerven, dachte Tomma. «Gut, dann komme ich an Bord!»

«Das ist doch Blödsinn, Sie können doch nicht …»

«Die andere Option ist, dass Sie mit aufs Revier kommen. Sofort.» Tomma legte so viel Autorität wie möglich in ihre Stimme und sah Theurer fest in die Augen. Sie hätte natürlich darauf bestehen können, dass sein Kutter im Hafen blieb und er mitkam. Aber sie hatte das Gefühl, hier, auf seinem Terrain würde sie womöglich mehr erfahren. Er durfte nicht ablegen.

Ohne weiter nachzudenken, kletterte Tomma an Bord

und wäre um ein Haar auf dem nassen Boden ausgerutscht.

Theurer fing sie in letzter Sekunde auf. Resigniert zuckte er mit den Schultern, als sein Blick auf ihre Schuhe fiel. Das Profil ihrer Sneakers war eindeutig nicht für den Kutter geeignet.

«Das ist hier kein Spielplatz!», brummte er genervt.

Überrascht von seinem festen Griff, richtete Tomma sich auf. So gebrechlich, wie er aussah, war der alte Mann

offensichtlich nicht. Sicher verlangte die harte Arbeit auf dem Kutter einiges an Muskelkraft.

«Wo ist denn Ihr Partner?», fragte Tomma. «Fahren Sie nicht zu zweit raus?»

Theurer warf ihr einen missbilligenden Blick zu. «Es geht auch so. Ich bin nicht auf Hilfe angewiesen.»

Entschlossen ging er ins Führerhaus, und einen Moment später hörte Tomma, wie der Motor ansprang. Es roch nach Diesel. Meter für Meter schob sich der Kutter langsam vom Anleger weg und steuerte auf die Hafenausfahrt zu.

Wie ein pechschwarzer Teppich breitete sich vor ihnen die Nordsee aus. Der Mond schien bleich vom Himmel und warf bereits einen hellen Schatten aufs Wasser.

Tomma sah sich um. Sie wusste nicht so recht, wohin mit sich. Wie hatte sie sich das nur vorgestellt?

Seufzend tastete sie nach ihrem BlackBerry. Rechts fühlte sie unter der Jacke das Holster mit ihrer Dienstwaffe, in der linken Jackentasche fand sie das Handy. Sie zog das BlackBerry heraus und warf einen Blick aufs Display. Eine Nachricht auf der Mailbox, fünf Anrufe in Abwesenheit, der letzte vor drei Minuten. Sie hörte die Mailbox ab und stutzte, als sie Spandorffs Nachricht lauschte. Wieso konnte der Mann nicht einfach klar sagen, was ihn beschäftigte?

Sie wählte seine Festnetznummer im Büro, doch er nahm nicht ab. Offenbar war er gerade nicht am Platz, oder er hatte sich mittlerweile ebenfalls auf den Weg in den Feierabend gemacht. Tomma war angespannt. Wieso musste sie ausgerechnet an einen Technikmuffel als engsten Kollegen geraten, der nicht mobil zu erreichen war? Vielleicht holte er sich aber auch nur kurz einen Kaffee. Dann würde sie es eben gleich noch mal probieren.

Sie steckte das Handy in ihre Manteltasche und ging zu Theurer ins Führerhaus. Eine kleine Lampe tauchte das Kabuff in schummriges Licht.

«Wer ist denn eigentlich mit Ihnen rausgefahren, nachdem Sie Ihren Sohn verloren haben?» Der Dieselmotor dröhnte, und Tomma musste ihre Stimme heben, um das Geräusch zu übertönen.

«Jemand aus dem Dorf.» Nach einer Weile fügte Theurer noch hinzu: «Aber es ist nicht leicht, einen guten Steuermann zu finden.»

Tomma nickte verständnisvoll. «Kann ich mir vorstellen. Eric war mit Sicherheit eine zuverlässige Hilfe an Bord.»

Theurers Miene verfinsterte sich, wortlos starrte er aufs Wasser, während sich der Kutter weiter von der Küste entfernte.

«Wollte Eric schon immer Fischer werden, oder war das Ihre Idee?»

«Er wollte es so. Schon als Kind. Er ist oft zwischen den Kisten mit den Nordseekrabben herumgeturnt. Er war verrückt nach dem Kutter, nach der Nordsee. Konnte Seezunge und Kabeljau buchstabieren, bevor er in die Schule kam.»

«Sie waren bestimmt stolz auf ihn. Und wenn der einzige Sohn dann noch in die Fußstapfen des Vaters tritt …»

Theurer starrte weiter durch die Scheibe. «Wir hätten gerne noch mehr Kinder gehabt, aber es sollte nicht sein», sagte er seufzend. «Eric hat schon als Knirps im Hafen unsere Krabben an die Touristen verkauft, zusammen mit meiner Frau. Die griffen damals ordentlich zu, das kann ich Ihnen sagen.» Er lachte verhalten, den Blick noch immer an den Horizont geheftet.

«Klingt nach einer sorglosen Kindheit.»

«Es war eine schöne Zeit, wir hatten es gut. Ich verdiente genug Geld. Meine Frau war damals noch ein Energiebündel, richtig lebensfroh. Und hübsch war sie, sie hätte jeden haben können! Aber sie wollte mich.» Tomma hörte den Stolz, der in seiner Stimme mitschwang.

«Früher war das Leben für die Fischer einfacher, wissen Sie.»

Tomma nickte. Das alles hatte sie schon mal gehört, und zwar von Thies Frerichs, als er noch lebte. Sie beschloss, das Gespräch in eine andere Richtung zu lenken.

«Die schlechte Situation der Fischer hat Ihren Sohn belastet, oder? Ich meine, er war kurz davor, den Kutter zu übernehmen, und diesen Schritt wird er sich sehr gründlich überlegt haben.» Gespannt beobachtete sie Theurers Reaktion.

«Wie meinen Sie das?»

«Na, er hätte es sich ja auch anders überlegen können, weil die Zeiten so unsicher sind. Immer neue EU-Richtlinien, Offshore-Anlagen … Thies Frerichs hat –»

«Ach, der.» Theurer machte eine wegwerfende Handbewegung. «Die Situation ist nicht so dramatisch, wie einige Leute sie immer darstellen. Die wollen sich nur wichtig machen. Die denken, sie wissen alles über den Krabbenfang.»

Mit diesen Worten legte er einen Hebel um und verließ das Führerhaus. Draußen an Deck war es jetzt stockdunkel, vor den Mond hatten sich Wolken geschoben.

Der Wind zerrte an Tommas Mantel, der Boden schwankte. Sie sah sich um, konnte aber nur noch vereinzelte Lichter an der Küste erkennen. Jegliches Zeitgefühl war ihr abhandengekommen. Wie lange waren sie schon gefahren? Zehn Minuten, eine halbe Stunde?

Sie warf einen Blick auf die Zeitanzeige ihres BlackBerrys. Es war mittlerweile zwanzig nach zehn. Mit kalten Fingern drückte sie die Wahlwiederholungstaste, doch Spandorff nahm immer noch nicht ab.

Verdammt, dachte sie. Ob ich Jurek anrufen sollte?

Tomma beschloss, es in ein paar Minuten ein letztes Mal bei Spandorff zu probieren.

Draußen machte sich Theurer an den Kurren zu schaffen, die die Netze über den Meeresgrund zogen und die Krabben einsammelten. Bei seiner schweren Arbeit kam er Tomma nicht wie der alte Mann vor, den sie bei ihrem letzten Gespräch in seinem Haus vor sich gehabt hatte. Seine Bewegungen waren routiniert, jeder Handgriff saß. Es schien fast so, als hätte der alte Theurer vergessen, dass er nicht alleine an Bord war.

Tomma trat zu ihm. «Wussten Sie eigentlich, dass Thies Frerichs Ihrem Sohn sogar davon abgeraten hat, den Kutter zu übernehmen?» Sie musste fast brüllen, um sich gegen den Wind durchzusetzen.

«Was reden Sie denn da, die beiden hatten kaum Kontakt.» Verbissen ging Theurer wieder Richtung Führerhaus.

Tomma heftete sich an seine Fersen. «Das stimmt nicht. Eric und Thies kannten sich gut, sie haben sich intensiv in E-Mails ausgetauscht. Frerichs war so etwas wie ein älterer Freund für Ihren Sohn.»

«Blödsinn!»

Tomma beschloss, noch einen Schritt weiterzugehen, um ihn aus der Reserve zu locken. «Vielleicht hat er sich von Ihnen ja schlecht beraten gefühlt? Vielleicht wollte er mal mit jemandem reden, der eine andere Sichtweise hatte, eine objektivere?»

Theurer blieb abrupt stehen und drehte sich zu ihr um. «Objektiver, ja? Bringt man euch das an der Uni bei, so klug zu schnacken?» Er schnaubte verächtlich. «Ich sage Ihnen was: Als Fischer müssen Sie auf Ihre Erfahrung hören, auf nichts anderes! Ich werfe genau hier meine Netze aus, weil meine Erfahrung mir sagt, dass ich hier Erfolg haben werde.» Mit einer ausladenden Bewegung deutete er auf das dunkle Wasser. «Und genauso sagt mir meine Erfahrung, dass sich die Lage für die Krabbenkutter wieder bessern wird!» Damit drehte Theurer sich um und marschierte zurück ins Führerhaus.

«Woher wollen Sie das wissen?» Tomma eilte hinterher.

«Wir haben zurzeit einen Knick, ein Wellental. So was gibt es immer mal wieder, da kommt man auch wieder raus. Wir werden immer Fanggründe finden!»

Plötzlich schwankte der Kutter bedrohlich, und Tomma musste sich an einem Regal aus Holz festhalten. «Das hat Thies Frerichs aber ganz anders gesehen. Er –»

«Frerichs, immer nur Frerichs, was weiß der denn schon?» Wütend schlug Theurer mit der Faust auf das Schaltpult.

Tommas Magen rebellierte zunehmend gegen den Wellengang, sie hatte einen sauren Geschmack im Mund. Tapfer schluckte sie die Übelkeit hinunter und legte nach. «Frerichs war so etwas wie ein Wortführer der Krabbenfischer hier, er hatte Einfluss. Er wusste, wie der Hase läuft und –»

«Nichts wusste dieser Schmarotzer, gar nichts!» Aufgebracht fuhr der alte Theurer herum, stieß sie beiseite und drängte wieder an ihr vorbei ins Freie. «Ein Trinker und ein Spieler», rief er, «der mit billigen Flittchen durch die Betten hüpfte, statt sich um seine Familie zu kümmern, das war er!»

«Aber er war Realist», setzte Tomma nach, bemüht, mit ihm Schritt zu halten. «Er hat die Situation in den Watten doch recht gut eingeschätzt.»

Theurer lachte höhnisch auf. «Das ist doch dummes Zeug! Er hat selbst Gott gespielt, sich eingemischt und hinter dem Rücken alle, die ihm nahestanden, in den Dreck gezogen.»

«Auch Ihren Sohn?»

Theurer antwortete nicht, sondern konzentrierte sich auf die Netze, die der Kutter in gleichbleibendem Tempo über den Meeresgrund ziehen sollte.

«Hat er auch Ihrem Sohn geschadet, Herr Theurer?», wiederholte Tomma ihre Frage.

«Geschadet?» Seine Stimme überschlug sich. «Ohne Frerichs würde Eric noch leben und sich jetzt an Deck um die Netze kümmern, statt unter der Erde zu Staub zu zerfallen!»

Tomma atmete langsam aus. «Warum?», fragte sie etwas leiser. «Was hat er getan?» Ihr war jetzt richtig schlecht, und sie zwang sich, auf den Horizont zu blicken. Machte man das nicht so, wenn man seekrank wurde? Aber das dunkle Meer und der wolkenverhangene Himmel gingen in eins über. Es gab nichts, was ihr hätte Orientierung bieten können. Die Übelkeit wurde vom Geruch des Dieselöls noch verstärkt. Tomma riss sich zusammen.

«Was werfen Sie Frerichs eigentlich vor?», fragte sie, da Theurer noch immer nichts erwidert hatte. «Dass er seine Meinung gesagt hat? Was hat das mit Erics Suizid zu tun? Er hat sich doch aus freien Stücken entschieden, seinem Leben ein Ende zu setzen.»

«Schwachsinn!» Theurer kam wütend auf sie zu. «Was wissen Sie schon?»

«Jeder Mensch hat die Wahl», sagte Tomma und sah den alten Fischer mitleidig an. «Und wenn man einen eher schwachen Charakter hat, dann –»

«Halten Sie endlich Ihren Mund!» Mit vor Wut verzerrtem Gesicht kam er auf Tomma zu und stieß sie mit aller Wucht zurück. Tomma stolperte über das Tauwerk, das am Boden lag, und stürzte.

Theurer stand jetzt dicht über ihr. «Er hat meinen Jungen auf dem Gewissen», zischte er von oben auf sie herab. «Er hat Eric in den Ohren gelegen, dass er den Kutter nicht übernehmen soll. Hat ihm von den dringend nötigen Investitionen abgeraten. Rund sechzigtausend Euro müssten wir reinstecken, um den Kutter wieder richtig flottzumachen. Ein neuer Motor, neue Geräte, so was kostet! Aber wissen Sie, was diese Grünschnäbel von der Bank gesagt haben, als er sich das Geld leihen wollte? Sie haben es abgelehnt! Dieselbe Bank, zu der ich dreißig Jahre lang mein hart verdientes Geld getragen habe, hat meinem Jungen die Tür vor der Nase zugeschlagen!»

Während Theurer sich in Rage redete, zog Tomma sich mühsam an der Reeling hoch. Unauffällig tastete sie nach ihrer Dienstwaffe. Die Situation wurde ihr langsam unheimlich. «Was hatte Frerichs damit zu tun?», fragte sie wieder etwas mutiger, als sie das Holster unter ihrem Mantel ertastete.

«Er hatte seine dreckigen Finger doch überall im Spiel», schimpfte Theurer. Erst jetzt nahm Tomma wahr, dass sein Atem nach Kaffee und Alkohol roch. «Der Filialleiter ist sein Kumpel, und als sein feiner Freund erwähnte, dass einer seiner Kollegen einen nicht unbeträchtlichen Kredit aufnehmen wollte, hat er sich kaputtgelacht und gesagt: Mach nur, das Geld siehst du nie wieder. Daraufhin ist der Deal geplatzt!»

«Woher wissen Sie das?»

«Vielleicht habe ich ja einen Tipp bekommen.» Theurers Augen funkelten. «Außerdem hat Frerichs es zugegeben.»

«Aber sicher nicht freiwillig.»

«Vielleicht habe ich ja etwas nachgeholfen.»

Tomma wusste, dass jedes weitere Wort ihr Gegenüber nur weiter provozieren würde, aber sie musste einfach die Wahrheit erfahren. «Am letzten Dienstag? Bei den Pütten?»

Theurer schwieg. Er wirkte plötzlich müde und ausgelaugt, und Tomma schien es, als habe er wieder mehr Ähnlichkeit mit dem alten Mann, dem sie in Erics Zimmer gegenübergesessen hatte.

«Herr Theurer, was ist am Dienstag passiert?», hakte sie nach. «Sie waren doch bei den Salzwiesen, oder?»

Der alte Mann wankte und wich ein Stück zurück. Sein Gesichtsausdruck war nach innen gekehrt, fast verschlossen.

«Nun reden Sie schon!»

Er blickte auf, seine müden Augen fixierten sie genau.

«Ich … Ich bin noch mal zurück zum Hafen, weil ich den Marlspieker auf dem Kutter vergessen hatte.»

Tomma konnte sich schwach daran erinnern, dass es sich dabei um ein Werkzeug der Fischer handelte. War das nicht dieses Ding, das sie benutzten, wenn es darum ging, die Taue zu verknüpfen? «Und dann?» Ihr dauerten die Ausführungen des alten Mannes zu lange.

«Ich hatte keine Lust, direkt nach Hause zu gehen … Ich wollte aber auch nicht schon wieder in die *Fischerstube*,

sondern einen klaren Kopf bekommen. Also habe ich die andere Richtung eingeschlagen.»

«Über die Schafweide Richtung Salzwiesen.»

Theurer nickte. «Plötzlich habe ich gehört, wie jemand um Hilfe schrie. Ich dachte erst, es sei Einbildung, aber je näher ich kam, desto deutlicher waren die Rufe.»

«Und Sie sind weitergegangen?»

«Nein, ich wollte helfen. Aber ich wusste doch nicht, was passiert ist! Es war stockdunkel, aber dann erkannte ich einen Mann, der verletzt am Boden lag.»

«Frerichs.»

Als Theurer beharrlich schwieg, setzte Tomma nach: «Haben Sie sofort gewusst, dass es Frerichs war?»

Der alte Mann schüttelte den Kopf. «Er lag ganz verdreht da. Ich … ich habe ihn erst für einen Fremden gehalten, einen Touristen vielleicht.»

«Und dann?»

«Ich wollte gerade mein Handy rausholen, als ich erkannt habe, dass es Frerichs war, der blutend am Boden lag.»

«Wie haben Sie reagiert?»

«Ich habe das Handy wieder eingesteckt», sagte Theurer und schien sich selbst am meisten über diese Reaktion zu wundern.

«Was passierte dann?»

Theurer wartete einen Moment, als müsse er sich die Szene erst wieder genau in Erinnerung rufen. Dann fuhr er wütend fort: «Ich habe ihn zur Rede gestellt. Habe ihm gesagt, dass er am Tod meines Sohnes schuld ist und dass er es zugeben soll. Erst dann würde ich Hilfe holen.»

«Was hat Frerichs erwidert?»

Theurer sah sie ernst an, und seine Augen bekamen etwas Bedrohliches. «Er hat gelacht und gesagt, dass er nichts dafür kann und dass Eric eine Macke habe. Genau so hat er es gesagt: eine Macke! Mein Junge hätte sich sowieso aufgeknüpft, er sei halt kein richtiger Kerl gewesen, sondern eine Memme!» Seine Stimme überschlug sich. «Frerichs lag am Boden wie ein verwundetes Tier und ist dabei so größenwahnsinnig, mir das ins Gesicht zu sagen!»

Tomma wartete einen Moment. Schließlich fragte sie: «Und dann?»

«Mein einziger Gedanke war, dass dieses Schwein meinen Jungen nicht durch den Dreck ziehen soll. Dass ich nicht zulassen darf, dass er weiter so über Eric redet. Dass ich ihn irgendwie zum Schweigen bringen muss!» Theurer zuckte mit den Schultern. «In meiner Panik zog ich den Marlspieker aus der Tasche, sah dem Dreckschwein direkt in die Augen und stach zu.»

Tomma trat einen Schritt zurück. So ein Marlspieker ist leicht gebogen und erinnert an einen eisernen Dorn. Hatte Berschat also doch recht gehabt!

«Er hatte die Wahl», fuhr Theurer fort. «Hätte er zugegeben, dass er schuld war am Tod meines Jungen, hätte er weiterleben können. So aber hatte er es nicht verdient.»

Einen Moment lang sagte keiner ein Wort.

Eine Welle erfasste den Kutter, Wasser spritzte über den Bug. Nur mit Mühe konnte Tomma sich auf den Beinen halten. Langsam wurde ihr die Bedrohlichkeit der Situation bewusst.

Mit zitternden Fingern tastete sie in ihrer Manteltasche nach ihrem Handy und zog es heraus. Da versetzte die nächste Welle dem Schiff Schlagseite. Das BlackBerry rutschte ihr aus der Hand und fiel zu Boden.

Plötzlich erwachte der alte Theurer aus seiner Lethargie. Mit einem Schritt war er bei ihr, stürzte sich auf das Gerät und schleuderte es über Bord. «Glauben Sie, ich erzähle Ihnen alles und kehre dann gemütlich mit Ihnen in den Hafen zurück?»

Tomma bekam Panik. Mittlerweile drehte sich alles, und sie musste ständig schlucken, um die aufsteigende Magensäure zurückzudrängen. In einem Impuls griff sie nach ihrer Dienstwaffe und versuchte, sie aus dem Holster zu ziehen.

«Lassen Sie uns in Ruhe über alles reden. Es ist –»

«Einen Teufel werden wir tun.» Der Fischer trat auf sie zu.

«Geben Sie auf, Theurer! Die Kollegen wissen, wo ich bin! Wenn ich mich nicht bald bei ihnen melde, schicken sie die Hubschrauber los.»

«Sie bluffen doch.»

«Machen Sie sich nicht unglücklich und versauen Sie Ihr Leben nicht!»

Theurer lachte. «Ich hab doch nichts mehr zu verlieren! Eric ist tot, meine Frau ein Wrack, meine Zukunft zerstört. Das Einzige, was mir noch wichtig ist, ist meine Freiheit. Und die lasse ich mir von niemanden nehmen, hören Sie?»

Hektisch zog Tomma die Waffe unter ihrem Mantel hervor und wollte sie auf Theurer richten. Doch Theurer reagierte schneller. Mit einem Satz war er bei ihr und schlug mit voller Kraft auf ihr rechtes Handgelenk. Tomma brüllte vor Schmerz, ließ die Waffe fallen und hielt sich die Hand.

Verdammt, wenn die P2000 in seine Hände geriet, war alles vorbei!

Reflexartig stieß sie die Waffe mit dem Fuß weg und verfluchte sich, als das Metall über den nassen Boden schlitterte und von der Dunkelheit verschluckt wurde.

Einen Moment lang sahen beide in dieselbe Richtung. Dann packte Theurer sie plötzlich an den Handgelenken und zerrte sie quer übers Deck zur Reling. Mit aller Kraft stemmte Tomma sich gegen den Angriff. Sie fiel auf die Knie und trat in ihrer Panik wahllos nach ihrem Angreifer. Irgendwie erwischte sie Theurers Magen. Der Fischer krümmte sich und ächzte vor Schmerzen. Er wankte und taumelte und lockerte schließlich seinen Griff.

Weiter, Tomma!, trieb sie sich an, du schaffst das!

Verzweifelt versuchte sie, sich an die Kampftechniken zu erinnern, die sie in der Ausbildung gelernt hatte, doch in ihrem Gedächtnis herrschte absolute Leere. Sie musste sich allein auf ihren Instinkt verlassen.

Tomma rappelte sich auf und trat eilig ein paar Schritte zurück. Während sie sich mit zusammengekniffenen Augen nach einem Gegenstand umsah, rieb sie sich die schmerzenden Hände.

Hier musste doch irgendetwas liegen, womit sie Theurer überwältigen konnte!

Aus den Augenwinkeln registrierte sie, dass er sich wieder aufrichtete und auf sie zuwankte. Sie wich zurück und trat mit dem Fuß gegen einen großen Kasten. Hinter ihrem Rücken ertastete sie die Umrisse und umklammerte den Rand. Sie wartete, bis Theurer etwa einen halben Meter vor ihr stand, dann riss sie den Kasten hoch und schleuderte ihn mit aller Wucht in seine Richtung. Doch er hatte den Angriff offenbar kommen sehen und duckte sich blitzschnell weg. Seine Reaktionsschnelligkeit und Wendigkeit überraschte Tomma. Er stand nun direkt vor ihr.

Polternd schlug der Kasten auf dem Boden auf. Theurer zog etwas Glänzendes aus der Hosentasche und sah sie eiskalt an. Ein Messer? Der Marlspieker, mit dem er Frerichs erstochen hatte?

«Los!» Theurer fuchtelte mit der Waffe vor ihrem Gesicht herum. «Springen Sie!»

«Sie sind doch verrückt!» Ihre Stimme zitterte und konnte sich kaum gegen den tosenden Wind durchsetzen. Sie spürte die Reling im Rücken und sah aus den Augenwinkeln das Wasser wie einen tiefen Schlund hinter ihr.

«Es wird aussehen wie ein Unfall.» Theurer trat einen letzten Schritt auf sie zu.

Tomma sah etwas Spitzes auf sie zuschnellen. Es erwischte ihren linken Arm, der Schmerz fuhr ihr in alle Glieder, und sogleich färbte sich ihr Mantel an der Stelle dunkelrot.

Theurer nutzte seine Chance, stürzte auf sie zu und packte sie erneut. Mit aller Kraft drückte er ihren Oberkörper über die Reling. Ihr Rücken fühlte sich an, als würde er in zwei Teile brechen. Tomma schnappte nach Luft. Ihre Füße berührten den Boden nicht mehr. Verzweifelt ruderte sie mit den Armen herum. Plötzlich fühlte sie sich ganz leicht, fast schwerelos. Dann traf ihr Körper auf dem Wasser auf, das sie sofort wie eine eiskalte Hülle umfing.

Einen Moment lang raubte ihr der Schock die Sinne. So schnell sie konnte, drückte sie sich nach oben und japste nach Luft. Ihre Augen brannten, sie hatte Wasser geschluckt und hustete.

Tomma schrie um Hilfe und wusste sehr wohl, dass niemand sie hier hören würde, bevor das Gewicht der vollgesaugten Kleidung sie erneut nach unten zog. Mit aller Kraft strampelte sie gegen das Sinken an, trat hektisch in alle Richtungen.

Als sie wieder an die Wasseroberfläche kam, sah sie mit Erschrecken, dass sich der Kutter entfernte. Die Lichter wurden kleiner, das Geräusch des Dieselmotors leiser.

Halt durch, Tomma, du schaffst das!

Aber sie konnte keinen klaren Gedanken fassen. Ihr Arm tat höllisch weh, ihre Zähne klapperten, und sie zitterte am ganzen Körper. Panisch versuchte sie, den Mantel loszuwerden, der wie ein schwerer Sack an ihrem Körper hing. Sie zog und strampelte so lange, bis sie ihn ausgezogen hatte. Vollkommen außer Atem merkte sie, wie viel Kraft es sie kostete, sich bei dem Wellengang und der Kälte über Wasser zu halten.

Wie lange würde sie noch durchhalten? Ein paar Minuten? Länger?

Vielleicht hatte sie ja Glück, und es gab hier etwas, woran sie sich festhalten konnte. Tomma sah sich um, suchte mit ihren Augen die Dunkelheit nach einer Boje, einem schwimmenden Ast oder einem Kanister ab, irgendetwas, das ihr helfen würde, Kräfte zu sparen.

Doch sie sah nichts, nur eine pechschwarze Masse, die sie im eisernen Griff hielt.

Durchhalten!, befahl sich Tomma, nicht aufgeben, du schaffst das!

Sie wollte den Satz rhythmisch wiederholen, wie einen Schlachtruf, und sich an ihm aufrichten. Doch ihr Kopf schmerzte, ihre Schläfen pochten, und ihre Gedanken waren verworren, nicht mehr kontrollierbar. Sie dachte an Helma und an ihren Vater, den sie nie kennengelernt hatte. Und an Jan.

Die Vielfalt ist schön, Tomma, nicht das Einheitliche,

Angepasste! ... Dein Perfektionismus macht dich noch mal kaputt ... Ich würde dich gerne besser kennenlernen ... Personen, Gesprächsfetzen, Orte, Jahreszahlen – alles wirbelte durcheinander.

Plötzlich entdeckte sie in der Ferne blinkende Lichter, die auf den Wellen zu tanzen schienen. War das Theurer, der zurückkehrte? Hatte er Erbarmen mit ihr? Hörte sie Stimmen, die nach ihr riefen, oder bildete sie sich das nur ein?

Verzweifelt versuchte Tomma, auf sich aufmerksam zu machen, aber aus ihrem Mund kam nur ein leises Krächzen.

Dann begann alles um sie herum zu verschwimmen.

«Geht das nicht schneller?»

Spandorff drehte sich zum Vormann, der das Rettungsboot mit unbewegter Miene steuerte. Ihm war klar, dass er an Bord keine Anweisungen geben konnte, aber ihm saß die Zeit im Nacken.

Wenn der Petersen irgendwas zustieß, würde er sich ewig Vorwürfe machen. Wieso war sie auch so starrköpfig und wagte einen Alleingang? Theurer hatte nichts mehr zu verlieren, das machte ihn unberechenbar und gefährlich. Nicht mutig, sondern lebensmüde war die Aktion der Chefin, dafür sollte man ihr nachträglich den Hintern versohlen!

Die Gischt sprühte ihm ins Gesicht, er musste sich festhalten, um nicht vom Wellengang umgeworfen zu werden. Die Zigarette in seinem Mundwinkel war aufgeweicht, und er schmiss sie wütend auf den Boden.

«Dahinten!», schrie er plötzlich und deutete aufs Wasser. Im Licht der Scheinwerfer konnte er einen Kutter ausmachen, der mit eingeholten Netzen auf sie zukam. «Das ist er!»

Eigentlich war es reiner Zufall, dass er jetzt Kurs auf Theurers Kutter nahm. Als er vor etwa einer Stunde bei seiner Pension am Hafen angekommen war, hatte er ihren Wagen auf dem Parkplatz entdeckt. Von der Chefin selbst war jedoch weit und breit nichts zu sehen gewesen. Spandorff hatte schließlich eins und eins zusammengezählt und vermutet, dass sie die gleichen Rückschlüsse gezogen hatte wie er. Im Gegensatz zu ihm wollte die Petersen die Spur allerdings offenbar unbedingt noch heute verfolgen.

Nachdem Theurers Frau bestätigt hatte, dass ihr Mann auf Krabbenfang gegangen war, hatte Spandorff sich entschlossen zu handeln. Es hätte keinen Zweck gehabt, die Kollegen von der Wasserschutzpolizei zu mobilisieren, die saßen in Brake oder Bremerhaven – das war viel zu weit weg und würde zu lange dauern. Seine einzige Chance war das Rettungsboot der DGzRS im Fedderwardersieler Hafen.

Also rief er seinen alten Kumpel Karl Lüders an, der

Rettungsmann auf dem Seenotrettungsboot *Hermann Onken* war. Spandorff war klar, dass er sich wirr angehört haben musste. Aber Karl kannte ihn gut und wusste, dass der sonst so ruhige Polizist nicht von Todesgefahr reden würde, wenn es nicht einen trifftigen Grund gab. Er hatte ihm einen prüfenden Blick zugeworfen, dann etwas von Seenot und Amtshilfe gemurmelt und schließlich das Handy aus der Tasche gezogen, um den Vormann anzurufen.

Und der machte der Seenotrettung jetzt alle Ehre.

Rund zweihundertzwanzig PS schoben den mehrere Tonnen schweren Aluminiumkörper durchs Wasser. Spandorff und die beiden jungen Kollegen, die in der Nähe des Hafens Streife gefahren waren und von ihm kurzerhand zur Verstärkung herangezogen worden waren, wurden an Bord ordentlich durchgeschüttelt. Meter für Meter schoben sie sich an den Kutter heran.

«Jetzt langsamer!», brüllte Karl in Richtung des Vormanns. «Drossel das Tempo.»

Dass sie Theurers Kutter überhaupt gefunden hatten, grenzte für Spandorff an ein Wunder. In der *Fischerstube* hatte er meist nur mit halbem Ohr hingehört, wenn Karl begeistert von der mit neuster Technik ausgerüsteten *Hermann Onken* referiert hatte.

«Wir kriegen ihn mit dem AIS», hatte Karl beim Ablegen gesagt und erklärend hinterhergeschoben: «Automatisches Identifizierungssystem. Das hat Theurer an Bord, es meldet uns zwangsläufig seine Position!»

AIS ... was auch immer, hatte Spandorff gedacht. Wenn sie damit nur in der Lage waren, die Petersen aufzuspüren.

Er hegte keinen Zweifel daran, dass sie zu Theurer an

Bord gegangen war. Ob sie in der Dunkelheit freiwillig mit ihm losgefahren war? Oder hatte er sie womöglich dazu gezwungen?

Spandorff wunderte sich, dass er sich so um sie sorgte. Schließlich ging sie ihm seit Dienstantritt vor allem auf die Nerven. Sie hatte keine Gelegenheit ausgelassen, ihn herumzukommandieren. Doch bei den Ermittlungen erwies sie sich als hartnäckig und zäh, und sie hatte am Ende vermutlich den richtigen Riecher gehabt. Außerdem würde Sturm mit Sicherheit ihn dafür verantwortlich machen, wenn der Chefin irgendwas zustieß.

Als sie auf Höhe des Fischkutters waren, griff Spandorff zum Megaphon. «Theurer, wir kommen an Bord!», brüllte er und tastete nach seiner P2000.

Wie lange hatte er seine Dienstwaffe schon nicht mehr benutzt? Zehn Jahre? Verdammt noch mal, dachte Spandorff, das sollte eigentlich auch so bleiben!

Das Rettungsboot knirschte und ächzte, als der Bug die Wände des Kutters streifte.

«Nimm die Hände hoch! Weg von der Reling!» Mit einem Satz hievte Spandorff sich an Bord und richtete die Waffe auf den alten Kapitän.

«Was soll das Theater?», rief Theurer gegen den Wind an. «Sie können doch nicht einfach …»

«Halt die Klappe.» Nur wenige Meter trennten ihn jetzt von dem alten Fischer. «Wo ist die Petersen?»

«Wer?»

Spandorffs flackernder Blick suchte das schwankende Schiff ab und blieb schließlich an einer Blutspur auf Höhe der Reling hängen. «Hör auf, mich zu verarschen!», schrie er Theurer wütend an und stürzte auf ihn los. «Wo ist sie? Ist sie verletzt?»

Sein Gesicht war nur wenige Zentimeter von dem des alten Theurer entfernt. Der Mann roch nach Alkohol. Er schien mit sich zu kämpfen und seine Möglichkeiten abzuwägen. Schließlich ließ er die Schultern hängen. Müde hob er den Arm und wies mit einer unbestimmten Handbewegung zum Wasser.

«Sie ist da draußen?» Spandorffs Stimme überschlug sich. «Du hast sie über Bord gehen lassen?»

Theurer nickte fast unmerklich.

«Wie lange ist das her?»

Als der Mann nicht sofort antwortete, packte Spandorff ihn am Arm und schüttelte ihn.

«Keine Ahnung», stotterte Theurer, «vielleicht fünf Minuten.»

«Welche Koordinaten?»

«Weiß ich nicht, ich hab doch nicht ...»

«Welche Richtung? Wo ist sie über Bord gegangen, Theurer?»

Der Fischer zuckte mit den Schultern. «Da in etwa.» Wieder zeigte er in die schwarze Nacht.

Soso, in etwa ... Spandorffs gezielter Kinnhaken traf Theurer völlig unvorbereitet. Der Alte sackte in sich zusammen.

Spandorff war klar, dass das vermutlich eine Menge Ärger geben würde, aber das musste einfach sein. Wenn er ehrlich war, war der Schlag auch eine Reaktion auf seine Wut gegen sich selbst. Vielleicht hatte die Petersen ja versucht, ihn anzurufen und ihn ohne Handy nur nicht erreicht. Aber er hatte keine Zeit für tiefenpsychologische Betrachtungen, jetzt zählte jede Sekunde.

Schnell wies Spandorff einen der beiden jungen Streifenpolizisten an, sich um Theurer zu kümmern.

«Kriegst du das hier alleine hin?»

Der Kollege nickte zwar eifrig, bewegte sich jedoch eher wie eine Marionette. Unsicher hielt er seine Dienstwaffe auf Theurer gerichtet, der einen apathischen Eindruck machte, als würde er gar nicht begreifen, was um ihn herum passierte. Der alte Fischer durfte jetzt nicht schlappmachen!

Mit einem mulmigen Gefühl im Bauch kletterte Spandorff wieder auf das Schiff der Seenotrettung und erläuterte dem Vormann die Richtung, in die der Alte gewiesen hatte. Der Motor dröhnte, und schon nahm das Boot an Fahrt auf. Spandorff musste sich gut festhalten, um nicht umgeworfen zu werden.

Voller Konzentration starrte der Vormann auf einen Bildschirm und steuerte die Suchscheinwerfer.

Man musste kein Hellseher sein, um vorauszusagen, dass die Chancen, die Petersen lebend zu finden, äußerst gering waren. Es war März, und die Nordsee war um diese Jahreszeit eiskalt.

Spandorff wusste nicht, wie lange ein Mensch in dieser nassen Kälte und bei dem rauen Wellengang überleben konnte, aber ihm war klar, dass sie schon zu viel Zeit verloren hatten.

Jeden Meter der wogenden schwarzen Masse tasteten die Suchscheinwerfer ab. Spandorff brüllte Petersens Namen in das Megaphon, seine Hände waren so verkrampft, dass seine Knöchel schmerzten. Das Boot wurde hin und her geschleudert, und es war schwer, sich auf die schäumenden Wellen zu konzentrieren.

Nichts. Nur das Meer. Unendlich weit, aufgewühlt und pechschwarz.

Plötzlich glaubte Spandorff etwas Helles im Wasser

gesehen zu haben. Dort! Dort bewegte sich etwas in den Wellen auf und ab.

«Da rüber!», brüllte er.

Als sie näher kamen, erkannte Spandorff, dass es Petersens Mantel war, den sie heute getragen hatte. Kamen sie etwa zu spät?

Nein! Ein Adrenalinstoß schoss durch seinen Körper. Sie musste hier irgendwo sein! Vielleicht würden sie noch rechtzeitig kommen …

«Langsamer!», befahl er dem Vormann. «Geh mit dem Tempo runter!»

Spandorff konzentrierte sich wieder aufs Wasser. Sein Kopf dröhnte, und allmählich schlug ihm der Seegang auf den Magen, aber er ignorierte die aufsteigende Übelkeit. Nicht jetzt!, dachte er. Wenn sie die Petersen nicht bald fanden, dann war es zu spät.

Plötzlich entdeckte er einen dunklen Schopf in der wogenden Masse. War das ihr Kopf, oder spielte ihm sein Gehirn einen Streich?

Spandorff kniff die Augen zusammen, um seinen Blick zu schärfen. Nein, das war ein Mensch! Jetzt erkannte er ein Gesicht, kurz darauf einen Arm, der müde aus dem Wasser gehoben wurde. Tomma Petersen lebte.

«Wir haben sie! Los, hier rüber!»

An Bord brach hektische Betriebsamkeit aus. Alle brüllten durcheinander und riefen ihr etwas zu. Meter für Meter schoben sie sich vorsichtig an den Körper heran. Dann ging alles ganz schnell.

Die Rettungspforte wurde aufgestoßen und Tomma Petersen kurz darauf von Karl an Bord gezogen. Der Seenotretter war in seinem Element. Die ganze Zeit über sprach er mit der Petersen und zwang sie, sich auf seine

Stimme zu konzentrieren, damit sie nicht ohnmächtig wurde. Immer wieder öffnete sie für wenige Sekunden die Augen. Und Spandorff war sich nicht sicher, ob sie ihn überhaupt erkannte, geschweige denn wusste, was mit ihr geschah.

Die nasse Kleidung landete auf dem Boden, die Chefin wurde in eine Aludecke gehüllt. Mit Volltempo nahmen sie Kurs auf den Fedderwardersieler Hafen, wo ein Rettungswagen auf sie warten würde. Der Vormann hatte die Kollegen inzwischen über Funk verständigt.

Spandorff beobachtete das hektische Treiben aus einiger Entfernung und fühlte sich plötzlich seltsam unbeteiligt. Der Geruch von Dieselöl, der schwankende Boden, der salzige Geschmack der Luft ... All das würde er wohl nie vergessen. Er stand einfach nur da, eine Hand an der Reling, und starrte auf das Geschehen. Er konnte jetzt nichts mehr für die Petersen tun, nun mussten andere die Regie übernehmen.

In seiner Innentasche kramte er nach Zigaretten und fischte die letzte aus der zerdrückten Schachtel. Einen kurzen Moment zögerte er, dann wanderte seine Hand in die zweite Innentasche. Er zog den Flachmann heraus, schraubte den Verschluss auf und genehmigte sich einen Schluck. Sofort brannte der Alkohol in seiner Kehle und breitete sich warm in seinem Magen aus. Zufällig fing er den Blick des zweiten Streifenpolizisten auf, der ganz grün im Gesicht war und ihn stumm beobachtete.

Scheiß auf die Vorschriften, dachte Spandorff. Heute war nicht der Tag, um sich an die Regeln zu halten.

Mittwoch, 30. März
Hochwasser: 11:14 Uhr/23:34 Uhr

 «**Morgen** allerseits!»

Der Polizeidirektor sah frisch und ausgeruht aus, als er die Besprechung eröffnete und bildete damit einen scharfen Kontrast zu der erbärmlichen Verfassung seiner Mitarbeiter.

Tomma fühlte sich noch immer wie gerädert, so als hätte sie drei Wochen durchgearbeitet und mindestens genauso lange nicht geschlafen.

Nachdem man sie im Krankenhaus durchgecheckt und die Schnittwunde an ihrem linken Arm genäht hatte, war sie bereits am nächsten Morgen entlassen worden. Zwei Tage lang hatte sie zu Hause die Decke angestarrt, Helmas besorgte Anrufe angenommen, Mails geschrieben und sich durch schlechte Vorabendserien gezappt. Dann war ihr die Decke auf den Kopf gefallen, und sie hatte beschlossen, früher als geplant in den Dienst zurückzukehren. Natürlich gegen den lautstarken Protest ihres Hausarztes, der sie eigentlich eine ganze Woche krankgeschrieben hatte. Aber was sollte sie so lange alleine in der Wohnung?

Immer wieder holten sie die Erinnerungen an ihren Überlebenskampf im Wasser ein. Tagsüber lenkte sie sich ab mit Fernsehen und Zeitunglesen, doch nachts träumte sie von der Tiefe und dem dunklen Nass. In ihrem Kopf kreisten die Gedanken. Auf einige Fragen würde sie nie eine zufriedenstellende Antwort finden. Wie konnte sie nur so dumm sein, sich allein in diese gefährliche Situation zu bringen? Was wäre passiert, wenn Spandorff nicht die richtigen Schlüsse gezogen hätte? Wenn das Rettungsboot nur ein paar Minuten später gekommen wäre?

Es gab keine einfachen Antworten auf diese komplexen Fragen, und sie sollte das besser heute akzeptieren als morgen. Das Beste war, sich abzulenken, und das konnte sie am effektivsten hier, bei der Arbeit.

Mit halbem Ohr bekam Tomma mit, dass Sturm dem ganzen Team seine Glückwünsche aussprach und sich besonders bei ihr bedankte. Er habe viele Anrufe von erleichterten Bürgern entgegengenommen. Auch Geschäftsleute und einflussreiche Köpfe aus der Lokalpolitik hätten sich gemeldet, berichtete Sturm und schnalzte mit der Zunge. Alle seien froh, dass der Täter gefasst und Butjadingen zum baldigen Saisonbeginn wieder sicher war.

«Das ist Ihr Verdienst, liebe Frau Petersen!», schloss er seine Lobeshymne.

Die rund zwanzig Kollegen, die mit ihr an dem runden Tisch saßen, quittierten diese Feststellung mit zustimmendem Klopfen und anerkennendem Gemurmel.

Tomma sah in die Runde. Alle waren da: Spandorff, Jurek, die Kriminaltechniker, der Innendienst … Nur Jan fehlte. Vielleicht hatte er Urlaub?

Unruhig rutschte sie auf dem Stuhl hin und her und lächelte den Kollegen etwas verlegen zu. Es war ihr unangenehm, so im Mittelpunkt zu stehen.

Sicher, sie hatte die Ermittlungen abgeschlossen und den Fall gelöst. Aber wieso fühlte sich das nicht wie ein

Triumph an? Tomma kannte die Antwort: Um ein Haar hätte sie ihre Leichtsinnigkeit, ihre Verbissenheit und vielleicht auch ihren Ehrgeiz mit dem Leben bezahlt, daran würde sie noch lange zu knapsen haben.

Der Verschluss von Sturms Uhr schnappte zu, die Morgenbesprechung war beendet.

Auf dem Weg zum Büro wurde Tomma noch mehr auf die Schulter geklopft.

«Ihr seid halt ein eingespieltes Team», lästerte ein Kri-

minaltechniker und drückte ihr freundschaftlich den Arm. Es war der linke, und Tomma verzog das Gesicht. Auch die körperlichen Wunden würden Zeit brauchen für die Heilung, sie musste einfach Geduld haben.

Sie war froh, als sie endlich wieder in ihrem Büro saß. Spandorff begutachtete ein Paket, das seit Dienstbeginn auf seinem Schreibtisch gelegen hatte, und öffnete es umständlich. Jurek strahlte immer noch wie ein Honigkuchenpferd, als hätte er den Fall im Alleingang gelöst. Aber warum auch nicht? Er hatte hervorragende Arbeit geleistet, und Tomma bedauerte, dass seine Zeit in der Dienststelle nun fast um war. Aber vielleicht konnte er ja doch noch länger bleiben, Sturm hatte heute Morgen so etwas angedeutet.

Seufzend betrachtete Tomma ihren Schreibtisch, auf dem sich wie gewohnt die Akten stapelten. Vermutlich würde sie die nächsten Tage damit verbringen, Unterlagen zu ordnen und Berichte zu schreiben. Plötzlich fiel ihr Blick auf ein loses Blatt Papier, das ganz zuoberst lag und ziemlich offiziell aussah. Sie runzelte die Stirn. Eine Dienstaufsichtsbeschwerde?

Tomma überflog den Text und las die Wörter Spandorff, Einsatz, Fedderwardersiel, Alkohol und Dienst.

Einen Moment lang kämpfte sie mit sich. Dann zerriss sie das Papier und warf es in den Papierkorb.

Als Nächstes fiel ihr ein ungeöffneter Brief in die Hände, der mit dem Zusatz «persönlich» an sie adressiert war. Tomma öffnete den Umschlag und begann zu lesen.

Sehr geehrte Frau Petersen,
ich möchte Ihnen zu Ihrem abgeschlossenen Fall gratulieren und Ihnen meinen ganz persönlichen Dank aussprechen.

Das eigene Kind, sein eigen Fleisch und Blut zu verlieren ist für einen Vater das Schlimmste, was ihm im Leben zustoßen kann. Fast unerträglich jedoch ist es, wenn man miterleben muss, wie der Ruf der eigenen Tochter nach ihrem schrecklichen Tod mit Dreck beworfen wird.

Ich war fest davon überzeugt, dass Susanne uns nie so verlassen und uns nicht bewusst diesem Kummer ausgesetzt hätte.

Zu meiner Trauer, die mich mein Leben lang wie ein Schatten begleiten wird, kam eine Wut, an der ich fast zerbrochen wäre. Wut auf die Beamten, die mir nicht geglaubt haben, und auf die vielen Menschen, die ihren Tod als Unfall ausgelegt haben. Ein Unfall, an dem Susanne angeblich eine erhebliche Mitschuld trug. Am größten aber war die Wut auf ihren Mörder, von dem ich sicher war, dass es ihn gab. Ich wollte ihn mit meinen eigenen Händen erwürgen und wünschte, dass er in der Hölle verrotten würde!

Diese Gedanken konnte ich mit niemandem teilen, nicht einmal mit meiner Frau, die sich irgendwann entschied, die Ergebnisse der Ermittlungen zu akzep-

tieren. Ich mache ihr daraus keinen Vorwurf, es war ihre Art, mit der Vergangenheit abzuschließen, ohne daran zugrunde zu gehen.

Als Sie mich jetzt nach so vielen Jahren darüber in Kenntnis setzten, dass Sie einen Zusammenhang zwischen dem Vorfall im Schwimmbad und einem aktuellen Fall vermuteten, habe ich zunächst misstrauisch reagiert. Ich weiß, dass ich abweisend und in meiner Überheblichkeit sicher auch unverschämt war, dafür möchte ich mich entschuldigen. So viele Jahre hatte ich nicht mehr über die Geschehnisse gesprochen! Ich war mutlos und hatte die Hoffnung bereits aufgegeben – obgleich ich in meinem Innersten stets überzeugt war, dass die Wahrheit doch noch an die Oberfläche kommen würde.

Dank Ihrer Gründlichkeit, Ihrer Beharrlichkeit und Ihres Muts wurde die Wahrheit nun ans Tageslicht gezerrt. Dafür spreche ich Ihnen meinen aufrichtigen Dank aus. Natürlich bekomme ich meine Tochter dadurch nicht zurück, aber es hilft mir, sie so in Erinnerung zu behalten, wie sie war – liebenswert, aufgeweckt und rücksichtsvoll. Und ich kann meine Wut und meinen Hass nun auf denjenigen richten, der ihn verdient – ihren Mörder. Unabhängig davon, ob er vorsätzlich gehandelt hat oder nicht.

Das ist mehr, als ich in den letzten Jahren zu hoffen gewagt hatte.

Meinen Frieden kann ich nicht mehr finden, aber mein Leben lässt sich jetzt leichter ertragen. Das ist Ihr Verdienst.

Hochachtungsvoll
Ihr Günter Ballhaus

Tomma hatte einen Kloß im Hals und schluckte schwer.

Sie dachte darüber nach, dass Ballhaus' Situation sich gar nicht so stark von der des alten Theurer unterschied. Beide hatten ihr Kind verloren und verlangten, dass der vermeintlich Schuldige sich zu der Tat bekannte. Aber ab wann war man schuldig? Reichte es, jemanden in die Verzweiflung zu treiben? Oder beinhaltete eine Schuld immer körperliche Gewalt?

«Bevor ich's vergesse ...» Jureks Stimme riss Tomma aus ihrer Versenkung. Sie legte den Brief zur Seite und sah auf. «Geesa Frerichs hat angerufen.»

«Ach ja?» Tomma runzelte die Stirn und stützte den linken Arm vorsichtig auf einem Stapel Akten ab. «Was wollte sie denn?»

«Bescheid sagen, dass sie demnächst umzieht.» Jureks Lockenkopf, für den er heute wieder die klassische Strohhut-Bedeckung gewählt hatte, unterstützte seine Aussagen durch nachdrückliches Nicken. Ein Tick, der Tomma erst jetzt so richtig bewusst wurde. «Damit wir wissen, wo wir sie erreichen können, wegen der Anzeige nach dem Einbruch.»

«Und wo zieht sie hin?»

Jurek sah auf den Zettel, der vor ihm lag. «Nach Bremen.»

«Na, Geld genug hat sie ja jetzt.» Spandorff hatte das Paket mittlerweile geöffnet und betrachtete stirnrunzelnd den Inhalt. «Da wäre die Lebensversicherung und der Erlös aus dem Kutter ... Und wenn sie das Haus verkauft, landet noch mal ein nettes Sümmchen auf ihrem Konto. Das sollte für einen Neuanfang reichen.»

«Bekommt sie eigentlich noch Ärger?», fragte Jurek. «Ich meine, wegen der Schwarzarbeit?»

Tomma warf einen Textmarker in die Schublade. Bei

der Hausdurchsuchung waren den Beamten nicht nur ein Umschlag mit Bargeld in die Hände gefallen, sondern auch Unterlagen, die vermuten ließen, dass Geesa Frerichs gelegentlich ihre Haushaltskasse durch Kinderbetreuungen aufgebessert hatte, ohne das Finanzamt darüber zu informieren.

«Wohl kaum», sagte Tomma. «Die Beträge waren nicht sonderlich hoch.»

«Und Knappeck?» Jurek beugte sich vor. «Muss er wegen Mordes in den Knast?»

«Kommt drauf an», kam es von Spandorff. «Wenn der Richter ihm glaubt, dass er damals nicht in der Absicht gehandelt hat, Susanne Ballhaus zu töten, kommt er vielleicht glimpflich aus der Nummer raus. Dann könnte das Delikt als Totschlag eingestuft werden oder als Körperverletzung mit Todesfolge. Aber es wird in jedem Fall ernst für ihn. Er hat schließlich keinen Störtebeker, der ihm den Hintern rettet.»

Jurek warf ihm einen verständnislosen Blick zu.

Erstaunt über den regen Austausch der beiden Kollegen, lehnte Tomma sich grinsend in ihrem Stuhl zurück. Offenbar gewöhnte sich Spandorff langsam an die Rolle des älteren Kollegen, der mit dem Ermittlungsnachwuchs gnädig sein Wissen teilte.

«Kennst du die Story von Klaus Störtebeker und den Likedeelern nicht?», fragte Spandorff.

Jurek zog den Hut tiefer ins Gesicht und schüttelte den Kopf.

«Die Legende besagt, dass nur *die* gefangenen Piraten begnadigt wurden, an denen Störtebeker nach seiner Enthauptung noch vorbeigehen konnte.» Spandorff machte eine kunstvolle Pause, bevor er fortfuhr. «An elf Männern ist er angeblich noch vorbeigestiefelt, bevor ihm der Henker den Richtblock vor die Füße warf.»

«Krass!» Jurek schien schwer beeindruckt. Dann schwenkte er vom Mittelalter wieder in die Gegenwart. «Und was passiert jetzt mit Knappecks Frau? Juliana Olsson hat ihrem Mann doch ein falsches Alibi gegeben.»

Tomma zuckte mit den Schultern und mischte sich wieder ins Gespräch ein. «Kommt drauf an, ob sie die Aussage vor Gericht wiederholt. Während der Ermittlungen ist eine Falschaussage letztlich nicht strafbar.»

Das Telefon klingelte, und Jurek nahm ab. Nach nur wenigen Sekunden legte er mit einem ernsten Gesichtsausdruck den Hörer wieder auf und erhob sich. «Das war die Sekretärin von Herrn Sturm. Er möchte mich sprechen …»

Tomma lächelte. «Vielleicht will er dich befördern.»

«Das geht doch gar nicht.» Bekümmert setzte Jurek seinen Strohhut ab und stopfte sein kariertes Hemd in die Hose.

«Na, nun geh erst mal hin. Er wird dir schon nicht den Kopf abreißen.»

Tomma war ebenfalls aufgestanden und schob ihn durch die Tür, ohne auf seinen Protest zu hören. Wahrscheinlich hatte Sturm sich eine gewiefte Strategie überlegt, wie er den grandiosen Ermittlungserfolg mit «internationaler Unterstützung» am besten in die Zeitung bringen konnte. Oder er hatte bei seinen polnischen Kollegen tatsächlich eine Verlängerung für den engagierten Praktikanten ausgehandelt.

Tomma wäre jedenfalls froh, wenn Jurek noch eine Zeitlang bei ihnen bleiben könnte.

«Woher wussten Sie eigentlich, dass es Theurer war?» Es war das erste Mal, dass Spandorff seit ihrer Rückkehr das Wort an sie richtete. «Ich meine, wir hatten über die Möglichkeit gesprochen, aber was machte Sie so sicher, dass es die richtige Spur war?»

Tomma schluckte, weil der Name unmittelbar mit den Szenen verbunden war, die sie seit Tagen verdrängen wollte. Schließlich gab sie sich einen Ruck.

«Ich war mir nicht sicher, es war ein Bauchgefühl. Irgendwie hatte ich den Eindruck, dass er mehr wusste. Und ich wollte an dem Abend unbedingt dranbleiben.»

Sie machte eine Pause. «Und Sie?»

Spandorff ließ sich Zeit mit einer Erklärung. «Als ich meine Notizen noch einmal durchging, fiel mir ein, dass ich in der *Fischerstube* ein altes Lederarmband an Theurers Handgelenk gesehen hatte. Das Armband war provisorisch zugeknotet, so als fehlte ein Verschluss. Ein Anhänger oder Medaillon oder so.»

«Wie der Stein, der am Tatort gefunden wurde?»

Er nickte. «Tja, diese Info in Jan Blankerts' Bericht war doch wichtiger, als ich zuerst angenommen hatte. Frerichs muss Theurer irgendwie am Handgelenk erwischt haben. Bei dem Gerangel ist das Armband zerrissen. Außerdem wurde mir klar, dass er ein Motiv haben könnte, und zwar ein starkes. Aber der Groschen fiel erst bei der Durchsicht von Berschats Bericht.»

«Inwiefern?»

«Die Tatwaffe. Berschat hatte gesagt, dass es eine Art Dorn sein könnte. Viele Fischer benutzen an Bord einen Marlspieker, so ein geschwungenes, längliches Ding mit einem Loch an dem etwas breiteren Ende. Damit kann man Taue und Leinen verknüpfen oder Schlingen und Ösen herstellen. Einige Fischer haben auch ein Messer mit einem klappbaren Marlspieker …»

«… und der fügt einem Opfer rundlich-ovale Einstiche zu», ergänzte Tomma und strich sich über den Verband an ihrem Arm. Sie dachte an die Verletzung, die Theurer ihr an Bord seines Kutters zugefügt hatte, und plötzlich war da wieder das Bild von dem blutdurchtränkten Ärmel ihres Mantels. Schnell sprach sie weiter: «Ist Theurer bei der Vernehmung eigentlich bei seinem Geständnis geblieben?»

Spandorff nickte. «Aber abgesehen davon habe ich nicht mehr viel aus ihm rausbekommen. Er hat nur noch von Eric gesprochen und aus einem Gedicht zitiert.»

«Was denn für ein Gedicht?» Tomma trat an Spandorffs Schreibtisch.

«Irgendein Vers, den er offenbar seinem Sohn beigebracht hatte, als er noch ein kleiner Junge war.»

«Ach, und worum ging es darin?»

«Wenn ich es richtig verstanden habe, um einen gefährlichen Törn bei Nacht. Um flache Klippen und die Gefahr zu stranden. Den genauen Sinn kennt wohl nur Theurer selbst.»

Spandorff nahm mehrere in Plastikfolie eingewickelte Gegenstände aus der Verpackung und legte sie nebeneinander auf seinen Schreibtisch. Tomma beobachtete ihn eine Weile.

«Spandorff?»

«Hm?», brummte ihr Kollege gedankenverloren, ohne den Blick zu heben.

«Danke!»

Jetzt sah er hoch und runzelte die Stirn. «Wofür?»

«Sie wissen, wofür.»

«Mhm.» Es war Spandorff deutlich anzusehen, wie unangenehm ihm die ganze Sache war, und Tomma beschloss, ihn nicht noch stärker in Verlegenheit zu bringen.

«Was haben Sie da eigentlich?», fragte sie betont heiter.

«Ach, nichts. Es –»

«Ist das etwa ein Handy?»

Er seufzte. «Man kann's ja mal probieren.» Schulterzuckend nahm er ein schwarzes Exemplar in die Hand. «Das ist das alte von Reimers aus der Spurensicherung. Wenn's mich nervt, kann ich's ja immer noch ausstellen.»

«Auf jeden Fall.» Tomma musste sich ein Grinsen verkneifen. «Und sagen Sie Bescheid, wenn Sie Hilfe benötigen. Beim Einrichten des Menüs oder so.»

«Mhm.» Konzentriert starrte er auf das Display.

Tomma ging zurück an ihren Schreibtisch und warf bei der Gelegenheit einen Blick auf ihr BlackBerry. Sturm hatte ihr netterweise umgehend ein neues Gerät organisiert, nachdem ihr altes von der Nordsee verschluckt worden war.

Sie hatte eine neue Nachricht.

Jan.

Tomma biss sich auf die Unterlippe. Er hatte sich bisher nicht bei ihr gemeldet. Klar, sie hatte es so gewollt, aber er hätte nach dem turbulenten Ende der Ermittlungen ruhig mal anrufen können, oder?

Tomma öffnete die SMS.

Nun, da der Fall abgeschlossen sei, könnten sie sich ja genauso gut mal wieder treffen, las Tomma. Und da es mit der Revanche beim Tennis wegen ihrer Verletzung wohl so schnell nichts werden würde, schlug Jan ein Treffen auf ein Glas Rotwein vor. Und Nudeln mit Pesto, das würde er in seiner Küche gerade noch hinbekommen.

Einen Moment lang haderte Tomma mit sich und

starrte einfach nur aufs leuchtende Display. Dann tippte sie die Antwort, drückte auf Senden und schob die Aktenberge zur Seite.

Es gab schließlich noch bessere Möglichkeiten, um auf andere Gedanken zu kommen.

Danke!

Ich möchte mich herzlich bedanken bei:

- Dr. Yvonne Schulz, Außenstelle Oldenburg im Rechtsmedizinischen Institut der Medizinischen Hochschule Hannover, für den spannenden Einblick ins Institut und alle Hinweise rund um den Ablauf einer Obduktion,
- Uwe Thöle, Leiter des Kriminalermittlungsdienstes im Polizeikommissariat Nordenham, für die vielen Erläuterungen zur Arbeit in einer Mordkommission,
- Söhnke Thaden, Krabbenfischer aus Fedderwardersiel, für die ausführlichen Hintergründe zur Arbeit der Krabbenfischer,
- Gerhard Bruns für das Archivmaterial und die Medienberichte zur Situation der Krabbenfischerei in Butjadingen,
- der Deutschen Gesellschaft zur Rettung Schiffbrüchiger (DGzRS) für den Blick an Bord ihres Seenotrettungsbootes «Hermann Onken» und die Informationen zur Seenotrettung,
- Daniela Kähler für die Geschichten aus der «Fischerstube» und den Blick ins Fotoalbum,
- Catrin Ahrens für Informationen zur Offshore-Windenergie,

- Ulrich Schlüter für die bildhaften Erläuterungen eines Ermittlungsortes,
- Dr. Gert Hahne, Diana Mosler und Katja Schlesinger für die gründliche Lektüre und die Anmerkungen,
- Guntrun Reinke und Doris Zehren für das Lesen des ersten Entwurfs und die konstruktive Kritik,
- Sandra Lüpkes, die mir gezeigt hat, dass Schreiben ein Handwerk ist, das viel Mühe und sehr viel Spaß macht,
- Ditta Kloth für das engagierte und gründliche Lektorat sowie für die Anmerkungen, mit denen sie sehr, sehr oft recht hatte,
- meinem Mann Sven Otromke, dem ich mindestens 1000 Storys über Tomma, Spandorff & Co. erzählt habe und der auch bei der 1001. noch interessiert zugehört und sie schlau kommentiert hat.

Eventuelle Fehler gehen auf mich zurück, nicht auf meine Gesprächspartner. Da «Fanggründe» ein Roman ist, habe ich mir erlaubt, Fakten mit Fiktion zu mixen. Mit schriftstellerischer Freiheit habe ich mir außerdem Gebäude, Grundstücke und Unternehmen ausgedacht.

Die Geschichte sowie alle handelnden Figuren sind frei erfunden, jegliche Ähnlichkeit wäre zufällig und nicht beabsichtigt. Die Schauplätze sind – bis auf einige Ausnahmen wie das Störtebeker-Gymnasium in Burhave – real.

MIX
Papier aus verantwortungsvollen Quellen
FSC® C083411
FSC
www.fsc.org

Das für dieses Buch verwendete Papier ist FSC®-zertifiziert.